EDDIE FLYNN BOOK 7

艾迪・弗林
系列 7

無辜的共犯

THE ACCOMPLICE

STEVE CAVANAGH

史蒂夫・卡瓦納——著
郭庭瑄——譯

給台灣讀者的信

哈囉，

首先請容我這麼說：如果你拿起這本書來讀，我會非常高興。如果你讀了還很享受的話，我更加開心。我很幸運，能讓我的作品大量翻譯成許多語言，而讓你能夠讀到，是一種特別的榮幸。

艾迪．弗林旅行到世界各地，見到了許多讀者。如果這是你第一次在書裡見到艾迪，非常歡迎你。如果你已經認識艾迪，那麼歡迎回來。我希望也相信，本書中有個大冒險在等待你。

我想要感謝你閱讀我的作品，我也希望你從這個故事裡得到娛樂、刺激跟一點知識。還有更多更多的艾迪．弗林故事會來到你身邊——遭遇連續殺人犯、心理不平衡的嗜殺檢察官，而且還有加入艾迪團隊的更多幫手——哈利．福特、凱特．布魯克斯、布洛克，而我希望你會樂於在不久後認識蓋布瑞．雷克（Gabriel Lake）。

致上我所有最美好的祝願，

史蒂夫．卡瓦納

獻給崔西（Tracy）

「入夜時分……穿著襪子的夢神奧列·盧克埃[1]踩著輕柔的腳步上樓，一聲不響地打開孩子的房門，往他們眼睛裡撒一點細粉末，分量恰好能讓他們睜不開眼，以免他們看到他。接著，他躡手躡腳來到他們身後，朝他們的脖子輕輕吹氣，直到他們慢慢垂下頭。……他（夢神的兄弟）也叫奧列·盧克埃，但他只會探訪人們一次，來了便騎著馬帶他們離開，邊走邊講故事給他們聽……他的另一個名字叫死神。」

——安徒生，〈夢神〉。

摘自《安徒生童話》（*Hans Andersen's Fairytales*, 1888），
源於歐洲古老睡魔（Sandman，又稱沙人）傳說。

---

1 Ole Luk-Oie，丹麥語原文為Ole Lukøje。Ole是丹麥常見的男性名字，lukøje則是由luk（閉上）和øje（眼睛）組成的複合詞。

序幕

佩姬・迪雷尼

特警隊隊長下令。

倒數十秒。

一數到零，他們就要橫越那片經過細心照料、長約九十公尺的草坪，攻向後門。佩姬・迪雷尼從濡溼的落葉上緩緩起身，將一根擋住目標房屋的細松枝往下拉，好看得清楚一點。一棟座落於紐約老威斯伯里、帶有殖民風元素的磚砌豪宅上方，掛著一輪石灰白滿月。

迪雷尼深呼吸，緩緩吐氣，仔細聆聽無線電對講機傳來的倒數聲。

十——

她喜歡數字。身爲聯邦調查局行爲科學二組特別探員，她對數字的信任遠勝過對人的信任。而此案中的數字非比尋常。

九——

過去十四個月又十二天，她一直在追捕那個最初被報章媒體稱爲「康尼島殺手」的人。當然，他替自己封了另一個名號。他在寫給聯邦調查局的其中一封信中反覆提到這點，還寄了一份信件副本給《華盛頓郵報》。他自稱「睡魔」。

八——

迪雷尼平均每天工作十五個小時。她和特別探員主管成比爾共同領導一個由兩百位警察與聯邦探員組成的專案小組，訪談了一千多名潛在證人，訊問了七十一名嫌疑犯，匯編的案件卷宗多達六十三箱，四散在聯邦調查局紐約辦事處的兩間證物室裡。

七——

然後是那些重要的數字。那些躍上報紙頭版的數字。

十七名受害者，男女皆有。

第一批受害者陳屍於康尼島海灘。他們遭到槍擊、刺殺、肢解，被發現時半埋在沙子裡。警方在海灘布下天羅地網，凶手因而改變作案模式。其餘受害者都是在自家慘遭殘殺，且通常只有一人身亡。但有時也不只一人。

六——

迪雷尼對睡魔進行側寫，發現他的犯罪模式有兩大特徵，每一案都不例外。其中一項特徵眾所皆知，媒體也很愛報導這些殘忍血腥的細節：行凶後，他會用沙子塡滿被害人的傷口、嘴巴和空洞的眼窩。他挖走了他們的雙眼。每到夜裡，整座紐約城似乎都屛住呼吸，等待另一次襲擊。

五——

第二個特徵只有迪雷尼和專案小組指揮部裡的幾個人知道——這個消息絕對不能洩露給媒體——睡魔每次犯案，都會從受害者身上拿走一樣個人物品。這條線索或許有朝一日能協助他們抓到凶手，將他定罪，所以一定要嚴格保密。截至目前爲止，他拿走的大多是珠寶首飾。

四——

終於，數字開始對睡魔不利。你不可能每次都犯下超完美謀殺案。迪雷尼很肯定，他遲早會出錯。事實也印證了她的看法。三天前，他們發現睡魔最新的受害者，尼爾森一家。案發當時，夫妻倆與孩子都被打了鎮靜劑。孩子說，那天晚上感覺到有人朝他們的脖子吹氣，接著一陣劇烈刺痛，他們就睡著了。

專案小組在尼爾森太太的軀幹上發現一枚帶血的拇指印，就在她的右臂下方。

三——

不到兩天，他們就比對出相符的對象，但不是在犯罪資料庫裡查到的。丹尼爾．米勒，四十五歲，根據銀行法規定，登記交易執照時必須提供身分證明文件與指紋建檔。接下來十五個小時轉眼就過了。這段期間，迪雷尼埋首建構出米勒的生活樣貌，了解他的私募股權投資業務、他的背景，最重要的是掌握他目前所在的位置。先前他們從無數嫌疑人中不斷篩汰、縮小範圍，最後得出一張嫌犯名單，米勒並未名列其上。

二——

快十點了。米勒家樓下亮著幾盞燈，分別是廚房、起居室和走廊。

迪雷尼拔出克拉克十九手槍，身子前傾。她肌肉緊繃，掌心被汗水潤得溼滑。她準備擺脫松木與腐爛樹葉的氣味，準備衝出樹林，準備去抓她追緝已久的凶犯。他們推估屋裡有兩個人——丹尼爾．米勒和他的妻子凱莉。

一——

她沒有等到零。

遠方傳來福特維多利亞皇冠的轟鳴。引擎聲有如示意起跑的槍響。特警隊隊長大喊「行動」的那瞬間，所有人立刻跳起來，飛快奔向多處出入口，草坪被靴子蹂躪得滿目瘡痍。迪雷尼前方有十二名探員與紐約市警察，就算帶著笨重的攻堅裝備，穿戴克維拉纖維製成的防彈衣和頭盔，他們還是跑得比她快。看來今晚她拿不到賽跑冠軍。不過沒關係，其他人會先進去。他們都是受過專業訓練，一腳就能踹開敵方建物大門的警官和探員。

迪雷尼踏上露台、經過游泳池的時候，特警隊已經攻進屋內。後門門板自鉸鏈上鬆脫，半掛在那裡。這時，她聽見一個聲音。女性的尖叫聲。

迪雷尼握著槍在後門等待，身旁還有另外五名調查局探員。他們是搜查隊，證件帶上除了聯邦調查局識別證外，還掛著一疊護貝小卡，上頭印有重點搜尋物品的照片，也就是目前已知被凶手拿走、屬於受害者的首飾。其中有些珠寶非常稀有，一眼就能認出來。例如三天前從史黛西．尼爾森那裡拿走的大溪地黑珍珠項鍊。

對講機裡傳來人員回報的聲音。

「他不在這裡。主屋、庭院和車庫都安全。妻子人在廚房。周邊環境確認無虞。」

迪雷尼罵了聲髒話，從後門進屋，穿過偌大的洗衣間，來到寬敞的廚房。挑高四公尺的拱形天花板上嵌著一扇大窗，白天光線會從窗戶流瀉而下，染亮整個空間，如今卻好像只能透進黑暗。一只酒杯倒在大理石流理台上，檯面積著一灘紅酒，慢慢滴落至白色瓷磚地板。

房間最角落的沙發上坐著一名蓄留黑色短髮的女子。凱莉．米勒搖頭哭泣，抬眼望著身旁兩名全副武裝、正在盤問她的紐約市警局特警隊員。她穿著白色T恤、灰色運動褲和奶油色居家保暖襪。迪雷尼走上前，注意到這個女人有張完美的鵝蛋臉、透亮的肌膚和一雙淚光閃爍的翠綠色眼睛。

「我不知道他在哪裡。他已經好幾天沒回家了。他、他說他、他要出差。請、請問這是怎麼回事，我──」

「米勒太太，我是特別探員佩姬・迪雷尼。我知道妳現在一定很害怕。抱歉闖入妳家。我們依法持搜索票來搜查你們的住處，並逮捕妳的丈夫丹尼爾・米勒。」

很難判斷一個人獲悉這類消息的反應。這個當下，迪雷尼不確定凱莉有沒有聽懂。

「米勒太太，我接下來要說的事會讓妳很難受，但爲了妳的安全，妳必須知道眞相。」

她在向凱莉・米勒攤牌前停頓了一下，凝視這名女子的雙眼。凱莉看起來悲痛欲絕，受到極大的創傷。淚水剝去了她臉上的妝容。她吸吸鼻子，抹抹臉頰，潔白的牙齒被口紅弄髒。創傷之前，人人平等。迪雷尼曾和許多女人一起坐在無數沙發上，將壞消息告訴她們。凱莉看起來就跟那些女人一樣。

她的婚姻讓她飛上枝頭，成了所謂的貴婦。據迪雷尼了解，凱莉出身中西部一個貧寒家庭，而後懷著演員夢來到紐約，遇見了丹尼爾・米勒。迪雷尼在沙發上擁抱、安慰過的那些女人唇周暈染的口紅汙痕，究竟是來自十美元一支的媚比琳開架唇膏，還是九十美元一支的克里斯提安・盧布登專櫃唇膏重要嗎？玻璃茶几上放著凱莉打開的皮包。迪雷尼很高興瞥見一支廉價唇膏。看來金錢並沒有改變凱莉。這也反映出她的個性。她認爲凱莉需要這樣的堅韌與剛毅，用上每一分勇氣，才能走過這道人生關卡。

連環殺手在犯案同時過著相對正常的生活並不罕見。ＢＴＫ[1]、蓋西[2]、綠河殺手[3]等連續

1 本名丹尼斯・雷德（Dennis Rader），美國連環殺手，一九七四年至一九九一年間於美國堪薩斯州威奇托殺害了至少十人，更曾多次寫信給警方和媒體吹噓自己的暴行，嘲弄當局辦事不力，並於信末署名ＢＴＫ，亦即他的作案手法「綁、虐、殺」（Bind, Torture and Kill）之意。

殺人魔都是已婚男性。一旦震驚的感覺消退，從不信轉為接受丈夫的眞面目，妻子內心便會陷入另一種掙扎。最後，凱莉會跟那些女人一樣反覆問同一個問題：她們怎麼會不知道自己嫁給了一個禽獸？罪惡感隨之來襲。雖然是沒來由的愧疚，感覺卻同樣眞實，傷害同樣嚴重。這些女人會驟然意識到自己不但沒有未來，過去享有的幸福也會煙消雲散。每一個親吻、每一次擁抱、每一刻共度的時光，都成了令人厭惡的毒害。接著，真正的痛苦會隨這個問題浮現：她們怎麼會吸引到如此邪惡的人？若接下來幾年凱莉沒有因而身心崩潰，或許就能挺過去。迪雷尼當然希望如此。她瞄了凱莉皮包裡的十美元口紅一眼，覺得她應該比大多數人更有機會迎向新生。

「我可以叫妳凱莉嗎？」迪雷尼問道。

凱莉點頭同意。害怕與憂懼彷彿從她微張的嘴巴湧入體內，讓她渾身發抖。

「凱莉，我們認為妳先生就是那個被稱為『睡魔』的殺手。」

妳會怎麼說？又會有何反應？迪雷尼認為不管什麼反應都沒關係。畢竟消化這件事需要時間。她知道，這只是一個過程。第一步是否認：你們找錯人了。我很了解我老公——不可能——他沒有暴力傾向——他是個好爸爸，努力賺錢養家照顧我們。對不起，這一定有什麼誤會——

凱莉．米勒仔細端詳迪雷尼的臉，張開的唇不停顫抖。

但她什麼也沒說。沒有出聲辯駁，捍衛丈夫的清白。這讓迪雷尼想起她的十歲生日。她父親在那天離開了這個世界。他因為腦瘤末期無法動手術，在醫院住了一個月。那天早上，迪雷尼去探望昏迷中的爸爸，下午舉辦一場小小的生日派對，和三名好友一起吃蛋糕。大家都離開後，她母親穿上大衣，準備回醫院。這時，電話響了。迪雷尼永遠忘不了媽媽當下的面容，彷彿她的五官神色凍結在淚水裡。凱莉此刻也是這種表情。她知道會有可怕的事發生，甚至早就做好心理準備，但真的發生時，那種痛之烈之深，超乎她的預想。

「可以幫凱莉倒杯水嗎？」迪雷尼對一名特警隊員說。他走向櫥櫃，找到幾個杯子，打開水龍頭斟滿一杯，遞給凱莉。

她雙手捧著玻璃杯，顫抖著送到嘴邊。

「如果妳知道他在哪裡，請把地點告訴我。」迪雷尼開口。

「我不知道，」凱莉說。「我也不在乎。我不想再看到他了。」

迪雷尼按下防刺背心上的無線電對講機問：「比爾，有搜到什麼嗎？」

「上樓，主臥室。」探員主管成比爾飛快回答。

她踏上宏偉華美的樓梯，一次跨兩階。主臥室位於走廊盡頭左手邊，寬敞的房間裡有兩張休閒躺椅、一面鏡子，中央擺著特大號雙人床，牆上掛著平面液晶螢幕。

「這邊，衣櫃。」比爾示意。

主臥室裡有兩扇門，分別通往私人衛浴和步入式衣帽間。衣帽間跟她在曼哈頓的公寓一

---

2 約翰・韋恩・蓋西（John Wayne Gacy），美國連環殺手，一九七二年至一九七八年間性侵、殺害了逾三十三名年齡介於十四歲到二十一歲的青少年與年輕男性，並將多名受害者屍體埋藏在自家下方的夾層空間。

3 本名蓋瑞・利奇威（Gary Ridgway），美國連環殺手，一九八〇、九〇年代在加州與華盛頓州殺害了至少四十九名女性。通常他會徒手或用繩索等物勒斃受害者後棄屍，甚至返回棄屍地點與屍體發生性行為。由於多名受害者都是在綠河附近被發現，媒體遂稱他為「綠河殺手」（Green River Killer）。

樣大，左右兩側內嵌著桃花心木層架、抽屜和衣櫃。一邊是他的，一邊是她的。比爾用手電筒照著一排掛在衣架上、貼得緊密的白襯衫。

「妳看這件的袖口。」他說。

襯衫袖口有塊汙漬，看起來像濺上什麼深色液體。儘管已經洗過，鐵鏽色痕跡仍在。迪雷尼這輩子看過很多血跡斑斑的衣物，知道眼前的景象很可疑。

「裝袋。」迪雷尼吩咐。

比爾對身後的技術人員彈彈手指。對方立即打開證物袋。

「還沒完呢。」比爾用手電筒指著一格打開的抽屜。

迪雷尼低頭查看。只見一排珠寶首飾整齊擺放在黑布上，其中有些看起來很眼熟，特別是那一件。

史黛西．尼爾森的黑珍珠項鍊。

「中大獎囉。」比爾笑著說。

「就是這件襯衫嗎？」

迪雷尼轉過身。就是這件沒錯。白色襯衫，袖口還……

迪雷尼這才意識到那不是男裝襯衫。

而是女裝罩衫。

她轉向放有首飾的抽屜。抽屜在「她的」那一邊。

「有找到廂型車嗎？」比爾抓著對講機問道。

「不在車庫裡。」對講機另一端回覆。

「媽的。」比爾咒罵一聲。

「我們已經找到首飾，取得他的ＤＮＡ，」迪雷尼表示。「不需要那部廂型車了。」

「我全都要。」比爾堅持。

有幾個大約在案發時間到過命案現場的證人都說，當時附近有一輛深色廂型車。聯邦調查局調閱車輛登記資料，發現紐約市約有一萬一千人擁有類似車款。幸好證人看到的不是白色廂型車，因爲城裡少說有五萬五千輛。他們與當地執法人員一起挨家挨戶尋訪深色廂型車車主，並參照既定標準將資料庫裡的名字逐一剔除。

廂型車不在丹尼爾．米勒的辦公室，也不在他家。

這時，比爾的手機響了。他看了一下來電顯示，將手機遞給迪雷尼。迪雷尼來到走廊接聽。

「這是成比爾的電話。」她說。

「比爾人呢？」負責睡魔案的地方助理檢察官德魯．懷特問。

「他在忙，德魯。我們正在進行搜查。」

「告訴我你們找到廂型車了。」

「我們發現更好的東西。我們找到受害者的首飾了。」

「哦，這是好消息。但我要講的恐怕是壞消息。想知道待查車主名單上爲什麼沒有丹尼爾．米勒嗎？」

迪雷尼捂住另一隻耳朵，將注意力放在懷特身上。

「他買的是二手車，沒有登記？」迪雷尼問道。

「不是。他之前的確在名單上。該死，我們本來兩個月前就能抓到他了。」

「天哪，那他爲什麼會被排除？」

翻箱倒櫃、物品撥落在地的喧噪，厚靴跺步的悶響，人群的說話聲……各種聲響從四面八方傳來，但迪雷尼除了懷特的話音外，什麼都聽不見。

懷特說完便掛斷電話。迪雷尼一陣反胃，覺得有點想吐。

她走下樓，比爾立刻跟上。

「懷特想幹嘛？」他問道。

迪雷尼不發一語。他又問了一遍。她還是沒回答，繼續拾級而下，穿過走廊，來到起居室，站在發抖的凱莉面前。

「凱莉．米勒，」迪雷尼開口。「我現在以涉嫌多起謀殺的罪名逮捕妳……」

新聞快報——睡魔身分確認

最新消息，過去一年造成紐約人心惶惶的睡魔案有了重大突破。由聯邦調查局領導的聯合專案小組已確認凶嫌身分。專案小組組長、特別探員成比爾召開記者會表示，目前掌握到的鑑識證據證明四十五歲的紐約避險基金經理人丹尼爾·米勒就是「睡魔」。成探員稱米勒持有武器，極度危險，全國各地公車轉運站、火車站、渡輪碼頭和機場皆已加強戒備，也請民眾務必提高警覺。更多詳細報導，我們要連線到本台犯罪暨司法記者西蒙·波庫佩茨，他目前在聯邦廣場……

CNN《新聞時刻》

睡魔案起訴

紐約南區地檢署證實，連環殺手丹尼爾·米勒的妻子凱莉·米勒在被捕六個月後，遭大陪審團以六項殺人罪起訴。負責本案的地方助理檢察官德魯·懷特表示，檢方認為凱莉·米勒不但知道自己的丈夫就是「睡魔」，更以共犯身分涉及至少六起謀殺。懷特先生強調，起訴代表檢方握有證據，而這些證據直接指向凱莉·米勒為殺害這六名被害人的共犯。起訴書中每項罪名皆可判處終身監禁……

《紐約時報》

全美最邪惡的女魔頭

她的丈夫是美國頭號通緝犯。她是被指控為連環殺手、人稱「睡魔」的丹尼爾·米勒之妻。下個月，她將因六項殺人罪受審。紐約南區地檢署稱她為共犯，不僅知道丈夫是連續殺人魔，更積極協助犯案，甚至幫助他躲避追捕。凱莉・米勒否認所有指控，但大家依舊不斷猜測，關於枕邊人的恐怖惡行，她究竟知道什麼，又不知道什麼？我們採訪了凱莉・米勒的前同事。他們口中的她，是個如墳塚般陰冷的女人……

《國家詢問報》

殺人犯凱莉？鄰居與朋友發聲了

「睡魔之妻」凱莉・米勒案將於下週開庭。許多臆測甚囂塵上：凱莉・米勒對丈夫的殘殺暴行究竟知道多少？她的鄰居與高中友人以匿名方式接受本報採訪，談論他們認識一個涉嫌多起命案的人是什麼感覺，是否早有跡象顯示凱莉・米勒勾結連環殺手，共謀行凶？

「我一直覺得她很怪。你知道，很安靜。」一位近鄰表示。

「我跟凱莉認識十五年了。我們是高中死黨，她結婚時我還當她的伴娘。天啊，現在光是想到就讓我毛骨悚然。如果你問我她有沒有可能殺人，老實講，我不知道……」

「我不相信她，完全不信。打從她搬來的那一刻起就不信。你能從她身上感受到一種純粹的邪惡。她家我現在連看都不敢看。」

「睡魔」潛逃至今依舊下落不明。據傳檢方疑想與其妻凱莉・米勒進行協商，若她願提供情報協助逮捕睡魔，或可獲判無罪。本報向負責此案的檢察官德魯・懷特求證該傳言是否屬實。「受害者需要的是正義。沒有協商的餘地。」本案將於下週如期開庭……

《華盛頓郵報》

1

艾迪

一切始於一個陌生人。

每次都這樣，屢試不爽。

這個陌生人，走進我的事務所、坐在接待區棕色皮椅上的那個人，看起來和其他人不一樣。至少一開始是如此。他有雙修長的腿，外面覆著藍色細條紋羊毛西裝褲，與其他穿著搭配得天衣無縫。絲棉混紡的白色扣領襯衫，布料厚實、使這身行頭臻至完美的深藍色領帶，往後梳的褐色鬈髮，修剪得乾淨整齊的鬍髭，看起來就像型錄上展售這套西裝的模特兒——若不是他跟其他坐在接待區的客戶有個相似之處，我還眞有可能這麼認爲。他癱坐在椅子上，一雙大長腿往前伸，彷彿剛穿著新鞋走過五十個街區。除了疲憊外，他的眼神也似曾相識。

他的目光四處兜轉，雙眼卻茫然失神，好像在尋找什麼，看起來一副背著沉重負擔的模樣。

麻煩就是金錢。而會來找我的人，肯定是遇上天大的麻煩。近年全球疫情肆虐，導致許多產業停擺，連帶影響到事務所的現金流。如今紐約逐漸復甦，加上疫苗相助，情況開始好轉。我仔細端詳那個人好一陣子，覺得有點眼熟。辦公室祕書丹妮思從那名西裝革履的男子身旁經過，對他拋了一個微笑，同時開門走進我的辦公室，關上身後的玻璃門。

我喝完本日第一杯咖啡，站起身，打算走到廚房的咖啡機前續杯。

「你坐。」丹妮思笑著說。

她端著一杯熱咖啡，但我注意到那不是她的馬克杯。「你的第二杯咖啡。」她把咖啡放在我前方的辦公桌上。

丹妮思是個經驗豐富的法律祕書。她比大多數律師還要聰明，而且做事有條不紊，很有生意頭腦，心臟和密西根湖一樣大顆。丹妮思的工作主要是每分鐘打一百個字，並協助管理我的律師事務所。幫我倒咖啡不在她的職責範圍。我不喜歡別人幫我準備咖啡或午餐，我會自己照顧自己。丹妮思之前從沒幫我拿過一杯水。

她站在那裡，臉上掛著笑意。

「妳是不是想加薪？」我懷疑地問道。

「沒有啊，不用。你之前有講過，你早上要喝兩杯咖啡，腦袋才會完全開機。」

這倒是眞的，但我不記得自己什麼時候跟丹妮思說過這件事。

緊接著，哈利．福特抱著一大疊文件踏進辦公室。哈利是退休法官，也是我的老友和人生導師，現在也是事務所顧問，協助我們處理案件中較爲棘手的法律問題。哈利將那堆資料夾往桌上一扔，一屁股坐進我的客戶專用椅。

事務所調查員布洛克跟在哈利身後，拉了兩張帶輪的座椅走進辦公室，坐在其中一張椅子上，另一張則空著。凱特．布魯克斯——弗林與布魯克斯律師事務所合夥人——也搬了一張椅子進來坐下，雙腿交疊。布洛克和凱特是從小一起長大的好朋友，喜歡透過眼神、手勢和似笑非笑的表情來溝通。布洛克掏出牛仔褲口袋裡的手機，按下關機鍵；穿著商務套裝的凱特也從外套裡拿出手機關機。

兩人直勾勾地盯著我看。

「這是介入關懷還什麼的嗎？」我問道。「我又沒喝酒，不信妳們問哈利——」

「把咖啡喝了。」丹妮思打斷我。

「這是怎樣？爲什麼我覺得跟接待區的西裝男有關？」我又問。

布洛克噘起嘴，對凱特使使眼色，想必是在暗示什麼。

「我們有新案子了。」凱特說。

「我們？」我滿腹疑惑。

她點點頭。「這件案子需要在場所有人全力以赴。我和布洛克週末讀過案卷，哈利昨天也看了。這是個大案子，艾迪。」

我站在原地，動也不動。

我喜歡工作。律師的任務就是幫助別人，而且大多時候都算是好事。若事務所接到大案子，我希望哈利或凱特能早點告訴我。雖然我和布洛克是朋友，但她從不多說。她對每個人都是這樣。

「如果是撈到大案子，爲什麼我有種中了埋伏的感覺？丹妮思爲什麼要幫我倒咖啡？」

「因爲我喜歡倒咖啡。」丹妮思說。

「聽妳在屁。外面那個西裝男是誰？客戶？」

「不是，」哈利回答。「是客戶的律師。」

我伸長脖子從眾人身旁望過去，再次打量那名男子。我想起來了。我在電視上看過他。

「他是奧圖．佩提爾嗎？」我問。

哈利點點頭。

難怪他頂著那頭髮型，穿著那套西裝。他回瞄我一眼，用經過細心保養和修甲的手指抹抹嘴唇。曼哈頓大多數刑事律師直到去年才聽聞奧圖．佩提爾這號人物。奧圖的客戶們住在紐約高級住宅區，而他專門解決上流階層的法律問題，舉凡房地產、稅務、財務管理、離婚及遺囑認證，無一不包。換句話說，他替客戶省下可觀的稅金，好讓他們有錢買遊艇或豪宅，再讓他們離婚時能守住財產，最後，確保他們死後不會有大筆遺產充公，歸政府所有。因此，當奧圖．佩提爾接下紐約最大條的刑事案件時，其他刑事律師都很意外。這件案子壓力之大，從他身上就看得出來。他眼周的肌肉緊繃到不行。

奧圖的委託人是凱莉．米勒，也就是「睡魔」的妻子。去年警方與聯邦調查局在犯罪現場採集到指紋和ＤＮＡ，確認丹尼爾．米勒就是睡魔，並據此搜索她的住處。一年後，他們仍在追查睡魔的下落。有些人認爲，警方和調查局正是因爲逮不到眞凶，才抓凱莉．米勒當替死鬼，好讓當局看似有所斬獲。他們需要贏一場，因爲整個紐約和大多數美國民眾長久以來都活在睡魔釀成的恐懼之中。對執法單位而言，將殺人犯送進監獄是正確的政治決定。

「等等，他想讓我們搭便車沾他的光？不好意思，我不當次席律師喔。」我說。

「他不是要我們替他做那些吃力不討好的無聊事，也不是要我們在旁邊當啦啦隊，」凱特解釋。「他希望我們接手辯護。」

「什麼?爲什麼?」

「他提出協商，卻被檢方拒絕。」哈利回答。「奧圖．佩提爾不是刑事辯護律師。他需要一個有庭審經驗的團隊。」

「他這麼做是很大方，也很爲客戶著想，但問題是，我們不替有罪的人打官司。檢察官說凱莉是睡魔的共犯，涉嫌六起命案。我不會讓殺人犯回到街頭——」

「她說她是無辜的。」凱特打岔。

「他們都這麼說。」我反駁。

「我認為她說的是實話。」凱特強調。

凱特大概是我這輩子見過最聰明的律師。如果她相信凱莉．米勒，那就一定有值得為之奮戰的理由。我開始有點興趣了。不過下一秒，這點火苗旋即熄滅。

「慢著，這個案子不是兩天後就要開庭嗎？為什麼他到最後關頭才決定放棄？說不定他搞砸了，要是我們接手反被客戶告怎麼辦？」

「我不這麼認為，」哈利說。「他完全沒有應付謀殺案審判所需的經驗，但我看過案件資料，他的審前準備做得很好，該提交的動議都提交了。我不清楚陪審團的情況，但能有多糟？兩天的時間夠我們做好準備。艾迪，我們之前也空降過，而且這個案子不是沒有抗辯理由。」

我把臉埋進掌心。我需要黑暗，需要靜一靜，還需要一杯該死的——

「喝你的咖啡啦。」丹妮思說。

我抬起頭，手指掠過臉頰，睜開雙眼。大家全都盯著我看。我不想接這個案子還有另一個原因。

「睡魔至今依舊逍遙法外。捲入這場官司，就等於離瘋子更近一步。風險太——」

我話還沒說完，就被凱特打斷。我能看見她眼中盈滿熱忱。她想要這個案子。自從我們成為合夥人以來，凱特就致力於幫助那些在職場遭受性別歧視和性騷擾的女性，以委任律師的身分為她們發聲。她在前東家工作時曾被該事務所合夥人惡意騷擾，自此之後，她就一直在對抗、打倒那些仇女雇主。這些案件帶有私人情感。凱特拯救的不只是當事人，還有那個受了傷，且至今尚未痊癒的自己。

「我們都知道有風險，但我不懂他幹嘛要針對我們，」她說。「我們是在救他老婆耶。眞要說的話，最大的風險是如果我們不能證明她是無辜的，媒體就會拿事務所大作文章；反之，又會有一位女性受害者因著我們而討回公道。你知道這對我很重要。」

我點點頭。

「我們先聽聽他怎麼說吧。」凱特再度開口。

「好吧，讓他進來。」

丹妮思請那名男子進來。我的辦公室本來就不大，塞了這麼多人變得有點擠。他眉宇間依舊寫著「有人遇上麻煩，需要我們幫忙」。我伸手探向胸口，摸摸襯衫下佩戴的聖克里斯多福白金聖牌。

佩提爾坐下，硬是擠出一個笑容。儘管他需要我們，卻還是覺得該推銷一下這個案子。他先簡單自我介紹，然後說：「恭喜，弗林先生。你現在要出席全美最受矚目的謀殺案審判了。」

「呃，我不想沒禮貌，」我說。「但這件事我完全不知情。我的同事似乎已經有預料到我會拒絕。你知道，第一，除非我相信客戶是清白的，否則我不會接案。我之前吃過苦頭，不想再有更多不好的回憶。第二，我這個人疑心病比較重，還是不懂你爲什麼要把客戶讓給別家事務所。我知道有些律師不惜跟自己的阿嬤扭打，也要搶到這樣的案子。」

「我可以給你不止一個理由說服你接受委託，」佩提爾蹺起修長的腿，臉上綻出笑容。「而我的當事人——不好意思，應該說是**你的**當事人，願意給貴事務所**兩百萬**個理由。我們談定的酬金是三百萬。我拿其中三分之一用於審前準備工作，剩下的歸你們。成交？」

這個數字讓凱特眼睛一亮。這是個大案子。全國最熱門的案子。大多數律師夢寐以求、酬勞豐厚的案子。千載難逢的案子。我們都在追逐、有助於事業發展的案子。以事務所的角度來看，簡直是中了樂透，只有傻瓜才會拒絕。

所以我回答：「不要。」

2

艾迪

「聽著，佩提爾先生，」我解釋。「我無意冒犯你或你的客戶，但我總覺得這樣做不對。」

「我了解。可能是我沒有跟你的同事說明清楚，」他說。「我本來希望能跟檢察官達成協議，我的當事人會全力配合，前提是檢方願意撤銷對她的指控。起先我以爲他們只是採取強硬手段，先起訴再談協商。不幸的是，他們不是在虛張聲勢。本案將於兩天後開庭。雖然我是個出色的律師和談判專家，但我不像你有豐富的庭審經驗。凱莉是無辜的，我想讓她得到公平公正的審判。爲此，她需要最好的律師。」

他談吐清晰又充滿自信，不僅眼神交流正常，手勢也非常自然，完全看不出破綻。沒有任何跡象顯示他在說謊。只有一點——那就是他有所隱瞞。

佩提爾爲凱莉．米勒擬定的辯護策略之所以改變，背後想必有什麼原因，以致他無法擔任辯方律師。一定是這樣。沒有律師會願意放棄這樣的案子，將一切拱手讓人。

「最後一項審前動議是什麼？」我的目光緊盯著佩提爾。

這個問題讓他眼周的皮膚繃得更緊。

「檢方聲請檢閱並扣押佩提爾先生辦公室裡的一些文件，」凱特說。「也就是米勒太太被捕前的所有檔案資料，對嗎？」

佩提爾緩緩點頭。

我嚥下最後一口咖啡。站在人群後方的丹妮思雙臂交叉抱胸。她很了解我，看得出我的大腦終於徹底清醒，開始運轉。

「這不是個好的開始，佩提爾先生。你沒有說謊，但也沒有全盤托出眞相。再這樣下去不行。現在我要問你幾個問題，如果你不吐實，會面就到此結束。你可以穿著那身昂貴西裝，帶著你的案子離開。聽清楚了嗎？」

「我本來打算等你答應接受委託後再坦白一切，這樣我們的談話就適用律師與當事人間的祕匿特權了。」他笑著說。

他一直在隱瞞，還找了個很像樣的藉口。律師與當事人間的祕匿特權是律師界的基礎，客戶直接或透過第三方告訴你的每一件事都必須嚴格保密，不得對外透露，其他人也不能詢問或查看你的筆記及當事人相關文件。檢察官想必有很好的理由，才會獲准調閱佩提爾辦公室的檔案。

「地檢署爲什麼要查過去的資料？」我問道。

「因爲他們發現銀行紀錄上有凱莉．米勒支付給我的事務所、用於法律諮詢的款項細目。」

這是事實。無庸置疑。

「他們查扣的那些文件內容是？」

「要是告訴你，我就會違反律師與當事人之間的祕匿特權……」

「資料都被檢察官看光，早就違反了。他們到底在找什麼？」

「他們在找我是否握有相關資訊，證明凱莉．米勒涉及六起睡魔謀殺案。」又一個誠實的答案，而且在我預料之中。

「他們找到什麼？」我追問。

他直接回答，沒有半分猶豫。

「他們找到我和米勒太太多次會談的紀錄，還有她希望我替她保管的日記。在你問之前，我先說，之所以有這些會晤，是因爲她考慮訴請離婚，理由是殘忍與不人道的對待。米勒太太告訴我，她懷疑她先生是連環殺手。」

「所以她知道？」凱特說。

「她是懷疑，不是知道。」佩提爾的語氣很溫柔。

「但她沒有採取任何行動，對吧？也沒報警？」哈利追問。

「對，沒有。如果她去報警，最後證明爲不實指控，就得以適用婚前協議書中幾項特定條款。若指控未被證明屬實，米勒太太就會失去分得婚後財產及資產的權利。換言之，她會因爲一通電話而丟掉八百萬美元。」

「八百萬？她離婚後可以拿到八百萬？」凱特問。

佩提爾點點頭。

「這樣一來，局勢就不同了。」哈利說。「檢察官可以給陪審團八百萬個理由說明凱莉爲何三緘其口，幫助丈夫躲避警方追緝。」

哈利說得沒錯。凱莉．米勒無法證明自己對丈夫的犯行毫無所悉，只能說她不確定。要說服陪審團相信這點可難了。

許多連環殺手在犯案同時都擁有幸福的婚姻。據我所知，他們的太太完全不知情，甚至從來沒懷疑過先生是連續殺人魔。沒有一個人被指控爲共犯。每個新聞主播和談話性節目主持人都在討論米勒的案子。歐普拉還做了一集特別節目，但凱莉拒絕上電視受訪。所有人都在問：*妳怎麼會不知道自己嫁給了一個殺人犯*？某種程度來說，大家關注這些報導是想求個心安。明明有清楚的跡象或徵兆顯示這些人是殺人凶手，他們的妻子卻視而不見。民眾想知道她們本來有發現蛛絲馬跡，不會那麼容易受騙。事實上，那些殺人魔的太太未曾有過一絲疑慮。

從幾個層面來看，這著實令人擔憂。

首先，這證明了這些連環殺手善於隱藏眞實自我，而且厲害到不可思議，能瞞過所有人，包含身邊最親近的人。第二，這件事本身就令人不安。那些女性被配偶蒙在鼓裡，難道其他人就不會嗎？你有多了解自己的伴侶、兄弟或父親？但民眾總是把錯怪到女方頭上，罵她盲目看不見眞相。

說換作是他們，肯定會有所警覺。

一般而言，要打破陪審員的心理障礙難如登天。本案檢察官唯一要做的就是強化陪審員先入爲主的看法，讓他們相信凱莉．米勒不僅知道枕邊人是連環殺手，還掩護他的犯行。至於凱莉所謂的「懷疑」只會成爲檢方的助力，連資質平庸的檢察官也能贏得輕鬆。

若他們能進一步證明凱莉．米勒知道丈夫是凶手，勝訴的機率就更大。但這並非佩提爾不得不終止契約、替她另覓辯護人的眞正原因。

「佩提爾先生，要是你早點坦白，可以節省很多時間。就算你不講，我們接手後也會發現。」

「當然。不過屆時木已成舟，你已經接受委託，法院紀錄也會列明你是被告律師。」

「我不懂，」丹妮思插話。「檢察官握有你們過去往來的文件，不表示你不能替凱莉．米勒辯護啊。」

「檢察官拿到那些資料是有後果的。」佩提爾回答。

我一聽就知道他指的是什麼。

「你不能再當她的律師了。你根本無法在這場審判中擔任律師。」我說。

佩提爾長嘆一口氣。

「凱莉．米勒告訴你，她懷疑她先生是連環殺手，」我再度開口。「這讓你成了檢方最重要的證人。」

3

艾迪

布洛克駕駛奶油色的吉普大切諾基載我們離開曼哈頓，佩提爾則開著他的賓士跟在後面。中午的交通路況不算太糟，布洛克開著這輛大休旅車在柏油路上奔馳。哈利坐前座，好讓凱特可以坐到後座和我爭論不休。四十五分鐘後，我們來到中央公園大道盡頭，駛上長島快速道路。城市中的金屬板天幕遮住了低垂的十一月秋陽，天氣開始變冷，但還沒冷到讓我拿出大衣。

「我認為凱莉只是睡魔的另一個受害者。」凱特說。「對我而言，向世人揭露真相很重要，應該要讓大家聽見她的聲音。我相信她。我想你也會的。」

「我會跟她聊聊。如果她的說詞我不買帳，我們就別管這個案子。同意嗎？」

「你知道一般律師的做法不是這樣吧？」

「只要對方承認自己的作為，我很願意替他們辯護。我會在法庭上訴說他們的故事，要求適當的判決。可能是緩刑，或希望他們的牢獄生活一切順利。每個人都會犯錯，勇於承認是件好事，但我很久以前就下定決心，不會成為那個將危險分子送回街頭的人。」

「那是陪審團的決定，又不是你。每個人都有權為自己辯護，司法體系的運作模式就是這樣……」

凱特才執業沒多久，就已經蛻變成一名超猛的律師。再過幾年，她就會成為頂尖高手。只是她還沒被司法制度痛扁過。

「體系是可以被操縱的，而且通常是被我們操縱。我說了，我會跟凱莉．米勒談談，如果我覺得她講的是實話，我們就接下這個案子。」

「有時我真搞不懂你。」凱特轉頭望向窗外。我暗暗希望她永遠不會明白我的理由。司法遊戲中，真正被蒙上雙眼的是律師，而非矗立於法院大樓屋頂、一手持劍一手持天秤的正義女神像。刑事訴訟律師不過問客戶是否有罪，他們的工作是告訴當事人何時該蓋牌認罪，何時該起身反擊。替一個有罪的人打贏官司是要付出代價的。我指的不是律師費。律師本身會有一小部分的自己隨著這種勝利而死去，次數一多，就會變成沒有靈魂的行屍走肉。然後有一天，你幫一個客戶脫罪，對方卻徑直走出法庭，殺了人。這就是司法制度痛扁你，往你肚子狠踹一腳的時候。

大約五年前，我也落入同樣的境遇。只是我在他殺死被害人之前阻止了這場悲劇。會走到這一步是我的錯，是我讓那個傢伙逃過法律的制裁。往後的每一天，我都在為這個錯誤付出代價，也學會了如何與這種痛苦共處共存，不再用酒精來沖淡一切。

我別過頭，凝視著兩側的路樹。布洛克下了交流道，沒多久就駛進納蘇郡老威斯伯里的住宅區。我之前有開車經過這裡大概兩次，從來沒有停下來四處晃晃。每次附近都有電影劇組。如果你在拍電影，需要一個豪宅林立的場景，來老威斯伯里就對了。這裡大概是除了加州矽谷城郊的阿瑟頓外，全美最富有的地區之一。街道兩旁林木成蔭，宏偉的宅第遠離路緣，座落在彼端。

凱莉．米勒住在草原路一個小社區。社區大門外聚集了約莫二十個人。人行道旁停著一排新聞採訪車，但在場的不只有記者，還有五、六位民眾舉著布條站在那裡高聲叫嚷。我降下車窗，想聽他們在喊什麼。

有罪的賤貨！

有罪的賤貨！

有罪的賤貨！

布條上的字眼也好不到哪去。布洛克按喇叭示意他們借過，記者和抗議群眾紛紛轉身掃視我們。我用手遮住臉。人群退到一旁。奧圖的賓士停在我們後面，社區大門悠悠敞開。

一看到奧圖的車，電視台攝影機燈光旋即亮起，呼喊聲也愈來愈大。他出席審前聽證會時被媒體拍到，大家都很清楚他是誰的律師。他們立刻衝上前，將他的車團團包圍。一個頸間繞著粉紅色厚圍巾的女人甚至朝奧圖的擋風玻璃吐了口痰。他打開雨刷，龜速跟著我們穿越大門，以免不小心撞到記者或抗議民眾。

「媽呀，這日子也太難過了。」我感嘆。

「奧圖告訴我，凱莉快撐不下去了。她被一大堆死亡威脅轟炸，上個月還收到一封鄰居集體連署寫的信，要她快點搬走。」

社區裡的房屋有大有小，不過在我看來都是豪宅。哈利望著一棟有私人泳池的樓房，讚嘆地吹了聲口哨。對部分居民而言，這裡算是老威斯伯里的貧民窟。許多歷史悠久、家世顯赫的紐約富豪紛紛搬離此地，像是范德比家族、菲普斯家族、惠特尼家族、杜邦家族及其他錢多於理智，家中非得有庭院和花園的人。他們打造出擁有二十個房間的奢華宮殿，整座宅邸看起來有如直接從英格蘭鄉間連根拔起，精心安置在老威斯伯里，裡面說不定還附贈一個醉醺醺的貴族。相較之下，這一區的房子就顯得質樸許多。但我還是永遠買不起，就算中了樂透也一樣。

布洛克在一棟有著紅色大門的殖民風磚砌豪宅外緩緩煞停。我們下車的同時，奧圖將他的賓士停在休旅車後方。我花了點時間細細欣賞這個社區。家戶之間相距甚遠，足球場般的遼闊草坪增添了幾分距離和空間感。一座由橡樹與歐洲山毛櫸交織而成的樹林襯托著凱莉・米勒的家。

奧圖彎腰檢查車身。

側邊有一道深深的刮痕。

「看起來很慘。」我說。

「沒關係，眞的。我這個月已經被刮了三次車，但和凱莉要應付的事相比，這不算什麼。她的生活簡直跟囚犯沒兩樣。記者和抗議民眾多在十點左右天氣變冷時回家。我通常會把見面時間安排在早上六點或晚上十點後，好避開大門的人潮。」

「凱莉是怎麼應對這些事的？」

奧圖垂下頭，過了幾秒才抬起來。我可以看見他臉上寫滿情緒。

「最初兩週，她幾乎無法言語，一直哭個不停，哭到嗓子都啞了。我聯絡醫生，對方開了藥給她。她服藥後昏睡了幾天，才總算有辦法開口講話。藥物只是暫時麻痺了一切，艾迪，她受到很大的打擊。她被背叛，孤立無援，背負著來自全國的恨意，還面臨多起謀殺指控——你知道嗎，我一度以爲她會自我了斷。我不得不每天親自拿當日份的藥給她，因爲我不敢把整瓶藥留在她家。你懂我意思嗎？」

我點點頭。

「但她還在這裡。她很堅強，也有理由活下去。她想讓大家知道她是無辜的。我認爲某種程度上，這場審判給了她撐下去的動力。她想打這場仗。可是隨著聽審日期愈來愈近，壓力再次浮現，這股意志也一點一滴消亡。你等等看到就明白了。」

「那你覺得呢？她眞的是無辜的嗎？」

「我還記得剛進法學院的頭一個月。我們會研讀案例，知道法律能創造奇蹟，也能輕易毀掉無辜的人。她提醒了我，司法是場可怕的遊戲，所以我才會去找你。你是個比我優秀的辯護律師，我不想讓法學院學生在二十年後讀到她的案子，討論我是如何辜負當事人，把我批得體無完膚。」

這一刻，縱使身穿價值上千美元的西裝，開著頂級豪車，展現出自身權力與財富，奧圖仍難掩內在的恐懼。他怕自己會讓凱莉失望。這就是審判所帶來的影響。事實上，身爲一個律師是該害怕，這是好現象，表示你很在乎，你會爲了案子盡心盡力，於法庭上奮戰。律師在乎那些清白無辜、亟需司法體系發揮作用的當事人。正是這些案件讓我們徹夜難眠，全身冒冷汗。這是奧圖第一次嚐到這樣的滋味。

「艾迪，我知道你不會讓她失望。」他又說。

他帶著我們踏上由大理石鋪砌而成的小徑。來到門口時，前門已然敞開，我認出開門的女人就是凱莉．米勒。第一次在新聞上看到她的時候，她正從中央街一百號的法院大樓走出，面對大批記者和閃光燈。這個場景我再熟悉不過。但凱莉的畫面不一樣。我曾在類似這種媒體搶拍的情況下帶著委託人踏出同一棟大樓，通常我的客戶會戴上帽子，或是用外套蓋住頭，不願讓人在這充滿戲劇性的一刻拍到最脆弱的自己。

當時凱莉．米勒則身穿海軍藍商務套裝，昂首闊步地穿過記者群，眼神充滿堅定。或許是因爲她的自信太過懾人，記者紛紛閃開，讓她走向一輛在路旁等候的車。她的神情舉止透出一種沉著、一種自若，近乎優雅。

然而，此刻站在家門口的她就像變了一個人。無論她聽從什麼建議，在媒體前塑造出何種形象，都與現實的她截然不同。

她穿著黑色T恤和薰衣草色牛仔褲，肩膀垂垮，雙臂環抱著瘦弱的身軀，雙眼緊盯著地板，偶爾勉強往上瞄一下，連抬頭看著奧圖都有困難。她的頸部爬滿紅紅的疹子和抓痕，嘴角下垂，彷彿有股未知的力量將她往下拽，愈拖愈低，直墜地底，就連那頭黑髮也變得稀疏，夾雜著幾絲斑白。

「凱莉，他們就是我跟妳提過的律師團隊。凱特．布魯克斯小姐、哈利．福特，還有調查員布洛克小姐。這位是——」

「艾迪．弗林。」她目不轉睛地看著我。

我能從那雙布滿血絲的綠色眼眸裡瞥見緊張與徬徨。

「請進。」她轉身帶我們進屋。

玄關佇立著一座帶著黃銅欄杆的弧形樓梯。我跟著事務所其他人向右轉，踏進起居室。房間起居室裡擺著兩張面對面的沙發，裝潢走極簡風，只有一張白色大理石桌將沙發隔開。房間後方有座壁爐，一面牆上掛著一幅金牛圖，另一面則嵌有一扇可以遠眺庭院草坪的大玻璃窗。整個空間充滿陽剛之氣。要不是我知道凱莉住在這裡，一定會以爲這是單身漢的家。

房間裡有個超大電視櫃，但不見電視蹤影。我沒問電視跑去哪裡。要是每晚都得看自己的臉出現在螢幕上，聽陌生人說我是殺人犯，我也會把那該死的東西丟進垃圾堆。

凱莉和奧圖同坐一張沙發，哈利、凱特和布洛克三人坐在另一張。

我一個人站著。

「米勒太太，在接下案子之前，我們有幾個問題要問妳。」凱特說。「我們要先確定妳有正當且充分的抗辯理由，才會接受委託。」

「我沒有傷害任何人，也不知道自己嫁給一個魔鬼，布魯克斯小姐，如果妳是這個意思的話。」她聲音低啞，而且斷斷續續，聽起來很緊繃，好像哭了好幾個小時。以她當前的狀況來看，八成是這樣。

「我們知道妳有跟佩提爾先生談過自己對丈夫的懷疑。可以告訴我是什麼讓妳開始心生疑慮的嗎？」凱特提問。

「是這樣的，」凱莉回答。「如今回想起來，雖然發生了一些怪事，但丹尼總能給出一個解釋，而且聽起來都沒什麼不對勁。我想比較像一種感覺吧。我不是那種會疑神疑鬼的人，但或許我該多長點心眼才對。我只是想找人聊聊，告訴他們發生了什麼事、我又有什麼想法。」

「所以，妳從來沒有眞的認爲妳先生就是睡魔。」凱特說。

「我不知道。有段時間我的確認爲他是。可即便到了現在，一部分的我仍舊不敢相信這是眞的。」

凱特望著我。我能感受到她的眼神。凱莉說的是眞心話。但她的嗓音底下還藏著一點什麼。不是哽在喉間那聲嘶啞，而是別的東西。感覺她似乎有所隱瞞。只是一種感覺。一種直覺。

「米勒太太，」我開口。「妳有和妳先生一起傷害或殺害過任何人嗎？」

她輕輕閉上雙眼，眉頭緊蹙，什麼也沒說，彷彿突然墮入痛苦的深淵。彷彿這個問題是傷口裡的毒液，非擠出來不可。

終於，她深吸一口氣。「不，我沒有。」

「妳知道妳先生殺了人嗎？」

她眼中泛起淚光，眨了一下眼睛，雙眼便各流出一滴淚珠，在她臉上互相追逐，沿著腮頰滑落到下巴，兩行淚水就此合而爲一，滴墜在地。

「我不知道，我只是懷疑。我還懷疑自己是不是瘋了才會這麼想。」

「妳懷疑他的那段期間，有做過任何可能協助他躲避警方調查的事嗎？」

「當時我完全不知情，也不是故意要這麼做。」她不假思索地脫口。「如果我知道他就是凶手，哪怕只有一秒，我也會打電話報警。」

「他們在妳抽屜裡發現的首飾屬於受害者所有。妳是從哪裡拿到的？」

「丹尼送給我的。」

「妳知道那件襯衫袖子上的血跡是怎麼來的嗎？」

「我一直到警察告訴我，才知道上面有血。我不曉得那是怎麼來的。大概是丹尼弄的吧。」

「報警可能會讓妳拿不到八百萬美元。這跟妳決定不報警有關嗎？」

凱莉往前傾身，纖纖手指顫抖著抹去一滴眼淚，向我敞開心扉。

「完全沒有，」她回答。「奧圖告訴我，提出無法證實的指控很不明智，但我不在乎。如果我知道他殺了人，我一定會報警。相信我，我一直在心裡反覆思考這件事，一次又一次，覺得自己眞的好蠢，居然聽信丹尼說的話。弗林先生，你有被背叛過嗎？」

我點點頭。

「那種感覺眞的很痛。我指的不是報紙或電視上的報導，也不是那些在外面拉布條抗議的人，或是社群媒體上鋪天蓋地的強暴恐嚇與死亡威脅。我從沒想過自己會遇上這樣的噩夢，同時一部分的我又認爲自己活該。」

「沒這回事，凱莉。」我搖搖頭。

「也許就是這麼回事，是我活該。我信任丹尼，卻懷疑自己。就因爲這樣，因爲我，有人賠上了性命。我每天都在責怪自己。要是我能機警一點、勇敢一點，說不定就能救到一些人。我的沉默害死了他們。這件事會啃噬我一輩子。」

這一刻，我在她眼底窺見了她藏起來的東西。

痛苦和內疚。

凱莉．米勒被一個邪惡的男人欺騙和操弄。一個她曾經深信、深愛過的男人。我無法想像這會對一名年輕女子造成多大的衝擊與情緒傷害。除此之外，她丈夫的醜惡和汙穢也以某種方式玷染了她。仇恨、痛苦及罪惡感如暴風雨猛襲，將她團團包圍。即便坐在她家的沙發上，我也能感覺到狂風在她身旁旋繞呼嘯，威脅著要將她撕成碎片。每一分、每一秒、每一個有意識的時刻，她的心都受盡折磨，永遠不得安寧。凱莉宛如身處精神上的酷刑室，全球媒體、她的朋友、她的鄰居，甚至是她自己，都在慢慢轉緊螺絲，將灼燙的針刺進她腦子裡。

我懂何謂痛苦和迷失。我認識一些耽溺於悲傷，最後被它壓垮、摧毀的人。每當悲傷沉甸甸地籠罩心頭（事實上也經常如此），我都會拚了命甩開這股情緒。因爲我知道，如果不這麼做，我就會被它淹沒。

凱莉．米勒所受的煎熬，那種苦難，我過去未曾見過。

我仔細聆聽她說的每一句話。

眞相難以用言語明述。它有重量，有密度，當它穿過你的胸膛，撞擊你的靈魂，落入你的臟腑時，會發出一聲清響。你感受得到它的存在。它瀰漫在空氣中，如此濃稠，如此眞確，彷彿可以咬上一口。大多時候，你只要聽到就知道了。

凱莉說的是實話。我很明白自己會爲她而戰。

因爲沒有人會。

當然，很多律師排隊等著接這個案子，可能是想替事業加分，或純粹爲了賺錢。

我不在乎錢。站在這裡看著她於沙發上崩潰瓦解，我心裡很清楚，我一定要幫她。我想相信她能撐過去。最重要的是，我想要她也如此相信。

我們都會受傷。黑暗遲早會觸及每一個人。如果我能協助凱莉度過這個難關，如果我能救她，那任何人都有可能得救，就連我也不例外。我當律師不是爲了打贏官司，而是爲了幫助別人。這是人類的本能，或許也是我們最良善、最美好的天性。火災、建築物倒塌、地震、恐怖攻擊……無論你在新聞上看到什麼樣的災難，總會有人奔向危險，想辦法幫助別人。

她需要有人站在她這邊支持她，握住她的手。

她需要凱特和我們這群人。

此時此刻，凱莉．米勒困在火舌飛竄的樓房裡，我則在外面，準備爬上梯子把她救出來。

我轉向布洛克，她回給我一個微笑，眨眨眼睛。哈利豎起兩根大拇指。

我對凱特點點頭。

「米勒太太，」凱特開口。「很高興能成爲妳新的律師團隊。」

4 睡魔

許多人過著雙重人生。

頂樓豪華辦公室裡嗜血無情的執行長，在家可能是溫柔有愛的父母和配偶；白天盡心盡力、積極關懷案主的心理師，入夜後可能會變成執戀到讓人窒息、甚至造成傷害的伴侶；戰場上殺人不眨眼的士兵，卻在見到自己孩子膝蓋擦傷淌血時不忍直視。人們不但會爲各式生活換上不同的服裝，也會穿戴不同的形象，扮演不同的角色。處境和環境會進一步強化這種性格轉變。

至於那些與眾不同的少數人，也就是那些毫無悔意與歉意、懷著掠奪的欲望追獵他人的人，變化可能會更加明顯。

這個男人就屬於少數人。他如噩夢中的獸，以利爪撕裂宿主肉軀，褪去外皮，來到這個世界。他替這一面的自我取了一個名字。披著獸皮時，他眼中的自己除了此稱，再無他名。他自豪地頂著這個封號，二字之間承載著力量，令人心生畏懼。

他的名字叫睡魔。

過去一年，他始終藏匿暗處，躲避聯邦調查局和紐約警方追捕。

他再也躲不下去了。

現在，他有一個目標。一項不許失敗的任務。

睡魔駛進停車場，低垂的紅色夕陽慢慢沉落，隱沒在格拉迪酒店年久失修的屋頂後方。皇后區這一帶離甘迺迪國際機場很近，周邊座落著許多飯店和旅館，堪稱廉價旅宿之城。格拉迪酒店比其他地方便宜，但一分錢一分貨，住宿環境自然不怎麼樣。酒店前身是一幢富麗堂皇的豪宅，然而，一九二九年「黑色星期五」那天，紐約證券交易所崩盤，宣告經濟大蕭條時代到來，格拉迪家族的財富一夕之間化爲烏有。

酒店外觀仍殘存著大蕭條遺下的痕跡，只有絕望、破產或兩者皆是的人才會下榻於此。對睡魔來說，錢不是問題。

監視器才是問題。

格拉迪酒店過去一直是在地首屈一指的飯店，卻因爲歲月摧殘加上疏於打理，半世紀的輝煌幾乎淪爲廢墟，多年來都是靠紐約司法部門爲因應隔離陪審團的需求大量訂房包場，才有辦法維持營運。不過自從連續殺人犯「二元殺手」以陪審員的身分入住，還在這裡殺了人，酒店連公家機關的生意都丟了，如今只有住不起假日酒店或是不在乎、不知道那段血腥黑歷史的旅客才會來這個地方。

酒店附設的停車場很小，大約只有二十個車位，裡面停放著兩部車。從擋風玻璃上的汙垢和四顆扁掉的輪胎來看，那輛老舊的旅行車已經停在那裡很久了。另一輛是豐田，大概是夜班經理的車。

睡魔將後背包從他的黑色廂型貨車上拿下來。全美所有執法單位都在找這台車，找了整整一年。定期更換車牌讓他得以規避追查，持續使用這輛廂型車。他戴上棒球帽，又花了點時間仔細欣賞這座建築及周圍的林地。只見每個窗框和每片木牆板上的油漆都爬滿裂痕，老舊的石板屋瓦看起來好像風一吹就會滑落，其中有些瓦片顯然已經陣亡，屋頂縫隙中冒出一簇簇雜草。

一棟黑暗陰鬱，大而空蕩的房子。

再適合不過了。

他踏上台階，穿過寬敞的大廳，走向櫃檯。木質鑲板牆讓整個空間顯得格外氣派，嵌在壁面上的鹿頭裝飾更是將這種風格推向極致。櫃檯後方的男性接待人員手拿平裝本，坐在椅子上翻讀。即便注意到睡魔走近，他也沒有立刻起身招呼，反倒過了幾秒才擱下書，露出蒼白的膚色、油膩的頭髮和淺淺的微笑。

「先生，請問需要什麼服務？」他問道。

「我要一個房間。」

男子有點納悶，過了一會兒才意識到睡魔不是在開玩笑。

「您要住多久？我們不按小時計費喔。」他說。

「我要住一個晚上。」

「一共是五十三美元。」櫃檯人員將旅客住宿登記表推過桌面，滑到他眼前。

睡魔從充當筆筒的馬克杯裡挑了一枝鉛筆，開始填寫表格。

「我需要您的信用卡來支付房費。按照慣例，我們會另外預收五十美元以支應額外費用，請問這樣可以嗎？」

「沒問題。」他邊說邊從皮夾裡拿出信用卡遞過去。對方接過，在機器上刷了一下，印出簽單，請他留下地址和簽名。

櫃檯人員在電腦螢幕上點來點去的同時，睡魔將簽單翻到背面寫了些什麼，接著又翻過來，寫下老威斯伯里的地址，在上頭簽了名。「我出去吃個晚餐，」他把簽單遞回去。「可以先把背包寄放在這裡嗎？」

「當然可以，先生，交給我吧。對了，我叫湯姆，是這家酒店的經理。」

「謝謝你，湯姆。」睡魔把背包拿給他，然後離開酒店，坐上廂型車，轉動鑰匙發動引擎。

他看看手錶，忍不住伸出食指撫觸青銅錶殼。沛納海一九五〇潛水錶，一個昂貴又令人愛不釋手的禮物。這支錶只生產了兩百五十支。雖然每支出廠時都一模一樣，但隨著時間推移，錶殼會在風吹日曬下逐漸染上獨特的銅綠色光澤與鏽蝕印記。這支腕錶不僅意義非凡，更是一份貼心的贈禮，因爲它就像他一樣——精準、細緻又獨一無二。

晚上七點五十八分整。

三十分鐘差不多。

聯邦調查局的反應時間大概是這樣。

他打到一檔，開著廂型車駛離停車場。

5

迪雷尼

晚上七點五十八分。

迪雷尼在聯邦調查局辦公室的一天以拉開序幕的方式落幕。這一年來，每天早晚，迪雷尼都會查看睡魔的最新消息。聯邦調查局可以進入世界各國的犯罪資料庫，裡面的資訊多少都會定期更新，因地區而異。有些資料庫，例如國際刑警組織的臉部辨識系統，每幾分鐘就會上傳最新的生物特徵識別資料；有些則是每隔幾小時、每天甚或每個月更新一次。對迪雷尼來說都沒差。她要看的是數字。每天早晚，檢閱三十一個資料庫。

她一邊瀏覽，一邊啜著特大杯冷咖啡。正如她每天早晚的習慣。不加奶精，五包糖。咖啡就是要這樣喝才對。

她拿起辦公桌上的電話撥號。一心多用又添了一用。回鈴音響了一次、兩次、三次。她需要做的只有這樣，讓電話響三聲，然後掛斷。迪雷尼滿十八歲後，只要離家在外過夜，不管多晚，回到下榻處都必須打給母親柯琳，讓電話響三聲，跟她報平安。做媽媽的難免會擔心，但愛爾蘭媽媽是全天下最會擔心的一群。正當她準備掛上電話，完成身爲女兒應盡的義務時（雖然有點太早打），她聽到有人接起。

「佩姬，是妳嗎？沒有顯示來電號碼。妳還沒回家對不對？」柯琳呼吸急促，用都柏林腔連珠炮似地飆問。儘管在波士頓生活了四十多年，她仍舊擺脫不了家鄉的口音。

「對，是我。媽，我沒事。我只是——」

「妳很清楚，除非確認妳平安回家，否則我根本睡不著。別想騙我，小姐。我已經一把年紀了，而且妳說謊的功力也沒有自以爲的那麼厲害。」

「媽，我很好，我正要離開辦公室——」

「哦，這可不叫好吧？我是要妳到家後打給我，不是到家前。」

迪雷尼隱約聽見話筒另一端傳來細微的喀喀聲。那不是訊號問題，是她母親緊攥著玫瑰念珠的聲音。她知道，最好別跟她吵。

「我到家再打給妳。我愛妳。」

「我也愛妳，小乖。」

她掛斷電話，再次轉向螢幕。

三十一個資料庫。

一如今天早上，丹尼爾・米勒的銀行帳戶、信用卡和廂型車車牌依舊毫無動靜，沒有任何線索，臉部辨識監視系統也沒拍到他的臉。睡魔至今仍名列聯邦調查局十大通緝要犯之首。迪雷尼著手整理辦公桌準備離開，結果翻到一張待辦清單。通常她會在下班前將清單揉成一團，扔進碎紙堆。若上頭還有待辦事項沒做，她就會加班到完成爲止。

還剩下一件事。

迪雷尼拿起話筒撥號，等待接通。電話直接轉進語音信箱，跟她之前打的那三次一樣。凱莉・米勒案再過兩天就要開庭，紐約市警局和聯邦調查局決定分工合作，消化落落長的證人名單。任何與迪雷尼有接觸的證人，她都有責任去關心他們的情況，確認對方已經準備好出庭應訊，並告知他們可能被傳喚的時間。

每個證人都聯絡上了，只有一個例外。

總是有那麼一個例外。

切斯特．莫里斯。他在布魯克林第四大道的蔚藍酒店當門衛。凱莉．米勒的照片初次登上媒體不久，切斯特便主動聯絡紐約警方。他說有天晚上下班後，他去第四街和第六街轉角的小餐館外帶墨西哥捲餅。帶著食物離開時，他注意到餐館旁的公寓大樓門口有兩個身影。一男一女。他們站在遮篷下，彼此緊靠在一起，可是當時並沒有下雨。男的似乎在摸索鑰匙想開門。他看到那人用鑰匙或不曉得什麼東西開鎖。切斯特繼續朝公車站走去，沒有插手。

隔天晚上他聽到新聞才知道，那棟公寓裡有兩名女子遭睡魔殺害。他覺得大門口那兩個人很可疑，但警方要找的是一名男性，不是一對情侶。

丹尼爾和凱莉．米勒的照片躍上頭版後，切斯特才打電話給紐約警方，說他在案發當晚看到有兩個人於受害者公寓外徘徊。

這份證詞至關重要。切斯特會是個很有力的目擊證人。當然，他希望檢調單位能表示一點誠意，作爲他出庭作證的回報。他背了一條涉嫌傷害的指控，目前仍在審理中，倘若罪名成立，他就會丟掉酒店門衛的工作。成比爾和德魯．懷特與切斯特談妥條件，只要他好好合作，傷害案就一筆勾銷。然而，媒體不知怎地取得了切斯特的口供證詞內容，還寫了幾篇報導。

既然他不接電話，迪雷尼只好留言。他可能正在值班應付客人吧。

她從座位上站起來，伸伸懶腰。晚上八點零五分。今天的工作已經做得差不多了。就在她伸手探向手機時，新訊息的叮叮聲響起，緊接著是電腦收到電子郵件的提示音。

手機螢幕上跳出美國運通金融詐騙專案小組傳來的警示訊息。她立刻查看電子郵件。那是備份通知，以免她沒看到第一則簡訊。迪雷尼還來不及打給銀行，她的手機就響了。是匡提科的白領犯罪調查處打來的。

「迪雷尼探員，我是白領犯罪調查處的羅德尼克探員，」那個聲音說。「妳要找的人有線索了。」

迪雷尼一時語塞。她等了好久好久，如今終於有所突破。就在她眼前，就是這通電話。自丹尼爾．米勒逃亡以來，聯邦調查局一直在監控他的銀行帳戶和信用卡。他們並未強制停卡或凍結這些帳戶，純粹是爲了觀察是否有金流活動。米勒坐擁的財富多到就算沒工作也不愁吃穿。據悉他攜帶大量現金以免暴露行蹤，但現金總有用完的時候。

「在哪裡？」迪雷尼急忙問道。她以爲會聽到他在蘇利南的車行租車、於哥倫比亞預訂私人包機，或單純在薩爾瓦多購買日用品之類的消息。她很確定米勒已潛逃出境，躲在一座與世隔絕、遠離聯邦調查局的偏僻小鎮裡。

「睡魔剛才在皇后區的格拉迪酒店刷了他的美國運通卡。」

6

迪雷尼

大批警車將格拉迪酒店停車場照得燈火通明。車頭燈、閃爍的藍色與紅色燈光，加上幾盞大型探照燈，讓這個地方看起來有如國慶活動現場。她之前來過這家旅館，當時是爲了追捕連續殺人魔「一元殺手」，他以陪審團成員的身分被法院送到此處隔離。若要說有什麼不同，那就是這裡看起來比上次更破爛。

迪雷尼把車停在一輛四顆輪胎全都沒氣的老舊旅行車旁邊。停車場裡還有一輛豐田自小客車。往好處想，起碼這家酒店沒什麼人住，不然要是睡魔有動作，還得擔心其他住客的安危。大約有三十名員警手持霰彈槍或突擊步槍站在酒店外面，隨時準備應戰。

成比爾陪同一名穿著白襯衫、黑褲和黑色西裝背心的男子走出酒店。看來應該是值班經理。他們後面跟著一位身穿長袖運動服、繫著圍裙，年約五十多歲的婦女。格拉迪酒店就只需要這麼一個清潔人員，因爲客人實在少得可以。一名警察帶著經理和房務員走向附近一輛特警隊專用廂型車，護著兩人的頭讓他們上車。

「他在這裡嗎？」迪雷尼的嗓音裡揪著一絲沉重。她看得出來，他們晚了一步。

「根據湯姆，也就是值班經理的說法，他大約在四十分鐘或四十五分鐘前入住。他把背包留在這裡，說要去吃點東西。」

「他把背包放在房間？」

「沒有，他拿給經理。」

「是他嗎？是米勒嗎？」迪雷尼追問，胃裡一陣翻攪。他們最不需要的就是有人偷米勒的信用卡。一定要是睡魔。必須是他，也只能是他。

「對。」

「有沒有監視器畫面？」

「他們的監視器是那種老式的磁帶錄影機，五年前就壞了，一直找不到人來修，也沒錢裝新的系統，所以沒有影像。經理大略描述了一下，年齡和身高都相符。」

「你有給他看米勒的照片嗎？」

「有，他說那個傢伙可能就是他。他進來時戴著棒球帽。或許米勒的外貌在過去一年有所改變，我們無從得知，不過別擔心，是他沒錯。」

「你怎麼這麼肯定他就是睡魔？」

「他刷了他名下的美國運通卡，還留了一張紙條給我們。」比爾將裝有旅客住宿登記表的透明塑膠證物袋遞給迪雷尼，然後握著她的臂膀輕輕引導她轉身，將她帶離酒店。

她察看登記表。

他簽的是**丹・米勒**，留的是老威斯伯里的草原路地址。她把簽單翻過來。

背面寫著四個字。

滴答滴答。

迪雷尼一邊思忖這四個字的含義，一邊回頭瞥了酒店一眼，轉過來環視被警車占領的停車場。

「我們得在酒店裡安插一些人，」她表示。「將警車移到隱蔽的地方，用無標誌的車輛設下防線。他隨時都有可能回來。」

「他不會回來了。」比爾說。「我剛才走進行李寄存處，一聽到聲音立刻轉身離開。」

「什麼聲音？」

「米勒的背包。不停滴答作響。拆彈小組五分鐘後到。」

迪雷尼倏地垂下肩膀。

「他手上的現金根本沒用完。他沒有犯錯。」她喃喃地說。

比爾點點頭，大聲叫停車場裡的人退後，讓現場淨空。

「對，沒有，」比爾說。「他想引我們直接去拿背包，然後——砰！」

「爲什麼還在這個時候出手？」迪雷尼納悶。與其說是問比爾，不如說是問自己。

「也許是因爲他老婆過幾天就要受審了。」

拆彈小組駛進停車場。警車紛紛退到外圍，形成一道綿延寬闊的防線。格拉迪酒店周邊有許多空地，大部分都是疏於維護的草坪和雜亂繁蕪的樹木，一路延伸到另一條四線道高速公路。最近的建築是一座浸信會教堂，以一個可藏在背包裡的爆炸裝置而言，威力絕不可能波及到那裡。話雖如此，警方還是嚴陣以待，不讓任何人開車進入停車場，並將酒店僅有的兩名員工帶到安全的地方。儘管安排了這些勤務，現場的警察還是太多，比爾便派三分之一的員警去巡邏，另外三分之一去搜查每一條通往酒店的街道，沿路尋找監視器，取得睡魔抵達和離開前後一小時的影像畫面。幸運的話或許還有拍到車牌號碼。他們推斷，睡魔想必是定期更換車牌，才有辦法持續使用那輛廂型貨車。

這些都是在紐約市警局的機動指揮車上討論出來的結果。他們正以飛快的速度於酒店前方搭建防爆盾牆，指揮車就停在距離盾牆約十五公尺的地方。一旦引爆裝置，酒店勢必會被炸毀。他們無力保住這棟建築，只能設置屏障來阻擋爆炸時飛濺的碎玻璃與破瓦殘礫。

技術人員將拆彈機器人送進酒店。迪雷尼除了等，還是等。移除爆裂物必須耗費大量時間，體感上更是度秒如年。等待爆炸的感覺很怪，既緊張又無聊。迪雷尼有過幾次類似的經驗。她從美國陸軍退役後便加入聯邦調查局。駐紮於伊拉克與阿富汗的軍旅生涯讓她意識到轉行才是正確的選擇。留守基地休息、沒有執行任務的那些日子，她都會感受到一股麻木、淡漠又不尋常的壓力。事實上根本沒有所謂的休息時間，真的。她可能坐不到半小時就得重返崗位，處理那些破事。就算待在基地，依舊得面臨迫擊砲攻擊的威脅，甚或自殺炸彈客乘著合法進出的卡車潛入駐地。她正是在這樣痛苦的等待中開始體會到母親的感受。這也是她退役的原因之一。迪雷尼服役期間，柯琳每天都會去小小的多徹斯特教區教堂點蠟燭，向聖母瑪利亞祈禱她平安歸來。迪雷尼退役回家後聽神父說，柯琳點的蠟燭多到差點把教堂燒個精光。

等待拆彈的感覺與此相仿，只是不會讓她流那麼多汗。不像在伊拉克法魯賈的時候。當時讓她冒汗的不是熱燙的氣溫，而是緊鉗著她的肩膀，爬上後頸，讓大腦沸騰的壓力。她站在比爾身旁，倚著他的荒原路華休旅車引擎蓋，下意識地開始磨牙。四十幾分鐘過去了，什麼也沒發生。鑑識小組帶著咖啡抵達現場，靜待危機解除。一名拆彈技術人員換上厚重的防爆衣，側身從盾牆間的縫隙穿過去，步向格拉迪酒店。又過了半個小時，比爾才從對講機裡得到消息。

「一切安全。只是虛驚一場。背包裡沒有爆炸裝置。」技術人員回報。

迪雷尼與比爾交換了一個好奇的眼神，邁步走向酒店。他們踏進大門時，拆彈技術人員正好從裡面出來。

「如果沒有爆裂物，那我聽到的滴答聲是怎麼回事？」

技術人員聳聳肩。「背包裡沒有金屬裝置，也沒有塑膠炸彈或液體，只有……呃，你們還是自己看比較好。」

那只後背包就擱在酒店櫃檯，頂蓋整個掀開。比爾戴著手套將背包拎起來，放到地上。迪雷尼抬頭瞄了一眼，只見鑑識小組魚貫踏入酒店，其中一人已經拿著相機排隊等拍照了。

「拍一下背包頂部。」比爾後退一步，以免擋到鏡頭。相機閃光燈閃了幾次。比爾跪了下來，迪雷尼也跟著屈膝。他把拉鍊拉到最底，讓背包徹底敞開。

她知道切斯特．莫里斯爲什麼不接電話了。他再也不必煩惱出庭指證凱莉．米勒的事，也絕對不用擔心檢方是否會信守承諾，撤銷他的傷害罪指控。

切斯特的眼珠不見了。他的頭顯然是遭某種極爲鋒利的銳器從脖子根部割斷，傷口乾淨俐落。他張大嘴巴，發出無人能聽見的慘叫。他的口腔和眼窩被色澤深暗的東西塡滿，但那不是血。

是沙子。

迪雷尼活到這把年紀，看過很多可怕的事。人們被開膛剖肚、虐待折磨、殘忍謀殺。生命最後一刻的恐懼和苦痛深深烙印在他們臉上。她起身後退，深呼吸，喀喀地扭動脖子，再湊上前仔細察看頭顱。

就在這個時候，一陣滴答聲傳來。

「天哪，他腦袋裡八成有炸彈——」比爾還來不及多說，就被迪雷尼打斷。

「那不是機械裝置。你聽。」

他們站在原地動也不動，大氣都不敢喘一口。怪聲又出現了。節奏輕巧急促，彷彿在叩敲什麼。比爾抽出勤務腰帶上的手電筒，照向背包內部。一個小小的黑色不明物體似乎被突如其來的光線嚇到，從切斯特的門牙上一閃而過。那不是影子。是某種昆蟲。

「原來是蟋蟀。」比爾鬆了一口氣。自從聽到滴答聲後，他就一直屏著呼吸。

「不是蟋蟀，」迪雷尼說。「太小隻了。蟋蟀也不會發出那種聲音。」

「我們應該把凱莉．米勒抓來問個清楚，」比爾說。「一定是她通風報信。這下檢方的關鍵證人被他幹掉了。我會打給地方檢察官，安排二十四小時全天候保護本案所有證人。」

「比爾，我們需要的不只這些。拜託，切斯特上過晨間新聞好嗎！我幾個月前就告訴過你，我們應該把——」

「不行，想都別想。」

「聽著，我們一路走來的努力全都以失敗收場。若說有誰能逮到睡魔，肯定就是蓋布瑞．雷克。」

「妳眞的這麼認爲？」

她點點頭。「他是我認識唯一一個能像他們一樣思考的人。」

「佩姬，他能像殺人犯一樣思考是有原因的，不是嗎？」

她張嘴想回應，卻被他硬生生打斷。

「我不能答應，」比爾說。「他很危險。我不信任他。」

迪雷尼搖搖頭。看來還是無法說服比爾。

她和比爾離開現場，讓鑑識人員檢查背包和頭顱。迪雷尼覺得沙子裡那些像昆蟲的生物似曾相識，叫聲也很耳熟，但一時想不起來是什麼。兩個鐘頭過去，他們能做的、該做的都做了。睡魔在嘲弄他們，嘲弄迪雷尼和比爾。她從剛才提到雷克後就很少跟比爾交談。他不肯聽，也聽不進去。像成比爾這樣的人只看得到事情砸鍋所帶來的負面政治影響。他們只想到自己，還有他們的職業生涯。

雷克的問題和包袱比波音七四七還重，卻也造就出現在的他。他是個獵手。純粹絕然，不折不扣。如今他們比以往更需要他的幫忙。

迪雷尼拖著疲憊的身軀，走向停放在停車場的車。她注意到旁邊那輛老舊旅行車的後車門微開，座位上有幾條毯子，感覺是城裡眾多遊民休憩的好地方。她帶著睡意驅車返回市區。等待拆彈小組的緊繃情緒鬆解，加上失去證人的打擊，讓她幾乎耗盡所有精力。這就是睡魔的目的。他隨心所欲地奪人性命，玩弄警方和聯邦調查局。迪雷尼對未來的日子感到憂懼。

聯邦調查局在紐約有許多可供歇宿的據點，四散於城市各地，連曼哈頓也不例外。迪雷尼偵辦睡魔案期間所住的公寓就是其中之一。這些房子大多是用於庇護和安置的安全屋，但有時也會讓借調過來的探員使用。她之所以要求住這裡，是因爲這棟大樓是市區爲數不多有附地下停車場的公寓。公寓本身不怎麼樣，而車位的價值不亞於房產，說是買車位附房子也不爲過。她用遙控器升起柵欄機擋桿，駛下斜坡，在光線昏暗的停車場裡找到自己的位置。

她熄了火，嘆口氣，揉揉肩膀，往後靠在座椅頭枕上。

閉上雙眼之際，她瞥見有個又細又黑的東西從她頭頂飛掠而下，掃過她的視線，然後——

束線帶緊緊勒住她的喉嚨，讓她無法呼吸。塑膠假牙的摩擦聲如漣漪般，一陣一陣竄進耳裡。迪雷尼瞪大雙眼，張大嘴巴，脖子被牢牢綁在頭枕上。她的手拚命抓扯頸間，雙腳猛力踢蹬踏墊，腳踝兩側被踏板刮得傷痕累累。

她看見後照鏡映射出一個人影。一隻強壯的手從後座探出來，抓住她的頭頂，另一隻手將某個尖銳物刺進她喉部。那隻手移開時，她隱約瞄到注射針頭，上面沾了她的血。

她雙臂癱軟，兩腿動彈不得。噁心與暈眩感如潮水來襲，漫過她的身體。眼皮垂落的那一刻，她彷彿聽見電話鈴聲，一次……兩次……三次……然後是玫瑰念珠的碰撞聲。

一絲溫熱的鼻息拂過她的頸項。

接著傳來一個嗓音。

眞實的人聲，不是藥物引發的幻覺。一個低沉沙啞的男中音輕輕哼唱，彷彿在哄她入眠。她幾乎是立刻闔眼，昏昏沉沉地睡去。

「睡魔先生，請許我一個夢。爲我打造一個可愛的她，再甜美不過……」

7

艾迪

我闔起桌上關於凱莉．米勒的案卷，往後靠著椅背，側耳聆聽夜晚的脈動。我小時候在學校看過一捲介紹自然生態的錄影帶，主題是亞馬遜雨林。我還記得節目旁白說，太陽下山後，森林會變得非常熱鬧，生氣蓬勃。

曼哈頓也是如此。白天時，熙來攘往的人車噪音與城市喧囂不絕於耳（我猜南美洲雨林大概也差不多），然而入夜後，這些聲響變得格外明顯，想不注意到都不行。有人在唱古老的愛爾蘭民謠，但我聽不出來是哪一首，因爲附近有幾個嗓音在大聲嚷嚷、吵著誰該付計程車錢，蓋過了副歌。喇叭高聲鳴叫，引擎嗡嗡作響，輪胎呼嘯狂飆。

花了五個小時閱讀描述死亡的文字、翻看受害者的照片後，我必須暫停一下，好好感受生命的氣息。要做到這點，紐約再適合不過了。這座都市是另一種形式的叢林，同樣擁擠，同樣充斥著聲光，或許也同樣危險。

這裡有掠食者於黑暗的街頭潛行，悄悄跟蹤獵物。他們的目標對象大多是貧窮與弱勢族群。但有些人，例如睡魔，是無差別獵殺。這就是他可怕的地方。他的攻擊毫無規律可循。不僅時間地點不固定，受害者也沒有共同的特徵，無論是清晨四點走在街上，還是鎖好門窗待在家裡都不安全。

他猖狂作惡的那段期間，整座城市寂靜無聲。然後某一天，殺戮就此消停。新冠疫情趨緩解封後，大家普遍認爲睡魔已逃匿無蹤，說不定早就離開美國了。大部分民眾都放下戒心再次踏出家門，覺得深夜獨自一人躺在床上很安全。恐懼依舊存在，只是隨著時間逐漸消散，鋼鐵、玻璃與水泥高樓夾道如峽谷的曼哈頓也慢慢復甦，回歸正常生活。

我閉上雙眼，腦中閃過方才翻閱的犯罪現場照片。受害者以女性居多。眼珠被剜除，大量細沙傾倒在她們臉上，塡滿了那對曾有過靈魂的眼窩，也塡滿了她們的嘴巴與喉嚨。沙粒卡在她們的牙縫裡，沾黏在嘴唇和牙齦上。淌血的傷口將沙子染成了粉紅色，只有口腔裡的沙依舊灰白，散發出一種陌異感。

根據起訴書內容，這份案卷是按每一位受害者細分、整理出來的資料。共有六人與凱莉有關。假如檢方勝訴，這些罪名成立，聯邦調查局應該會想辦法東拉西扯，硬是找出凱莉與其他睡魔謀殺案之間的關聯。但現在擔心這個還太早。我手上有犯罪現場調查報告及鄰居和家屬的證詞，這些都能讓我簡單了解這場審判中六名被害人與他們的生活，並運用直覺拼湊出可能的遇害過程。

瑪格麗特．夏普是一名三十二歲的行銷總監，住在東哈林區，喜歡古著衣物和自己在家手作烘焙。她每天都騎著有白色圓點的紫丁香色自行車去上班。前輪擋泥板上方裝了一只藤編置物籃，她經常騎車去購買食品雜貨，放在籃子裡帶回家。不久前，她在健身房認識了一位名叫佩特拉的年輕女子，對方也喜歡騎自行車和烘焙，兩人最近才剛過完交往滿六個月的紀念日。案發後隔天早上，佩特拉發現瑪格麗特陳屍住處。她們幾乎天天一起騎車上班，可是那天瑪格麗特沒接電話，佩特拉便拿備用鑰匙進入瑪格麗特的公寓。瑪格麗特於去年五月二十一日遇害，後來佩特拉證實，調查人員在凱莉衣櫃裡找到的古董純銀玫瑰耳環屬於瑪格麗特所有。

佩妮．瓊斯與蘇珊娜．艾布蘭兩人在布魯克林第四大道合租一間公寓。二十一歲的佩妮是創作型歌手，每週有八場演出，其他時間只要能排班，都會到凱茲熟食店兼差當服務生。蘇珊娜年紀較長，卻沒比較有智慧。她在離家兩個街區外的愛爾蘭酒吧裡替客人倒健力士啤酒和威士忌，通常一個晚上賺的小費比佩妮一週掙的薪水還多。問題是這些錢不管怎樣，最後又全數流回酒吧，特別是當佩妮被退稿的時候。她寫了一本小說，正在尋找願意替她接洽出版社的作家經紀人，但每次點開電子郵件的感覺都像臉被揍了一拳。

兩個年輕女性在全球最繁華的前幾大城市裡努力打拚，享受生活。

五月二十九日早上，鄰居發現她們家的門開著，不管怎麼叫都沒有回應。他進屋查看，隨即跑出來打電話報警。佩妮和蘇珊娜分別陳屍在自己的臥室裡。慘遭肢解，孔竅被沙子塡滿。她們的房門都關著，公寓裡也沒有打鬥痕跡。值得注意的是，兩位健康的年輕女子當下似乎沒有能力反抗、抵擋凶手的攻擊。一位名叫切斯特．莫里斯的目擊證人聲稱，五月二十八日案發當晚有看到一男一女在佩妮和蘇珊娜的公寓大樓門口逗留，且該名男子看起來好像在撬鎖。莫里斯指認當晚門外的那對男女就是丹尼爾與凱莉．米勒。佩妮和蘇珊娜各遺失了一枚戒指。前者是鑲有兩顆紅石榴石的玫瑰金戒指；後者則是嵌著單顆灰寶石的銀戒。兩枚戒指都在凱莉收納首飾的抽屜中尋獲。

莉莉安．帕克住在翠貝卡區，個性沉默寡言，總是獨來獨往，身爲自由接案設計師的她大多在家工作。她陳屍在公寓大樓後方的小巷內，跟睡魔慣用的手法不太一樣。莉莉安年約四十一歲，很愛拉小提琴，但周遭鄰居完全不曉得這件事。警方發現她的小提琴琴弦上纏著棉花，藉此降低練琴時的音量。住在隔壁的泰瑞莎．瓦斯奎茲表示，六月三日案發當晚，她看到有對男女在公寓大樓外閒晃，外貌描述與丹尼爾和凱莉．米勒相符。泰瑞莎．瓦斯奎茲和切斯特．莫里斯一樣，都是在凱莉．米勒被捕的消息曝光後才決定站出來聯絡警方。莉莉安每天都會佩戴的浮雕寶石胸針既不在她的公寓裡，也不在她身上。她的母親告訴警方胸針不見了，於是專案小組便回頭審視其他命案，聯絡受害者家屬，確認睡魔拿走了哪些珠寶首飾。若非帕克太太提出疑問，警方和聯邦調查局可能到現在都還不知道睡魔會在犯案後帶走戰利品。

尼爾森一家住在紐約東村一棟豪華的褐石建築裡。清晨六點左右，有個好心人發現他們家前門開著。第一個抵達現場的警員資歷相對較淺，算是菜鳥。負責督導他的老鳥帶頭進屋，要他上樓查看情況。沒多久，樓上就傳來重物撞擊的悶響。老鳥立刻衝上去，發現菜鳥倒在主臥室外的樓梯平台上，完全失去意識。起初他以為是有人攻擊菜鳥、把他打昏，不過下一秒，他就明白他為什麼會暈倒。托比亞和史黛西．尼爾森兩人躺在床上，棉被一路蓋到脖子，眼窩和嘴裡塞滿了細沙。八歲的艾莉．尼爾森在主臥室隔壁的房間熟睡，手上還抱著一隻泰迪熊，她年僅五歲的弟弟羅柏（養子）則在自己的臥房。除了遭人注射鎮靜劑外，兩個孩子都平安活著，沒有受到任何傷害。姐弟倆都沒看到那個在黑暗中拿針筒扎他們脖子的人，但其中一個孩子小羅柏說，他有感覺到一絲呼吸擦過他的臉頰。

那個菜鳥請了一個月的病假，假休完後就自請辭職。才離職不到一週，他就因為服用過量止痛藥而死，紐約市警局比照身故員警規格，為他舉行了隆重的葬禮。我忍不住想，假如他能再活久一點，看到聯邦調查局查出丹尼爾．米勒的住處、在凱莉．米勒的衣櫃裡找到史黛西．尼爾森的黑珍珠項鍊，是不是就能得到某種程度上的解脫？是不是就能救他一命？

無數受害者死在睡魔手裡，這六人不過是冰山一角。這些都是近期發生的命案，檢察官也掌握到相關證據，認定凱莉・米勒涉有重嫌。我去過凱莉・米勒家，站在那裡和她面對面談話，我實在無法將那名女子，與迷昏兩個孩子還若無其事殺害他們爸媽的人畫上等號。

我跟不少冷血殘暴的禽獸打過交道，負責本案的聯邦調查局首席分析師佩姬・迪雷尼也是一樣。事實上，迪雷尼曾和我一起合作，追查小柏・所羅門的案子。當時有個連環殺手冒用他人身分混進陪審團，參與小柏的審判。我很幸運能撿回一條命。如今大腿上那道長約十八公分的疤每逢冬天還是會發癢，夏天就陣陣刺痛。除此之外，迪雷尼也在阿維利諾案審理期間（我和凱特就是在這場審判中以對手的身分初識結緣）給了我一些指點。她以追緝殺人犯爲生，我則代表那些被控謀殺的人。難怪我們會相遇，我倆都身在同一座城市，處理最駭人聽聞的案件。我喜歡迪雷尼，她聰明慧黠，做事也很認眞。我們有個共同的女性友人叫哈波。我曾愛過她，卻也失去了她。

我和迪雷尼最近一次交談是在哈波的週年紀念追思會上。她聊起我們的朋友，由衷分享內心那股溫暖和深刻的情感。我靜靜聽她說話，不時點頭回應，然後和她相擁道別。我沒辦法跟別人談哈波的事。目前我還做不到。任何人都不行，就連哈利也不例外。我一度以爲我們倆有機會在一起。往後餘生，我要背負的舊傷不只身上那些疤痕。

我從椅子上站起來，走到窗邊。對街夜店炫目的霓虹燈光透過窗戶灑落進來，將房間染成了深紅色。街頭的嘈雜與喧鬧似乎在這抹豔光中逐漸淡去，彷彿繽紛的色彩蓋過了其他事物。

布洛克、凱特和哈利都相信凱莉・米勒。這點我無法忽略。當我看著她的眼睛，問她是否殺了那些人的時候，她說的是實話。我就是知道。所有對她不利的事證都是間接證據，但也都說得通。過往經驗讓我學到一件事：不管檢方怎麼講，都不能無視自己的直覺。

我在想，關於她先生不可告人的黑暗面，也許她知道的不止這些，只是不願多談。也許她自始至終完全知情，只是一直生活在恐懼裡，慢慢被自身沉默所帶來的罪惡感淹溺。我知道她懷疑過他，卻沒有做出任何行動，讓她備受煎熬。這表示她在乎。殺人犯沒有同理心，也假裝不來。重要的是，我們四個都相信凱莉。

只不過除了我們，全世界都認爲她是殺人凶手。

檢方會提出兩個論點。第一，她意圖謀殺被害人，並慫恿或協助她先生犯案。若檢察官無法證明她有主觀犯意，就會退而求其次，從第二個論點切入，即她是共犯。在這種情況下，檢方必須證明她知道她先生打算殺人，同時還提供了方法、機會或單純從旁協助。其中後者比較容易提出相關事證。不管怎樣，只要任一罪名成立，她就永遠無法踏出監獄大門。

檢方列明的最後一項證據非常棘手。我沒問過凱莉，沒有很明確地問。大陪審團在商議是否要起訴她時，一定有將這個證據列入重要考量。這件案子有一點無庸置疑：丹尼爾·米勒就是睡魔。是他殺害了那些人。毫無疑問。

凱莉·米勒卻說謊，掩蓋了這件事。

我想知道她爲什麼要保護他。

就在這個時候，桌上的手機開始震動。

我看了一下手錶。這是我女兒艾米多年前送我的禮物。雖然鏡面爬滿刮痕，電池每幾個月就要更換，但我就是捨不得、也絕不會脫下這支錶。艾米也有支一模一樣的手錶，至少在它壞掉前是這樣。她的繼父凱文買了一支新的給她，當作十五歲的生日禮物。他還沒正式升格成繼父，但也快了。我的前妻克莉絲汀幾週後就要再婚，這個消息對我的打擊沒有想像中那麼大。我已經接受克莉絲汀放下過去、展開新人生的事實，感覺就像往日的悲傷，大多時候都很好，唯有意外撞見時才會感到心痛。不過比起克莉絲汀，我更掛念艾米。總覺得我好像快要失去她了。

我一把抓起手機，對了一下螢幕和手錶上的時間。快凌晨兩點。凌晨兩點的電話準沒好事。是我們的調查員布洛克打來的。

「妳沒事吧？」我劈頭就問。

「我正要趕去甘迺迪國際機場附近的聯邦調查局分處。剛才發布了全國警報。有個跟佩姬．迪雷尼住同一棟公寓的住戶打電話報警。佩姬的車停在地下停車場，四門全開，警報器響個不停。她的手機和配槍都在車上……」

我想講點什麼，卻吐不出半個字。彷彿呼吸瞬間凍結，凝滯在胸口。

「他回來了。」布洛克說。

8 艾迪

聯邦調查局紐約辦事處位於曼哈頓聯邦廣場二十六號，另設有五個分處作爲當地的衛星辦公室。牙買加分處位於甘迺迪國際機場附近，就在邱園路一棟現代感十足的玻璃帷幕建築裡，占了整整一層樓。其他樓層則分別由二十四小時健身房、護理中心、調酒師培訓學院、美髮沙龍和保險經紀人公司進駐。

稱不上戒備森嚴。

布洛克在大樓外等我。她穿著黑色T恤配黑色休閒大衣和藍色緊身牛仔褲，腳上踩著厚重的工作靴。我還是那套海軍藍西裝，只是沒打領帶，任由白色棉質襯衫領口敞開。

「律師就該打領帶。」布洛克說。

「我的作風跟別人不太一樣。」

「我有注意到。」

「有消息了嗎？」

她搖搖頭。

我們邁步上前，順利穿過玻璃旋轉門，搭乘電梯來到聯邦調查局分處辦公室。顯然維安措施全都集中在這層樓。金屬探測門、隨身行李掃描設備、人體掃描儀……我們依序經過重重安檢，終於來到接待區。接待區很小，只有四張硬硬的塑膠椅，其中兩張分別擺在大門左右兩側，正對著前方的巨型辦公桌。桌子後方坐著一個女人，光是氣場就令人生畏。她大概六十多歲，戴著黑色粗框眼鏡，雙眼流露出歲月的痕跡。她將椅子轉過來面向我們，越過鏡框瞄了一眼，然後噘起嘴。

「請問有什麼事嗎？」

「我們是佩姬．迪雷尼的朋友。方便跟哪個值班的探員談談嗎？我叫艾迪．弗林。」

「請坐。」她邊說邊起身，從側門走出去。我沒告訴她我是凱莉．米勒的律師，不然他們會馬上押著我離開大樓。

我完全沒察覺到還有其他人在旁邊等候。他坐在大門另一側的塑膠椅上，頭垂得好低好低，貼近膝蓋。剛才我們走向接待區時只能看到椅背，難怪我沒注意到他。他頂著微鬈的深褐色頭髮，雙手交疊抱著頸後，好像在做防撞姿勢。我和布洛克在另一邊的座位上坐下。他直起身，抹抹臉，打量我們好一陣子。

他面無血色，身材瘦削，臉上有些許鬍碴。他的藍色襯衫和黑色西裝看起來就像清早從某個體格較爲壯碩、穿著這套衣服睡了一夜的傢伙身上偷來的，不僅襯衫領口太大，外套也如桌布般鬆垮垮地掛在肩上，皺到不行。這個男人一臉病容，我猜他最近瘦了不少。不過那對棕色眼眸就不一樣了。他的目光犀利敏銳，從不在我或布洛克身上停留太久。兩隻眼睛就這樣飛快掃視著我們，汲取每一個細節。

他開口之前，有邊嘴角抽動了一下。

「我沒聽錯吧？你們是迪雷尼的朋友？」他問道。

我認不出他的口音。是東岸腔，至於確切的地區，我說不上來。

「對。你是她的同事嗎？」我反問。

這傢伙看起來不像聯邦探員，除非他是臥底。

「以前是。」他回答。「你們跟迪雷尼怎麼認識的？」

「她在幾個案子上協助過我們，還救過我一次，或應該說幫我保住這條命，」我解釋。

「她是很重要的朋友。」

他點點頭，眼神卻不是這麼回事。看得出來他不太滿意這個答案。

「你不是警察，」他對我說。「但你朋友當過警察。」

布洛克聳聳肩。

「我叫艾迪．弗林，是個律師。這是我的調查員布洛克。」

「妳之前在哪個單位？」

「到處跑。」布洛克簡短回答。

她不是沒禮貌，只是很做自己。

那名男子還來不及自我介紹，一位探員就從接待區後方的門走出來。他從頭到腳除了整潔還是整潔。領帶、襯衫、西裝、頭髮，全都清爽俐落。他繞過辦公桌，斜眼瞥視那個坐在椅子上的男人，什麼也沒說，徑直走過來伸出手向我們打招呼。

「弗林先生，我是特別探員成比爾。謝謝你特地跑一趟，但目前我們還不能透露任何消息。我們懂你的擔憂。只要可以，我們一定會讓你了解情況。你最好還是先回家。眼下你什麼都做不了。」

「我們只是想說或許能幫上忙。布洛克是很優秀的調查員，如果你需要人手——」

「不用了，謝謝。布洛克的名聲眾所皆知，但我們自己能應付。本局已經出動全國所有探員尋找——」

「你怎麼知道是睡魔幹的？」布洛克直接切入重點。她每次都這樣，沒在跟你搞什麼寒暄閒聊那套。

比爾停頓了一下。話說到一半的他張著嘴，心裡似乎在盤算什麼。

「這些資訊還沒對外公布。」他再度開口。

「警用無線電裡傳得滿天飛。你怎麼知道是他？」她又問一次。

我看到坐在椅子上的男人抬起頭，饒富興味地望著布洛克。

「我不能說，但確定是他沒錯。我們認為她目前還活著。」

布洛克點點頭，從座位上站起來。她比比爾高了快八公分。

「迪雷尼是艾迪的朋友。他很擔心。」

「她也是我的朋友。」比爾的下巴微微抽搐。

「那就讓我們幫忙。」布洛克堅持。

「我們可以自己處理。」

布洛克再次點頭，轉身步向走廊。我猜這次會面結束了。

「比爾，只要讓我看一——」坐在椅子上的男人說。

「不行，你們誰也不能插手。我們會救她回來，做好該做的事。總之別管就是了。」比爾說完便從接待區後方的門離開。

穿著皺巴巴西裝的男人站起身，將一只褪色的棕色皮革郵差包甩到肩上，朝我走來。

「我本來希望他們能讓我參與行動，這樣事情就好辦多了。看樣子我只能來硬的。你想找到迪雷尼嗎？」

我點點頭。

「我聽過你的大名，弗林先生。大家都說你是個聰明人。既然你是迪雷尼的朋友，我想人應該還不錯。我知道我們可以從哪裡開始找。」

「哪裡？」

「你有車嗎？」

「有，要我跟著你嗎？」

「不是，我需要搭便車。」

「你到底是誰？」

他伸出手，我一把握住。沒想到他的手勁居然這麼強。

「我叫蓋布瑞·雷克，」他說。「我追獵連環殺手。」

9

艾迪

我知道布洛克有開車，所以搭計程車來聯邦調查局辦公室跟她會合。她發動吉普休旅車，我跳上副駕駛座，雷克則坐進右後方座位。

「要去哪裡？」布洛克問道。

「紐約警方今晚調派大批警力前往一家旅館，」雷克開口。「聯邦調查局和拆彈小組也在現場。如果是恐怖分子，全國執法單位照理說會收到恐攻威脅警報，可是沒有，想來是其他需要出動到特警隊、五十名員警、拆彈小組和聯邦調查局的重大案件。我猜跟睡魔有關。那家旅館叫格拉迪酒店，離這裡大約十分鐘車程。」

布洛克將手機插入插孔，開始在導航系統上搜尋地址。

「我知道那家旅館，」我說。「我之前去過。」

⚖

格拉迪酒店停車場裡停著兩台警車和另外兩部車。自從那晚遇見約書亞．凱恩後，我就再也沒來過這家旅館。凱恩是個連環殺手，曾在我接下的一個案子裡假冒他人身分，逐步滲透陪審團。格拉迪酒店的生意從此一落千丈。原本就很破爛的建築如今變得更加頹敗，屋頂塌陷的情況更嚴重，窗框和牆壁上的油漆又剝落了不少，草坪和周遭環境也疏於打理，蔓生的雜草昂然挺立，大約有一百二十公分高。

布洛克在小小的停車場裡煞停，下車走向駐守在酒店大門對面的警車。

「你要跟她一起去嗎？」我問。

「不用了，」雷克說。「執法單位對我有點感冒。」

「我也是。所以，你是靠追捕連環殺手吃飯的？」

「以前是。」

「你就是這樣認識迪雷尼的嗎？」

「我在行爲分析組受過她的訓練。迪雷尼是我的導師，但遠不止如此。我們是朋友。她一直都很挺我，對我不離不棄……」

雷克突然打住。我轉頭瞄了他一眼。他的眼神看起來似乎陷入回憶，思緒飄向另一個時間、另一個地點，且那時的他感受到的只有痛苦和恐懼。儀表板燈光在他臉上投下橘色光芒，好像他正站在燃燒的冷焰前一樣。

「抱歉，」他硬是從喉嚨裡擠出兩個字，聲音挾著一絲顫抖。「她對我非常重要，弗林先生。」

我點點頭。迪雷尼是個好人。若她甘冒風險，就算賭上自己的職涯也要站在雷克這邊，那他想必也是個（有點古怪的）好人。

雷克清清喉嚨，目光穿過擋風玻璃，望向車外。「她回來了。」

布洛克坐上駕駛座，拿出手機。

「有個警察幾年前上過我的進階駕駛訓練課程，我從他那裡打聽到不少消息。睡魔今天稍早入住這家酒店，刷了卡，把背包留在櫃檯後便離開了。調查局探員聽見滴答聲，以為那是炸彈，忙了一場才發現包包裡裝著某個傢伙的人頭。那些警察不曉得死者是誰，但我想成比爾應該知道。現在有八十輛巡邏車在城裡跑來跑去，幾乎所有分局都在找迪雷尼。」

她把手機舉高，似乎在搜尋訊號。

「一名巡邏員警趁鑑識小組忙著準備時拍下了背包裡的人頭照。要是早上看到這張照片登上《紐約郵報》頭版，別意外，搞不好下午就會聽說有個警察買了新車呢。」

「是他嗎，妳的學員？是他拍的照片嗎？」我問。

「不是，但警察會互相掩護。不管拍的人是誰，一旦賣掉照片，就會分享到分局的WhatsApp群組，該群組又會將照片傳給另一個群組。這樣如果政風處啟動調查，要找出是誰偷拍犯罪現場並賣給《紐約郵報》時，就會發現每一個紐約市警察的手機裡都有這張照片。」

「條子包庇條子。」我搖搖頭。

「不是所有人都這樣。」雷克說。

我本來想問他是什麼意思，可是還沒開口，布洛克手機就傳來清脆的叮叮聲，顯然是收到新訊息。訊息優先。

她點開手機。一張照片映入眼簾。

背包裡鋪襯著黃色帆布，上頭的血漬已轉成暗紅色。包包底部躺著一顆男性頭顱，原本應該是眼睛的地方只剩下兩個眼窩，裡面填滿了血跡斑斑的細沙。他的嘴巴也一樣。無數黑色小點散落在他臉上，起初我以為是乾掉的血滴，布洛克用食指和拇指點住螢幕往外拉，放大畫面。那不是血滴。

「是蟲子。」我說。

「不，不只是蟲子，」雷克表示。「是鞘翅目昆蟲，也就是俗稱的甲蟲。可以讓我看看嗎？」

布洛克將手機遞給雷克，眉毛挑得老高，都快碰到天花板了。

我們轉向後座，只見他進一步放大照片，然後又縮小，再放大。

「蟲體看起來約一公分長，或許不到一公分。上頭還有黃色細毛，很特別。我想這就是背包傳出滴答聲的原因。」

「那是什麼蟲？」我問道。

他把手機還給布洛克，往後靠著椅背。

「牠們會發出響亮的滴答聲。只要數量夠多、聲音夠大，聽起來就會像鐘錶或機械式定時器。有很長一段時間，大家都以爲那是木頭遭蟲蛀而裂開的聲音，完全沒想到是蟲本身發出來的。如今眞相大白。牠們每年都會在特定時節發出這樣的聲響。這些小甲蟲喜歡木造的老房子，大多數人都是在深夜無眠、屋裡一片寂靜時聽見牠們的聲音。據說牠們的名字由來與愛爾蘭守靈傳統有關。愛爾蘭人會在逝者下葬前舉行守靈儀式，連續三天不分日夜地守著遺體。他們就是在這段期間，也就是報喪守夜時聽見神祕的滴答聲。」

「紅毛竊蠹，俗稱報喪蟲[1]，」布洛克說。「你對昆蟲倒是很懂。」

「花大把時間追蹤連環殺手，多少會學到一點東西。這些昆蟲並不以屍體爲食。睡魔把蟲和那顆人頭放在一起，是想讓檢調單位發現牠們。」

「爲什麼？」我問。

「作爲警告。」雷克說。「那個聲音是死亡的預兆。」

我們三人一陣沉默。

沒多久，布洛克的手機響起一連串提示音，打破了無聲。螢幕上跳出更多照片。全都是現場側拍照。其中一張的背景是酒店大門正面，前方有個拆彈技術人員側著身子穿過盾牆，厚厚的防爆衣讓他看起來宛如深海潛水夫；其他則是大批員警占領停車場、充滿戲劇張力的照片，光看就覺得事態嚴重。布洛克一張接一張滑過去，遲疑了一下，又滑回去看上一張，然後繼續往右滑，看完所有照片。

她把手機遞給我，不發一語地開門下車，查看停車場。

我和雷克立刻跟上。她朝著一輛旅行車走去。那部車不僅四顆輪胎全扁，擋風玻璃還蒙上了一層厚厚的灰。她伸手探向後車門。門是開的。

「他們在迪雷尼住處的地下停車場發現她的車，而且車門大開，警報器響個不停。」她說。「市區那些大樓停車場因爲價值不菲，都有嚴格的門禁管制，沒有遙控器或感應卡根本進不去。那他是怎麼溜進停車場的？不可能開車直闖。」

1 紅毛竊蠹（Xestobium rufovillosum），一種小型甲蟲，屬廣義的食骸蟲類。體長一般小於一公分，體型多呈卵形或長橢圓形，常長有絨毛般的短毛，喜食木材、真菌、種子等。野外種類一般出現在枯木或落葉堆裡，居家種類則多見於房屋木造結構、木製家具、舊紙堆等處。雄蟲會在求偶季節敲擊頭部發出聲響以吸引雌蟲，前人由此衍生出許多可怕傳說，認為這種聲音是預告死亡將至的惡兆，故英文俗稱為deathwatch beetle，中文又名番死蟲、報死蟲（或譯報喪蟲）等。

我看了一下她在研究的那些照片。其中兩張都有拍到旅行車。一張後車門微開，另一張車門整個關起來。

「迪雷尼的車就停在旅行車旁邊。」雷克說。「現在我們知道他是怎麼進入地下停車場的了。他一直躲在旅行車裡，趁大家都在注意拆彈小組時溜出來，潛入迪雷尼的車後座。」

「他怎麼知道她會把車停在旅行車旁邊？」我疑惑。

「他不知道。」布洛克回答。「旅行車停在後面，所有員警的注意力都集中在酒店和拆彈小組身上，不會留意到身後十五公尺外的停車場是什麼情況。他看準時間，抓緊機會，偷偷上了迪雷尼的車。她不過是讓事情變得更簡單罷了。我們得去她住的那棟大樓看看。」

「我知道在哪裡。」雷克說。

10

艾迪

只有過去四十年左右建造的大樓才有地下停車場。符合條件的建築不多，但也沒有想像中那麼少。聯邦調查局租賃的公寓就位在曼哈頓中城東區。

停車場出入口外停著兩部巡邏車，要進去簡直不可能。這裡可是犯罪現場，亮出布洛克的名號沒辦法讓我們經過那群守在斜坡車道的警察。

一名巡邏員警拿起對講機說了些什麼，隨後上車倒車。另一部巡邏車一樣退到一旁，為一輛灰色轎車開路。轎車沿著坡道而下，經過已升起固定的柵欄機擋桿，駛進停車場。我沒看見司機的臉，只瞄到成比爾和其他人坐在後面。車子才剛下斜坡，巡邏車就回到原位，繼續充當路障。

「後座那個人是成比爾。」雷克表示。

「我們進去吧。」我說。

布洛克把車停在路邊。我們一行人下了車，朝公寓大樓走去。住戶日常進出的大門為雙扇玻璃門，外牆裝有標示門牌號碼的對講機，旁邊貼著使用說明。

「迪雷尼住幾號？」我問。

「一〇一一。」雷克回答。

聯邦調查局接獲探員失蹤的消息後，會進行一連串標準作業程序。調閱手機通聯紀錄，搜索住處，尋找目擊證人。

看來調查小組今晚已經展開行動，進入迪雷尼的公寓。若她不在屋裡，他們就會找鄰居問話，確認對方最後一次見到她是什麼時候，當晚是否有聽到、看到任何可疑的人事物。

我按下標示一〇一二的按鍵。對講機很快就傳來一個男聲。

「喂？」

「我是聯邦調查局的人，稍早有跟你談過話。可以請你幫忙開個門嗎？」我說。

門鎖隨著嗡嗡鈴響喀噠打開。布洛克推開大門，我們就這樣進了公寓，搭電梯來到地下二樓停車場。這裡就跟其他地下停車場沒兩樣。裸露的工字鋼梁和白色日光燈管，經過特殊處理的混凝土地板漆著黃色與白色線條，還有必備的積水及其上滴答落下的水珠。周遭那股氣味，聞起來就像燒焦的機油混雜著陳年垃圾。

一群身穿藍色防護衣的鑑識人員將迪雷尼的車團團包圍。成比爾站在六公尺外的地方，身旁還有另外五名探員。全是男性。全都穿著同款黑色或海軍藍西裝，就連髮型也一樣，只有一個理光頭的傢伙除外。

我暗暗希望他不會發現我們，好讓我們能靠近一點，仔細查看迪雷尼的車。我想知道睡魔是否有留下什麼警告或線索，但更重要的是，我想確認座椅或儀表板上有沒有血跡。雖然停車場很冷，我還是能感覺到頸後微微冒汗。我不想再失去一個朋友。我和布洛克躡手躡腳地上前，走向迪雷尼的車。

「嘿，比爾！」雷克大喊。

布洛克用氣音嘖了一句髒話，對著雷克比起手勢。

「我喜歡那個傢伙。」我說。

「你們怎麼……你們不能來這裡。馬上把這些人帶走。」成比爾命令道。

站在一旁的聯邦探員立刻朝我們走來。

「等等，我們知道他是怎麼潛入大樓的。」雷克連忙開口。「他躲在迪雷尼的車後座。丹尼爾．米勒用酒店炸彈威脅，把你們搞得雞飛狗跳，目的是要聲東擊西，轉移你們的注意力。他一直躲在那輛老舊的旅行車裡，趁大家都在關注拆彈小組時溜上她的車。」

成比爾不發一語，但我看得出來，他腦內的齒輪高速運轉。就在一名探員握住我臂膀的時候，他叫對方等一下，招手要我們過去。

「既然你們這麼懂，麻煩告訴我這代表什麼，」成比爾舉著**iPad**說：「這是迪雷尼車上的直播畫面。」我的目光射向停車場另一邊。只見有台攝影機固定在三腳架上，鏡頭正對著迪雷尼的車。**iPad**播放的實況影像顯示儀表板處有個東西，我過了一會兒才看出那是什麼。

該物置於擋風玻璃和儀表板之間，高約三十公分。乍看很像兩個疊在一起、放在木框裡的威士忌酒杯。

我湊上前細看。

那是沙漏。上半部玻璃球幾乎全空，沙粒如涓流不斷穿過孔隙，落入底下那顆對稱的玻璃球。

「還剩多少時間？」我問。

「大概十分鐘左右。」成比爾回答。「根據我們的推算，沙子全部流完大約要四個小時。沒有提出要求，沒有聯絡，車上也沒留下任何紙條。只有這個該死的沙漏。」

「他是怎麼把她弄出這棟大樓的？」雷克問道。

「目前還不清楚。我們調閱了大廳的監視器畫面，沒看到他從前門出去。停車場裡唯一一支監視器有拍到出入口，但迪雷尼進來後沒有任何車輛離開。他可能對她注射了鎮靜劑，拖著她緊貼牆面走上坡道，避開監視器，然後彎腰鑽過柵欄機擋桿，將她抱上停在路邊的車。我們只能這樣推測。」

「拖著一個昏迷的人在紐約街頭走個三、五公尺好了，少說也會被六個人看到。」雷克質疑。「米勒是敢冒險，但這未免太冒險了。」

「那你有何高見？」

我和布洛克一起走向斜坡車道。左側外牆上方高掛著一支監視器，如果背貼著磚牆，從監視器正下方走，就能在不被拍到的情況下沿著坡道邊緣離開。但挾持著人質就不行了，不論對方有無意識都一樣。

「情況不妙。」我說。

不管布洛克是沒聽到還是選擇無視我都無所謂。她打開迷你手電筒環顧四周，開始查看停車場。我立刻從比爾和其他人身旁離開，跟在她後面。車位幾乎全滿，大概有四、五十輛車。

「他們一定檢查過停車場了。」我說。

「他們只會快速掃過而已。」布洛克解釋。

雷克與成比爾還在爭執，我和布洛克則在停車場裡走來走去，視線隨著手電筒光束射向車後及車輛間的暗處，深入日光燈照不到的地方。空氣中瀰漫著機油、汽油與潮溼的氣味。

天花板傳來滴、答、滴、答的水聲，節奏規律而穩定，聽起來就像老式鐘錶，滴滴答答地走著。

現場似乎一切正常，沒什麼不對勁。布洛克邊走邊用手電筒探照車子之間的空隙，沒多作停留。她看到一輛車齡二十年的保時捷，駐足瞄了一下內裝，然後繼續往前走。這一側檢查完後，我們便穿過車陣，來到另一排停車格。布洛克在一輛車前停下腳步。那是一部舊款豐田皮卡車，就停在迪雷尼的車對面，用來載貨與放置物品的後車斗上蓋著防水油布。

「可以告訴我我們在找什麼嗎？」我問。

「一輛沒有警報器的老車……」她猛然打住，舉起一隻手示意大家安靜。

「你有聽到嗎？」

我豎起耳朵，但只聽見水管漏水的聲音。滴、答、滴、答，比剛才更響亮。我抬起頭，想看看水聲究竟來自哪裡，卻看不出個所以然。

「我不懂他是怎麼把迪雷尼帶出停車場的。」我納悶。

「我想調查局的人對了一半。」布洛克說。

「對了一半？什麼意思？」

「我認爲睡魔的確貼著牆，沿著斜坡徒步離開。可是迪雷尼……」

「不會吧。妳認爲她還在這裡。」

她彎下腰，用手電筒照著皮卡車車底。

「雷克！成比爾！快過來！」她大喊。

我跪下查看。皮卡車車斗下方有灘深色液體，如泥漿般蜿蜒流向排水口。液體從車尾滴答落下，聞起來不像汽油。

我起身時，布洛克已將後車斗上的油布掀開。佩姬・迪雷尼就躺在鐵製的車底板上。

我看過很多血淋淋的場景，見過人類犯下窮凶極惡的暴行，但親眼目睹認識的人變得支離破碎，那種衝擊、那種震驚，還是讓我忍不住瑟縮了一下。我閉上雙眼，別開目光。

腹部那道又大又深的傷口讓她從脖子到膝蓋血肉淋漓。他挖去了她的雙眼。

布洛克大聲呼叫醫護人員，同時一手按著迪雷尼的傷口，另一手輕觸她頸側。「我找不到脈搏。」她把手從她脖子上拿開。我爬上車跪在她身旁幫忙加壓止血。掌心觸到她腹部那一刻，我就知道我們來晚了。她的身體摸起來好冰、好冷。

感覺一下子突然發生了好多事。地下停車場充斥著嘈雜與喧噪。我聽見幾個聯邦探員的呼喊聲和朝皮卡車跑來的腳步聲。其中一人對著對講機大吼，要醫護人員支援；成比爾厲聲下令，指揮現場。迪雷尼的生命就這樣隨著她的血滴、答、滴、答地流逝。

她的雙手反綁在身後。我能看見她浸染血紅的脖子上有塊很大的圓形瘀青，中央還有個小針孔。她被打了鎮靜劑。我暗暗祈求，希望事發當時她一直處於昏迷狀態，沒醒過來。

布洛克開始替迪雷尼做心肺復甦術，我則俯身施力，壓住她的腹部傷口。籠罩四周的恐慌似乎讓時間慢了下來。我看著成比爾伸手探入車斗，拾起一個信封。信封上有他的名字。其他聯邦探員不是在大聲喝令布洛克，就是在講電話。

布洛克每次按壓迪雷尼的胸口，鮮血都會汩汩湧出，溢流過我的手背。我往左瞥了一眼。只見雷克靠著裸露的鋼梁，站都站不穩，整個人順著梁柱往下滑，頹然跌坐在地。他用手捂住臉，身體因著悲痛而劇烈顫抖。

刺耳的警笛聲從遠方傳來，劃破夜空。

但我知道，已經太遲了。

11

凱莉．米勒日記摘錄

五月二十二日

今天是丹尼的生日。

我真的很想為他準備一個特別的夜晚，來表達我對他的愛，或許還能找回我們初次約會的那種感覺，重新燃起一點火花。天哪，我講得好像我們是結婚十年的老夫老妻一樣。明明還不到一年，我卻已經開始（有點）害怕，擔心自己是個失敗的妻子。總覺得我什麼事都做不好。

一個什麼都有的人，要送他什麼好呢？我甚至還直接拿這個問題上網搜尋，看有沒有相關討論和文章。最後，我在網路上找到一位手寫字藝師訂做客製化禮品，對方寄來了一張裱好框的高級厚磅紙，上頭用復古優美的花體字寫著「與你相伴是最幸福的事」。我想讓他知道，我不需要他的錢，不需要這棟房子，也不需要豪華名車，我真正想要的只有他——他的時間、他的陪伴。剛好結婚第一年叫紙婚，所以週年紀念禮物搞定，但我總不能在他生日這天拿出來送，還是得準備別的驚喜才行。

他每次都送我一些令人意想不到、貼心又完美的禮物。我也想送他很棒的東西。我找上一個鐘錶商，因為丹尼收了幾支不錯但略嫌俗豔的錶，我想買個更有品味的配件給他。鐘錶商推薦的沛納海潛水錶非常漂亮，青銅錶殼會隨著時間慢慢養出深沉的色澤。我希望我們的感情也能如此。丹尼對我來說很特別，我想要他擁有一些特別的東西，一些別人不會有的東西，而這只腕錶正合我意。

我還記得手錶到貨後閃過心底的那絲恐懼。我想起爺爺以前常抱怨奶奶那支需要手動上發條的老手錶走太慢，但奶奶都不准他買新的給她，說送手錶會替婚姻設下時限，就像定時炸彈一樣。

不過奶奶也認為貓王還活著，而且在雷諾的沃爾瑪超市工作。

所以我買了那支該死的錶。

看到他今早在廚房吧檯前打開盒子的表情，一切都值得了。我一邊做炒蛋，一邊看著他戴上這支錶。這是我深愛的那個丹尼。每當我們倆在一起，我心裡都會暖暖的，很有安全感。

可是我們相處的時間似乎愈來愈少。我還以為結婚後情況會恰恰相反。我試著把家裡布置得舒服一點，增添屬於我的個人風格。沒有什麼大改造，只是點綴一些柔和的元素，讓空間變得更溫馨，更有家的感覺——一個他永遠不想離開的地方。

昨天他還是一樣晚歸，凌晨四點才回來。我聽見聲響，發現他在浴室洗澡，便拿了幾條新的毛巾給他，他則為吵醒我而道歉。我本來想收他換下來的襯衫和西裝，但他說他已經送去乾洗店了，因為和他在一起的那群客戶整晚都在抽雪茄，衣服染上很重的菸味。我幫他擦頭髮時，他皺皺鼻子，笑了起來。與投資人打好關係是他的工作之一。我默默提醒自己，他這麼做都是為了我。他曾告訴我，他會給我全世界，我也全然相信他。

今天早上他吃完炒蛋，坐在吧檯前欣賞那支潛水錶，然後叫我閉上眼睛，張開雙手，說要給我一個驚喜。丹尼就是這樣。即便是他生日，他還是會想到我。我感覺到掌心有東西，睜開雙眼一看，是一對漂亮的古董耳環。純銀的，而且是玫瑰花的形狀。我最喜歡的花。耳環本身簡單迷人，沒有禮盒包裝。他說他是在一家小店找到的，忍不住就買了。這個小禮物好完美。

他也好完美。

遇到丹尼後，我的人生徹底改變。

我小時候住在克里夫蘭一棟小房子裡，經常坐在沙發上看《戲船人生》、《紅男綠女》和《第四十二街》之類的音樂劇。當時我就想，我長大後也要唱歌跳舞。我和許多人一樣身無分文、懷著遠大夢想來到紐約，跟陌生人一起合租爛公寓，打三份工，公開試鏡失敗的次數多到令人印象深刻。爭取兒童運動會中「小雞恰奇」的角色被刷掉後，我就看開了。娛樂圈不適合我。

我辭掉三份服務生的工作，到東二十六街和麥迪遜大道交叉口的皮件專賣店當店員，還換了一間公寓，不用再跟一大堆陌生人擠在一起，也不用再摸索沙發椅墊和抱枕後方，尋找落在夾縫間的硬幣買泡麵吃。我就這樣過了一年，直到丹尼爾．米勒透過窗戶看到我，停下腳步走進店裡。他不想買公事包，也不想買旅行袋或皮夾。他想認識我。他說我是他見過最美的女人，要是沒約我當晚一起吃飯，他一定會後悔到死。

那天他在店裡說他叫丹尼爾．米勒，好像這五個字代表什麼似的。後來我才知道，他的名字對紐約的有錢人而言確實別具意義。他靠管理私人避險基金賺進大把鈔票，而且身材高大健壯，長相帥氣迷人。那天晚上是我們第一次約會，我很好奇他燦爛的笑容背後到底藏了什麼。一開始我完全不曉得他很有錢，直到第四次約會，他包了一架噴射機帶我去拉斯維加斯，我才有點頭緒。讓我愛上他的不是錢，而是他給我的感覺，好像我是世界上最重要的人一樣。

在那之前，我的生活一直很不穩定。爸爸每份工作都做不久，經常跟媽媽吵架。酗酒固然是個原因，但缺錢才是一切問題的根源。十九歲那年我在酒吧打工時，爸爸開著卡車衝撞高速公路護欄，媽媽就坐在副駕駛座。他喝醉了，媽也是。兩人沒能逃出來。失去父母讓我想到紐約找個表演工作重新開始。人生何等破碎，何等混亂。

但丹尼給了我滿滿的安全感，讓我心裡很溫暖、很踏實。每天早上醒來，我都知道他會照顧我，我不必擔心沒錢或是沒地方住，什麼都不必擔心。

我不用再工作了。不過丹尼不在時我會去動物收容所當志工，讓自己有事可忙。

今天下午我大概四點半左右回來，到家後洗了個澡，換上休閒服。丹尼還在辦公室。我才剛踏進廚房準備做生日晚餐，門鈴就響了。我打開門，看到一個穿西裝的年輕人拿著筆和板夾站在門口。

他說他是麥克．史東警探，接著問丹尼爾．米勒是不是住在這裡？我是米勒太太嗎？

我說我是。

他問丹尼開什麼車。

我開始發抖，想起那個來家裡通知我爸媽車禍身亡的警察。回憶挾著恐慌湧上心頭。這時，丹尼開車駛入車道，我急忙跑過去抱住他。他一頭霧水，搞不清楚是怎麼回事。我告訴他那個人是警察，在打聽他的車。我嚇得不知所措。

丹尼知道我爸媽的事，立刻明白我為什麼會有這種反應。我還沒從震驚中回神，他便向那名困惑的警察解釋事情的來龍去脈。對方突然一臉尷尬地向我道歉，說他只是想確認丹尼名下是不是有輛深色廂型車。丹尼說那是他其中一家公司的公務車。

警察又問丹尼昨晚人在哪裡。

他說他在家，跟我在一起。警察看著我。我還是有點哽咽，沒辦法好好講話，只點頭喃喃地說他和我待在家裡。

警察對我們道了聲謝，再次為嚇到我而致歉，隨即轉身離開。

我一直到進屋喝了點水冷靜下來，才又想起丹尼說的話。我問他為什麼跟警察說他昨晚在家？他明明快天亮才回來。

他說他看到我這麼難過，只想快點把那個警察打發走，這樣才能全心全意地照顧我。不管警方在調查什麼，都與他無關。

他走過來將我緊擁入懷，直到他暖熱的體溫讓我感覺一切都好。沒事了。我很安全。我被愛著。

12

艾迪

早上八點半，我和布洛克才拖著蹣跚的腳步，走出位於聯邦廣場的聯邦調查局辦公室，踏進晨間的陽光。我頭痛欲裂，而且我們兩人都餓得要命。我和布洛克的手很乾淨，但上衣袖口全溼，迪雷尼的血跡經過清洗，褪成了粉紅色。稍早我在男廁看到一名探員腋下夾著一份《紐約時報》。他洗手時將報紙放在洗手台上方的置物架上。

睡魔謀殺聯邦調查局探員的新聞攻占今天各大報紙頭版，只有一家例外。《紐約時報》登載了睡魔的信件影本。報紙刊頭印著「報宜所報」[1]，這句標語是《紐時》過去一百一十五年來奉為圭臬的信條，今天卻顯得格外突兀。他們一字不漏地刊登信件全文，內容很短，直切重點，而且根本不該見報引人注意。

我是凶手。我太太不是。

放了她，否則會有更多人死。

一個外套和襯衫皺巴巴、褲子滿是褶痕的男人站在街上用手遮眼擋住陽光，望著我們走出聯邦調查局辦事處。要不是我知道那些衣服昨晚就亂七八糟，我發誓，我一定會以為他穿著這套裝束睡了一夜。我們三人都沒闔眼。蓋布瑞・雷克舉起一隻手說：「一起吃個早餐？我請客。」

在曼哈頓的餐館用餐堪稱人生一大享受。雷克說他知道附近有個不錯的地方。我們穿過兩個街區，來到一家風格老派的小餐館。店裡有沙發雅座和護貝菜單，一個大塊頭站在烤架和煎台後方，臉上的鬍子起碼五天沒刮，還不時飆髒話，說著我聽不懂的語言。換言之，這裡實在是太完美了。

布洛克點了烤乳酪三明治配雞蛋和西班牙辣香腸，我點了美式鬆餅和培根，雷克要了一杯熱水加檸檬片。

「我不喝咖啡。」說完他便開始盤問服務生，對他想點的瑪芬進行身家調查。你們的瑪芬是從哪裡來的？裡面有哪些食材？那些食材是有機的嗎？餐館服務生的收入並不高，他們之所以掛著微笑在桌旁服務客人，純粹是爲了賺小費付房租。雷克也不是故意找碴惹她生氣，他是認真想知道這些細節。那個服務生名叫哈琳娜。她看著雷克邊說邊用手指敲桌子，如果答案讓他滿意，他就會用大拇指猛力叩擊桌面，打斷她講話，繼續下一個問題。店內雅座幾乎全滿，還有幾個人在門口等著用餐。哈琳娜翹起臀部，握拳扠腰，一隻腳不停輕踏地板，顯然不想再跟他耗下去，但雷克完全沒察覺到對方的不耐。

「那個罌粟籽是有機栽種的嗎？」

1 原文為「All the news that's fit to print」，即《紐時》自詡自家報導的都是適合刊載的新聞。

「哎呀，」哈利娜嘖了一聲。「我不知道該跟你講什麼，老兄。瑪芬又沒有他媽的出生證明。」

「哈琳娜！」煎台前的大塊頭高喊。「你他媽搞屁啊？給我對客人客氣點！」

她拿著我們的點單轉身離開。

「我開始明白你爲什麼不適合當聯邦探員了。」我說。

「抱歉，」雷克表示。「最近我比較注重飲食，就這樣。沒事。」

「看起來很有事。」

「眞的沒事。」

他往後靠著椅背，垂下目光，臉上掠過一絲痛苦。

「迪雷尼也覺得我很有事。」他輕聲說。

「我們不像你跟她那麼熟，」我開口。「我很後悔沒多認識她一點。她是個好人。」

他點點頭，然後豎起右食指，好像想說什麼，隨即又把手放下，掌心貼在桌上。服務生端著飲料過來。我和布洛克的咖啡，雷克的熱水加檸檬片。

他仔細端詳杯中的內容物，用茶匙攪拌檸檬片，讓水涼一點。

「我想問你，」他接著說。「你有沒有告訴成比爾你是凱莉．米勒的律師？」

布洛克變得有點緊張。

我默不作聲。我並沒有告訴雷克我是凱莉的律師，我知道布洛克也沒提。

「喔，我在法院有個熟人，」他解釋。「只要凱莉．米勒案有進展，像是核發傳票、提出動議等等，我都會接到通知。聽說你昨晚向法院辦公室遞交了委任狀。」

這個消息很快就會曝光，成爲眾所皆知的事。

「沒有，我沒告訴他。」我回答。「我認爲說了只會把路走窄。任何關於她先生的資訊都可能對她的案子有幫助。成比爾沒問，我們也沒說。昨晚我們都在擔心迪雷尼的安危。」

「我知道，沒關係。我同意以顧問的身分協助辦案。迪雷尼想讓我加入調查，成比爾大概是良心不安，所以勉強答應。我想了解一下凱莉打算用什麼理由來爲自己辯護。」

對一個想把你的客戶送進監獄吃五十年牢飯的人洩露口風，不是什麼明智之舉。我把糖和奶精加進咖啡裡攪拌一下，喝了一口醒醒腦。

「她不是共犯。就這麼簡單。其他的我不便多談。」我說。

「她說她沒有參與犯案。嗯，可以理解。她有說她不知道她先生是凶手嗎？」

布洛克用鞋跟踩住我的腳，使勁往下壓。

「沒事，布洛克。」我安撫她，然後轉向雷克。「對不起，我不能說。」

「了解。所以她的確懷疑過她先生。如果你不介意，可以讓我跟她談談嗎？」

「我很介意。如果你訊問我的客戶，將蒐集到的情報提供給聯邦調查局，你就會成爲新的檢方證人。謝了，先不要。」

「放心，我不會那麼做。」

「你爲什麼要跟她談？」

這時，哈琳娜端著三個盤子走到桌旁，打斷了我們的對話。我的美式鬆餅和培根，布洛克的烤乳酪三明治配西班牙辣香腸炒蛋，還有雷克的瑪芬。布洛克從大衣口袋拿出一包抗菌溼紙巾，抽了一張擦拭餐具，雙眼始終緊盯著雷克。他撕掉墊在底下的包裝紙，將盤裡的瑪芬切成小塊翻來翻去，看一看、聞一聞，滿意地叉起一塊放進嘴裡。

布洛克用餐巾紙擦乾刀叉，開始吃起炒蛋。

雷克注意到布洛克的目光。

「你眞的很怪。」布洛克說。

「至少我不會消毒餐具。」他反駁。「總之，聽著，無論凱莉．米勒說了什麼，我都會保密，不會告訴聯邦調查局。」

「需要打勾勾嗎？」

「別這樣。我向你保證，絕對不會透露半個字。」他再三強調。

「就算你白紙黑字簽名寫下承諾書，我一樣會叫你滾。你還沒回答我的問題。你爲什麼要跟凱莉談？」

「因爲我看過睡魔案卷宗和相關資料——當然是透過非正式管道——也跟迪雷尼討論過案情，我很清楚狀況。我不認識丹尼爾．米勒，但你的客戶和他當了一年的夫妻，她手上有我需要的資訊，能幫我逮到這個傢伙。」

「不好意思，辦不到。」

他摩挲下巴上的鬍碴，又吃了幾塊瑪芬。

「你要知道，抓到他對你有好處。」他再度開口。

「要不是他，迪雷尼現在還活著，」我說。「我跟你一樣想讓那混帳付出代價。但我猜你指的不是這個。」

「檢方起訴了凱莉．米勒，但他們要的不是她。他們會把她打成共犯，然而實際上，她不過是個配角。他們要的是主角。如果我抓到他，你們就能跟檢方談條件。她之前的律師佩提爾一直在爭取協商的機會。我在法院的聯絡人說他老是要求和檢察官見面。與其被列爲共同被告，凱莉．米勒不如以檢方證人的身分出庭指證她先生還比較有用。前提是睡魔已經被羈押、拘禁在看守所。」

他說得沒錯。若睡魔被送上法庭，檢方對凱莉．米勒的態度會在一夕之間徹底改變。媒體不斷施加龐大壓力，要當局給受害者家屬一個交代。起訴凱莉．米勒雖暫時緩解了這股壓力，他們仍願意不惜一切、用盡各種方法將丹尼爾逮捕歸案，就算得跟凱莉談條件才能讓她轉作污點證人也沒關係。

「這招或許行得通，可惜沒時間了。凱莉．米勒明天就要出庭受審，這個案子頂多一週就能結案。聯邦調查局花了十四個月才確定丹尼爾．米勒就是睡魔。如今又過了一年，他們還沒抓到他。你能在七天內做到什麼他們做不到的事？」

雷克往後靠著椅背，搓搓雙手。

「首先，他又開始有動作。我們不曉得他這一年去了哪裡，唯一能確定的是他現在回到了紐約。你有看到今天《紐時》頭版那封信嗎？」

「有，他說凱莉是無辜的，要是檢方不撤回起訴，他就會殺更多人。這番言論可沒辦法替凱莉博取陪審團同情。」

「大概吧，不過對我倒是很有幫助。」雷克表示。

「怎麼說？」布洛克問道。

「現在我明白他的動機了。他不希望凱莉坐牢。這能讓我進一步了解他的心態。」

「他為什麼選在這個時候現身？」換我發問。

「先前媒體傳得沸沸揚揚，說這個案子可能會走認罪協商，直到地方助理檢察官懷特出面駁斥，說他不會放過凱莉，才引爆導火線。」

「有必要這麼大動作，躲都不躲？」

「這不是很明顯嗎？他愛他老婆。連環殺手的心理狀態很複雜。他們可能會爲了滿足自身欲望，漫不在乎地殘殺陌生人，但這不表示他們沒有能力關心某個特定對象。許多連環殺手天生就很自戀自厭，若遇見一個讓他們感覺良好、甚至感覺被愛的人，就能幫助他們走向所謂的『正常』。他們開始渴望這種感受。雖然不完全是愛，但這是他們所能得到最接近愛的東西。丹尼爾．米勒愛他太太，至少他自己是這麼認爲，他願意冒極大的風險來救她。我們可以利用這個機會引他出洞，但我需要人手。方便借用一下布洛克嗎？」

布洛克從盤子上抬起頭，對雷克揚起一邊眉毛，再度埋頭吃炒蛋。

「她是我的調查員，不能借你。我說了，明天早上有場重要的審判。」

「抓到他就不必審了。檢察官會急著找你談條件。聽著，我不是隨口問問，多一個幫手能節省不少時間。聽說布洛克很厲害。我……」他的聲音愈來愈小，目光越過我肩頭，望向遠方。

他啜了一口熱檸檬水，皺起眉頭，似乎想說點什麼，卻又難以啟齒。

「聽著，我很難信任別人……」

「你連點個瑪芬都很難。」

他點點頭，嘴角泛起一抹笑意。

「是沒錯，但這不一樣。捉拿惡人是我的專長。有布洛克幫忙，我的效率會更好。」

「你怎麼這麼信任我？」布洛克問道。

「因爲妳想幫我朋友，而且妳也不是警察了。」

我看著布洛克放下叉子，用餐巾紙擦擦嘴，然後再度開口。

「雷克這個名字有點耳熟。我在孤獨港的警局服務時聽人家說，有個叫雷克的聯邦探員在紐澤西州單槍匹馬抄掉了一間製毒工廠。十二名匪徒拿著霰彈槍、AK步槍、AR－15自動步槍，其中有一半是退役軍人，訓練有素、報酬優渥，任何踏進工廠的人都不可能活著出來。聽說那個雷克在駁火時中了兩槍。是你嗎？」

雷克迎上她的目光，下顎無聲移動，好像是想硬掰開嘴巴吐出回應。

「事情的經過不是這樣，我也不是什麼英雄。」

「雷克可以。」布洛克有如發表《獨立宣言》般拋出這句話，繼續低頭吃炒蛋。

迪雷尼一直以來都願意相信雷克，而今布洛克也是一樣。我知道最好不要懷疑她們倆的判斷。她們信任這個傢伙，我不能無視這個事實。

「就算雷克可以，問題也不在這裡。雷克，我沒別的意思，但聯邦調查局與紐約警方派出兩百名員警，動用兩個執法單位所有資源，找丹尼爾．米勒找了快兩年。你憑什麼認為自己能在一週內逮到他？」

我是認眞的。我需要布洛克協助調查凱莉．米勒的案子，不希望她浪費時間和心力去追一個抓不到的人。我喜歡雷克，但即便他能從毒窟中殺出一條血路，也無法創造奇蹟。他似乎明白我的顧慮。他的眼神彷彿在掂量我，推斷我的性格，直穿透我眼底。終於，他點點頭。

「我想我比其他探員更了解睡魔。很奇怪，他從許多方面來看都是個投機分子，犯案手法卻又像經過縝密計畫。我認爲他才智過人，而且適應力極強，能輕鬆應對各種狀況，思緒清晰有條理。大多數殺人犯連盤算的能力都沒有。就像下西洋棋一樣，他無法精準預測對手的棋步，但他的口袋裡有一堆策略，隨時可以拿出來用。我抓得到他，是因爲我的方法更聰明，我的努力遠勝過警察加聯邦探員，另外我還有個很大的優勢。」

「什麼優勢？」

「我不像那些聯邦探員，我知道怎麼追捕丹尼爾．米勒這樣的人，也不會犯他們犯的錯。你知道，調查局的祕密愈來愈難藏了。要是爆出來一定會成爲全國醜聞，丟臉丟到家。他們不希望我提，也絕對、百分之百不想讓別人知道這件事。」

「什麼事？」

雷克把盤子推到一旁，雙肘撐在桌上，身子前傾。「如果我告訴你，聯邦調查局對連環殺手的認知都是錯的呢？」

13 睡魔

將近凌晨三點半。睡魔開著廂型車，又繞了街廓一圈，任由思緒飄蕩。開車能幫助他思考。聯邦調查局大概要花上幾天的時間才會查出迪雷尼探員的下落。

他必須謹慎行事。其實綁架殺害她的計畫隨時都可能因為各種原因出各種岔子，但多虧過去累積的經驗，過程堪稱順利。當然，還有事前規劃、風險分析與清晰的思路。

這個結果向執法機關和整座城市傳達了一個強而有力的訊息。

睡魔回來了。任何人、任何時候都有可能遇見他。檢警最好離凱莉遠一點。

他每一個行動都經過審慎思量，每一次犯案都經過縝密計畫，深思熟慮，評估被抓的機率，將風險降到最低。

他不太清楚自己為什麼會挑選特定對象下手。有時理由很明顯。有些女人就像閃耀的偶像巨星引人注目。她們超脫凡俗，不同於一般群眾，比方說她們走路的姿態、抬頭挺胸的模樣、格外細嫩的肌膚，甚或只是陽光灑落在她們髮間那點點晶亮。至於其他受害者，則是因為他們平凡無奇，不會讓人想多瞄一眼，周遭的人幾乎看不見他們的存在。康尼島海灘上裹著浴巾扛起衝浪板、踩過熱燙細沙的年輕褐髮女子，舉著廣告牌站在街角、替路口餐廳發傳單的金髮妹……無論對方是如何吸引他的注意，他最後都會根據一項條件來選定下一個受害者。就這麼一項。

看那雙眼睛是否令他動心。

一雙美麗、澄澈的眼睛。總是能燃起他體內的一點什麼，像火花一樣。不只是期待而已。那是一股暖熱的衝動，逐漸膨脹成奇怪的欲望。

不完全是憤怒，也不盡然是愛。

而是比兩者更深沉、更黑暗的東西。

但最終都走向同樣的結局。他對著他們的脖子輕輕吹氣，用針筒注射鎮靜劑讓對方昏睡過去，這樣他就能專心完成工作，不受任何干擾。這項工作會讓他們永遠長眠。就許多方面來說，他覺得自己彷彿將他們從這個世界解放出來，進入一場永恆、寧靜的夢。

他看過很多屍體。隨著生命消亡，有些基本而原始的事物也會出現變化。血液不再流動，肉體急速冷卻，那具身軀失去了神奇的魔力，成了一團杳無生氣的死肉。

唯有眼睛還保留著生命的意象。

人類的眼眸讓他深深著迷。向來如此。他記得以前讀過一本非常老舊的犯罪故事集，書上說，一百多年前，法醫和驗屍官會將命案死者的雙眼保存下來仔細研究，認為凶手的身影仍以某種方式烙記、深藏在眼球後方。這當然是無稽之談，但他對這個軼聞很感興趣。

因此，確定受害者死透後，他就會挖出他們的眼睛收藏。有時他會在自己的祕密基地將眼珠從玻璃罐裡拿出來，握在手中。掌間的眼珠經過防腐劑溶液浸泡，變得跟口香糖球一樣硬，表層如玻璃般透亮光滑。他凝視著那些眼睛，想知道自己的臉是否仍銘刻於瞳孔深處，存留在某個地方。

至於他倒在受害者身上的沙子有兩個用途。根據古老傳說，這麼做能確保死者永遠不會醒來，另外還能掩蓋他無意間留下的痕跡。他將細沙倒進受害者張開的口中，填滿腥紅的肚腹和空洞的眼窩，看著沙粒黏在他們血淋淋的牙齦上，卡在牙縫間。他們的身體就像一只沒有生命的器皿，與此同時，他感覺到權力與力量如洪水湧入，在他體內奔流。

睡魔將思緒拉回到當下，駛過街區南側那條巷弄，將車停在路邊。他心裡有種微微發麻的感覺。一種興奮和激動。一股情緒從他的胃往上竄過脊椎，穿透大腦。那是回憶，一段很奢侈的回憶，不知怎地讓他的身體再次回到過去，重溫那夜的美妙與狂喜。

那天晚上，他殺了莉莉安．帕克，將她棄屍在那條小巷裡。

他下了車，穿過街道。翠貝卡區這一帶混雜了多元文化。街角有間保釋擔保公司，旁邊是職人手沖咖啡鋪和一家主要販售初版書的高檔書店。書店對面是一家通宵營業的自助洗衣店，左右兩側分別是一元商店和設計師品牌女裝店，在在反映出曼哈頓日益仕紳化[1]的現象。城區裡老舊與新穎並存，給人一種古怪的衝突感。

林立的商鋪間有一棟公寓大樓座落在那，就夾在服飾店和烘焙坊中間。他用鑰匙打開大門，踏進走廊。

去年，睡魔在莉莉安．帕克住處對面以月租的方式租了一間閣樓，作爲監視她的據點。這裡用來當住家太小，但很適合那些需要空間又租不起曼哈頓其他地方，也不在乎屋況的小型工作室。七樓窗戶不僅能俯瞰街道，高度也夠高，視野很好，能清楚看見莉莉安．帕克的

1 仕紳化（gentrification），或稱紳士化、中產階層化、貴族化。指一個原本聚集低收入者的舊社區在經過重建後地價及租金上升，吸引較高收入者遷入，進而取代原有的低收入者。

公寓。

他在案發後幾天退租。不過在這之前，他先去打了公寓大門和閣樓的鑰匙，以備不時之需。他經常重返作案現場——倒不是有意識地事先規劃，比較像是在創造選項。今晚是他這一年來首度重訪這棟公寓。

他有個萬無一失的計畫，但若眞出了什麼差錯沒成功，還有另外五個備案。他向來會替自己留點餘地。正是這種批判性思考、分析與評估假設性問題的能力，讓他得以在職場上搶占先機，積攢大筆財富。

他沿著樓梯拾級而上。這棟公寓沒有電梯。他扶著鐵欄杆，嗅聞周遭熟悉的氣味。二樓的老太太似乎總是在燉甘藍菜，或是把奶油煮到燒焦；三樓樓梯間角落的木頭鑲板因受潮而腐爛，變成了墨綠色；鐵欄杆有股金屬的味道，階梯在腳下嘎吱作響，每走一步都會飄出灰塵與陳舊木頭的霉味。

他來到頂樓，將鑰匙插進鎖孔，慢慢轉動。他剛才開車繞街區兜了幾圈，知道屋裡的燈已經熄了。當前的住戶是個小有名氣的新銳藝術家，名叫彼得·杜蘭特。去年睡魔租下這間閣樓前的房客也是個藝術家。想想其實不意外。屋頂有兩扇大天窗，每到夏天，整個空間大多時候都會灑滿陽光。

門微開了幾公分。睡魔停下手邊的動作，屏住呼吸。

閣樓裡一片寂靜。地板破爛的程度和外面的樓梯差不多，每一寸都發出響亮的嘎吱聲。看來杜蘭特應該沒被開鎖的聲音吵醒。他小心翼翼地開門，老舊的鉸鏈立刻咿呀哀號。他皺了一下眉頭，輕輕帶上身後的門，順手反鎖。

他呼出憋住的那口氣，轉過身，藉著月光環顧房間。

窗邊佇立著一座畫架。旁邊桌上擺著一堆顏料瓶，還有用過的調色盤、幾條抹布、泡在濁水裡的畫筆，以及沾滿顏料的刮刀。浴室在左邊，右邊則是小小的步入式衣帽間，寬度和深度剛好夠擺張薄窄的折疊床。衣帽間的門半開，可以看到有雙腳從裡面伸出來。

以睡魔的身高而言，睡在那裡已經很擠了，杜蘭特還比他高大概好幾公分。睡魔走到畫架前，想先看看那幅畫。

那是一幅自畫像。不是什麼驚爲天人的傑作，但他猜應該還沒畫完。畫中的藝術家上半身赤裸，只穿了一條藍色牛仔褲。肌肉線條描繪得很好，光影變化也捕捉得不錯，不過杜蘭特不會拿下任何獎項。

凱莉一定會喜歡這幅畫。

就在這個時候，一陣細碎的噪音傳來。彈簧床墊的呻吟，還有生鏽門鉸鏈刺耳的磨銼聲。

「你他媽誰啊？」一個男聲說。

睡魔立刻轉身。只見杜蘭特穿著運動褲、打赤膊站在房間中央，雙手滿是顏料，一路延伸到手肘，腹部和寬厚的胸膛上也散落著點點油彩。如果他琢磨畫技的時間和練舉重一樣多，說不定能闖出一番成就。

「我很欣賞你的作品。」睡魔邊說邊繞過畫作，一派悠閒地走向杜蘭特。

杜蘭特雙手握拳，顯然有點緊張。

「你是怎麼進來的？」

「門沒關。」睡魔又往前踏一步。

「喂，別過來。你到底是誰？在這裡做什麼？」

「杜蘭特先生，請你冷靜一點。我想跟你談談畫作委託的事。」

「我不接案。馬上滾出我家。」

他邁開大步上前，肩膀繃緊，右拳微微舉起，隨時準備出擊。睡魔目測杜蘭特身高大約一百九十三至一百九十五公分，體重隨便都超過一百一十公斤。他的額頭上有一道鋸齒狀疤痕，鼻梁好像斷過又沒移正，看起來歪歪的。自畫像完全沒呈現出這些瑕疵。睡魔對杜蘭特的了解又多了一點：虛榮。除此之外，這個男人顯然性格強悍，好勇鬥狠。能造成那道疤的東西有很多，從疤痕的角度來看，大概是碎玻璃瓶幹的好事。

杜蘭特指關節上浮凸著幾條小小、如蛆蟲般的白色傷疤。

從杜蘭特身旁望過去，地上有兩支空的傑克丹尼威士忌酒瓶。

他也聞到他吐息之間散發出來的酒氣。

「這是我最後一次警告你。馬上離開。」杜蘭特上前一步。睡魔站在原地動也不動。

「快給我滾，不然就等著被抬——」杜蘭特沒有把話說完。他緩緩張嘴，瞪大眼睛往下看。

睡魔伸長了臂膀，手裡握著一把剝皮刀。刀刃完全沒入杜蘭特線條分明的腹肌中，只剩刀柄留在外面。

「杜蘭特先生，你知道什麼是大馬士革鋼嗎？」

杜蘭特什麼也沒說，甚至連呼吸都沒有。他只是盯著自己的下腹，臉上的表情瞬間凍結，寫滿驚惶與恐懼。

「聽說大馬士革鋼製成的刀具鋒利到你連被砍都沒感覺。」

他後退一步，將刀子從杜蘭特腹中拔出來。傷口立刻噴出暗紅色血液。杜蘭特又開始呼吸，但持續不了多久了。

睡魔踩穩腳步，屈膝蹲伏，利用雙腿和旋轉髖部帶動的力量順勢將刀鋒往上刺，動作又快又猛，類似拳擊手使出上勾拳。照理說刀刃應該要如切奶油般從下巴底下刺進去，穿過口腔頂部，直鑽大腦，讓杜蘭特還來不及慘叫就當場斃命。

可是他失手了。

下一秒傳來的聲響讓他全身起雞皮疙瘩。尖銳的刮擦聲和擘裂聲，緊接著是牙齒斷裂的喀啦聲，以及碎牙掉在拋光硬木地板上彈來彈去的帕噠聲。

杜蘭特的身體驟然癱軟，將睡魔手中的刀猛地扯落下來。他彎下腰，右腳踩著杜蘭特的額頭，用力拔出深深插進他臉部的鋒刃。

他用杜蘭特的運動褲把刀子擦乾淨，仔細檢查了一會兒。刀刃沒有光澤，但有很明顯的紋理，看起來就像有人將一片銀藍雙色大理石板切割成兩半，層層堆疊出波紋般的圖樣。這不是真正的大馬士革鋼刀具，不過材質和工藝也很接近了。他收起刀子，低頭望著地上那個死去的男人。

他抓住杜蘭特的腳踝，將他拖進浴室，接著繞到後方，揪住他的頭髮把他抬起來，讓屍體呈坐姿。他彎下腰，將杜蘭特的雙臂固定在胸前，然後直起身子，把屍體推到浴缸裡。

睡魔走到洗手台前洗手，輕聲哼著熟悉的曲調。

他用毛巾擦乾雙手，來到窗前。對面的大樓盡收眼底。他拉開房間裡唯一一張椅子，坐下來眺望曼哈頓。

泰瑞莎·瓦斯奎茲就住在已故的莉莉安·帕克隔壁。這間閣樓很適合用來觀察她，視野之好，如同去年監視莉莉安一樣。瓦斯奎茲活不過今天。他還沒決定何時下手，但總會有機會的。他不能冒這個險，讓瓦斯奎茲出庭指證凱莉謀殺莉莉安．帕克。

有那麼一刻，他腦中盤據的不再是那些殺死泰瑞莎．瓦斯奎茲的念頭，而是一段鮮明、強烈的記憶。那個週日早晨。感覺好像是上輩子的事了。凱莉和他一起躺在床上，頭枕著他的胸膛。她的髮香。他的指尖輕輕拂過她的肩膀。她慢慢搓著雙腳，底下的床單發出溫柔的窸窣聲，除此之外什麼都聽不見。她只要累了就會這樣。他愛她有成千上萬個理由，而這正是其中之一。他念念不忘的正是這些小事。那些回憶非常重要。他很擅長記住細節、事實和模式。他的情緒記憶則不同。他的童年印象裡有些片段轉瞬即逝，抽象到他有時不禁懷疑那些回憶是不是自己捏造出來的。他和凱莉在一起的時光深深刻印在他腦海裡，就像電影膠捲一樣，幾乎每件事他都記得。那些親密時刻有如沁涼的清水滋潤著他的心田，如此獨特，如此不可或缺。

他喜歡殺戮。奪取生命的愉悅和快感讓他渾身震顫。直到現在和凱莉分開，他才意識到自己對她的感情有多濃烈。他想要她。他想躺在那張床上，讓她枕著他的胸膛，雙腳揉擦著床單。他想要她的味道、體溫和那種彼此屬於對方的感覺。打從第一眼看到她時他就知道了。

他愛凱莉．米勒。她是他這輩子唯一愛過，也唯一會愛的人。

這讓她成了世界上最重要的存在。

值得為她奮戰。

值得為她而死。

凱莉根本不該被送上法庭接受審判。事情發展始料未及。他不能再和她分開了。再過幾天，他們就能重聚相守。等她的審判結束，憂慮拋諸腦後。他殺了切斯特．莫里斯，將他的頭砍下來放進背包裡。他也殺了迪雷尼。他殺這些人不是爲了單純的歡愉。而是爲了保護凱莉。

現在他殺人只有一個理由。最純粹的理由。爲了愛。還有更多謀殺計畫等著他去完成。

14 凱特

早上八點五十九分，哈利開著他那輛小巧的深綠色敞篷跑車，於草原路社區大門口緩緩煞停。凱特心想，他開車技術真好。他非這樣不可。這是一部歐洲車，大概是英國品牌。儀表板上有木質元素。貨眞價實的木頭。而且車頂有裂縫，輪胎太小，引擎聲太大，加上底盤超低，凱特覺得自己過去半小時就像坐在綁著割草機引擎的滑板上駛過高速公路。哈利說這輛車是老爺車。經典老爺車。凱特是在紐澤西長大的，在那裡，一輛車被稱作老爺車，就表示車子的排氣管快掉下來了——如果底盤沒先斷成兩截的話。

私人道路外只有零星幾個抗議民眾，他們之前沒看過這部車，所以沒衝上來找凱特和哈利麻煩。凱特拿出凱莉昨晚給她的遙控器打開電子大門。哈利開車駛入社區，前往凱莉家。

哈利一拉手煞車，凱特就立刻下車。這輛跑車是雙人座設計，但座椅與後車廂之間有個小空間。哈利把手伸到座位後面，拿出一塊五乘十公分的木板，然後踏出車外，彎腰將木頭塞進剎車踏板和座椅間的縫隙。

「如果手剎車壞了，幹嘛還拉起來？」凱特疑惑。

「拉心安的。」哈利回答。

「這部車多老了？」

「跟我差不多。」

「這麼老喔？」她笑著說。

「除了手剎車外，這輛車性能絕佳，就像它的主人一樣，又快又時髦，開起來順得很。」

哈利花了點時間才起身，一隻手撐著腰。最近他的下背痛得厲害。凱特走到他身旁，輕輕勾著他的手臂扶他站起來。他沒有抱怨，反而在直起身子後給了她一個微笑。哈利還是很帥又很有魅力，但那是父親對女兒的笑容。

「還快咧。」凱特揶揄。

「身體走下坡的速度是很快沒錯。」

她拿出後車廂裡的文件，兩人一起朝凱莉．米勒家前門走去。

「你打算怎麼處理？」

「我正想問妳同樣的問題。這是妳的案子。我不過是個顧問罷了。」

「少來，哈利。你當了二十年的法官耶。你會怎麼做？」

他思忖片刻。「我想我們慢慢來，最重要的是讓她開口。先問些簡單、開放的問題，等她放鬆心情後再談那些比較棘手的事。」

他們走到門口，發現前門虛掩，開了一條大約三到五公分的縫。兩人停下腳步。凱莉．米勒可能是從廚房看到他們駛進車道，像昨天那樣直接幫他們開門。

但哈利和凱特都沒伸手碰門把。

還沒有。

「米勒太太？凱莉？」凱特呼喚。

他們豎起耳朵。什麼也沒聽見。

這次換哈利高喊。他們默默等待。

只換來一片寂靜。

哈利伸手探入夾克，從磨損的肩背式皮革槍套裡，抽出一把老舊的柯特一九一一半自動手槍，拉槍機讓子彈上膛，壓低槍口，用指尖輕輕推開前門。他舉起手，示意凱特留在原地。

「我會跟在你後面。」她說。

哈利噴了一聲，搖搖頭，邁步踏進屋裡。室內沒有電視或收音機的聲音。凱特再度大喊。依舊無人應答。客廳沒人，廚房裡也沒人。哈利快步走向樓梯。一種緊迫和不安湧上兩人心頭。他們又叫了一聲。還是沒回應。臥房和浴室裡空蕩一片，沒有打鬥的痕跡，也看不出任何異狀。床鋪得整整齊齊，枕頭上放著一套白色絲綢睡衣。

凱特三步併作兩步下樓，留下哈利一人在主臥室。她跑到外面察看。後院游泳池也沒人。丹尼爾．米勒的跑車還停在車庫裡，凱莉的車就在旁邊。凱特初次來訪時就只看到這兩部車。她把案卷資料擱在門廊上，拿出包包裡的手機打給凱莉．米勒。

凱莉的手機關機了。

「她知道我們今天早上要來吧？」哈利走下樓，踏進長廊。

「我昨晚有跟她說啊。她會不會是搭小黃出去買東西了？」

「這裡不是那種會叫計程車或Uber的社區。如果她要出門又不想開車，肯定會找私人接送。但有必要嗎？爲什麼不自己開車就好？爲什麼她不在這裡？」

「我打給佩提爾問問看。」凱特說。

他立刻接起電話。

「奧圖，我們在凱莉家。兩部車都在車庫裡，前門也沒關，可是她人不在。」

「聽起來不太對勁。妳有打她的手機嗎？」

「她關機了。」

「該死，妳覺得……？」佩提爾沒有把話說完。他的聲音裡挾著一絲焦慮，似乎真的很擔憂。

「我覺得她是不是被睡魔抓走？我不知道。我完全不曉得發生了什麼事。」

「也許我們該打電話報警？」他又問。

「不行，」凱特飛快回答。「暫時不要。目前看來沒有強行闖入的跡象，而且當初的保釋條件是她必須住在這裡。若警方認爲她棄保潛逃，一定會聲請逮捕令。」

「撇開逮捕令不說，凱莉可能會有危險。我看到報紙了。睡魔昨天殺了兩個人，其中一個還是聯邦調查局探員。」

昨晚他們發現迪雷尼的屍體後，凱特有和艾迪談過。他簡單交代了一下，今天早上她就看到新聞了。根據《紐約郵報》報導，艾迪．弗林與梅麗莎．布洛克、蓋布瑞．雷克這兩名私家偵探昨晚都出現在命案現場，但不確定他們是否正式參與調查。旁邊甚至還放了一張他們三人從迪雷尼住的大樓裡走出來的照片。

「我知道，她是艾迪的朋友。他整晚都跟聯邦調查局的人在一起。」

「天哪，太可怕了。我眞的很擔心，凱特。失聯不像凱莉會做的事。我們還是報警吧。要是她出了什麼事，我永遠不會原諒自己……」

凱特不知該作何感想。奧圖的語氣透著憂慮，聽起來很眞誠。他似乎跟她一樣積極，爲這個案子投入大把心力。這也是凱特最初對他產生好感的原因之一。

「說不定她只是在社區附近透透氣。畢竟她先生再度犯案，媒體又狂報這個案子，她可能一時難以承受。」

「我想也是。這陣子她眞的吃盡苦頭。被檢方起訴後，所有朋友都棄她而去，留下她孤伶伶一個人。她當然是無辜的。唯一値得慶幸的是丹尼爾離開了她的生活。她以爲他會就此銷聲匿跡，躲藏一輩子。她想必受到很大的打擊。」

「那就沒必要通知警方，讓他們以違反保釋條件的理由逮捕她，把事情搞得更糟。她會回來的。我們先給她一點時間，再考慮要不要報警。我回頭檢查一下屋子內外，晚點打給你。」凱特說完便掛斷電話。

「衣櫃裡的衣服都在，床上還放了一套睡衣。也許她只是在附近散步，忘了時間。」哈利說。

「嗯，應該吧。」凱特緊握手機，咬咬嘴唇。她不太喜歡眼下的情況。一個清白無辜、具備理性判斷能力、即將因爲多起殺人案受審的女人，絕對不會錯過和律師團隊的會面。不可能。就算她的連環殺手老公昨晚突然再次現身紐約也一樣。

哈利走到屋外，收起槍，遮眼擋住陽光環視庭園，眺望周邊的景色。

「她一定就在不遠的地方，不可能徒步經過那群抗議民眾。這樣就能解釋爲什麼她家門沒關了。」凱特說。「我上禮拜出門時也不小心讓公寓的門開著。」

哈利看著她，一副難以置信的模樣。

「門閂有問題，一定要用力摔門才關得起來。我有跟管理員說，但他還沒來修。上週二我以爲自己有關好，結果回來才發現門開著，電視也不見了。」

「怎麼沒聽妳講過？」哈利說。「我老歸老，但這種事可不會忘。」

「我也沒告訴艾迪。事發後我一直睡不著。而我的鄰居莫名多了一台音響很讚的電視。他喜歡把音量調超大聲。」

「妳怎麼不……」哈利突然打住。因爲他心裡已經有答案了。

「啊，妳不想讓布洛克知道。」他說。

凱特點點頭。「我不能搬走。不過是台電視而已。不值得。」

她抱起案卷資料，放進哈利的後車廂。

「我們去兜兜風吧，看能不能找到凱莉。」凱特說。

哈利帶上米勒家前門，沒有全關。他開車載著凱特繞草原路轉了一圈，還是沒瞥見凱莉的身影。凱特提議去老威斯伯里看看。他們經過幾間古董店、高級家具展示中心和精品美髮沙龍。光這一帶就有三家汽車經銷商：法拉利、荒原路華和賓士。總之就是有錢人會出沒的地方。半個小時過去了，依舊沒發現凱莉的蹤跡，於是哈利掉頭駛回社區。兩組新聞採訪團隊在大門外準備拍攝；抗議民眾愈來愈多，現在大約有十五人左右。他們開始高喊口號。

凶手凱莉，去坐牢！

凶手凱莉，去坐牢！

他們一離開草原路，凱特就看見車道上那輛熟悉的車。一九六五年的午夜藍野馬。只見駕駛座車門打開，艾迪．弗林踏出車外。凱特下了哈利的車，沿著碎石車道朝他走去。

她還來不及解釋，艾迪就先開口。「佩提爾聽說了昨晚的事，打來關心我的狀況，並向迪雷尼致哀。他問我知不知道凱莉．米勒可能會去哪裡。拜託別告訴我她棄保潛逃了。」

哈利踩著碎石礫，走到凱特身旁。兩人交換了一個眼神。

「很難說。」凱特回答。「看起來她什麼都沒帶，也沒把車開走。床上有套睡衣，感覺像今天早上才折好放在那裡，屋裡也沒有他人闖入的跡象。唯一奇怪的地方是她不在，我們到的時候還發現前門是開的。」

「她有請人來打掃做家事嗎？」

「據我所知沒有。」凱特說。

「我們進去看看。」

凱特跟著艾迪進屋。他環顧樓下。起居室、廚房，每樣東西都乾乾淨淨，一塵不染。他們提步上樓。他檢查衣帽間、客房、兩間客用浴室，然後是主臥室裡的浴室。

洗手台上方的充電座裡立著一支電動牙刷。那是浴室裡唯一一支牙刷，收納櫃裡沒有其他備品。艾迪拿起牙刷，抽了一張衛生紙包住刷毛仔細端詳，然後將衛生紙丟進馬桶。他跪下來伸手摸摸淋浴間底座，接著起身察看浴缸。

他點點頭。凱特跟著他下樓踏進走廊。

「妳怎麼看？」他問道。

「我不知道，」凱特回答。「沒有掙扎或扭打的痕跡。只能說她走得很匆忙。」

「沒錯，」艾迪同意。「她的牙刷是乾的。浴缸和淋浴間也是乾的。」

「這能證明什麼？」哈利問。

「證明了她可能不是今天早上才離開。你還記得她昨晚的樣子吧？就算活在十八層地獄，她還是很注重自己的儀容。牙刷刷頭和淋浴間起碼會有點溼或留下些水痕。」

凱特雙臂抱胸，低頭望著走廊的瓷磚地板。

「床上的絲綢睡衣應該是她昨晚睡覺要穿的。她一定是趁著夜深、大門外沒有抗議民眾時離家。睡魔出現在格拉迪酒店的消息上了晚間十點新聞。看來她是連夜離開。」

「該死，」哈利說。「她真的棄保潛逃了對不對？明天就要開庭了，壓力愈來愈大。我見過這種事。問題是，沒有當事人，談何辯護？」

「我們得快點找到她才行。布洛克人呢？」凱特問。

「她和蓋布瑞・雷克在一起。他們要去抓睡魔。」

「你昨晚有提到這個人。你說他是誰？」

「他是前聯邦調查局探員，迪雷尼的同事。很聰明，只是有點異於常人。」

「布洛克和這個異於常人的傢伙要去找睡魔？」

「好啦，給他們一個機會嘛。他們才剛開始而已。」艾迪說。

「所以凱莉到底跑哪去了？」哈利問。

凱特回想起昨天的情況。她從未見過像凱莉・米勒這樣受盡折磨、絕望又破碎的人。感覺不妙。

「她可能看到新聞嚇壞了，決定逃離這裡，」凱特推測。「但其他可能性也好不到哪去。她說不定是被睡魔抓走，或是正躺在某個飯店房間裡，根本沒有想跑的意思，不然就是……」

她沒有把心裡的想法說完。沒這個必要。她知道艾迪和哈利早就考慮到了。人的意志力和心理強度是有限的。凱莉走過、熬過的一切，不是他人所能體會。這不是軟弱，而是一種病。對某些人來說，自殺似乎是唯一的出路。

民眾的抗議吶喊從四百五十公尺遠的社區大門外傳來，除此之外，周遭寂然無聲。哈利和艾迪互看一眼，什麼也沒說。他們很擔心凱莉。不知怎地，這讓凱特更加害怕。

她的手機開始嗡嗡震動。螢幕上的號碼看起來很眼熟。

「我是凱特．布魯克斯。」她接起電話。

「布魯克斯小姐，這裡是中央街書記官辦公室。請妳中午務必出席由史托克法官主持的凱莉．米勒案緊急聽證會。」

凱特的後頸隱隱作痛。這是壓力性頭痛的前兆。她之所以難受，是因爲她覺得自己被突襲了。她很清楚這場緊急聽證會的目的，但她還是想確認一下。

「聽證會的性質是？」

「保釋。」書記官回答，並告訴她要去哪一樓、哪間法庭後，旋即掛斷電話。

凱特撥了佩提爾的手機號碼。

「我們講完電話後你有打給艾迪。你還跟誰談過？」她劈頭就問。

「沒有啊。」他說。

「我剛接到書記官辦公室的電話。凱莉的案子中午要開保釋聽證會。檢察官認爲她棄保潛逃。知道她失蹤的只有艾迪、哈利、我和你。」

「我說了，我沒跟別人談過。我不希望凱莉被捕。我發誓，我只有聯絡艾迪而已。」

「好吧，抱歉。我們晚點再聊。」她掛斷電話。

「他跟誰談過？」哈利問道。

「他說除了我們之外沒有別人。聽他的口氣，我覺得他說的是實話。」凱特回答。

「那法院怎麼會知道她違反保釋條件？」哈利又問

「只有兩種解釋，」艾迪開口。「不是奧圖通知警方，就是警方早知道了。」

「他們怎麼會知道？」

「我認爲那張搜索票內容不只是扣押奧圖・佩提爾事務所舊有的資料而已。聯邦調查局正在監聽他的電話。」

15 凱莉·米勒日記摘錄

五月二十九日

上禮拜對警察說了謊，我到現在還是很過意不去。我不是故意的。當時我只是太難過、太激動，一心想打發他離開。可是就算問過丹尼，我的感覺還是很糟。

第二天我決定再問他一次，告訴他我很內疚。欺騙警察算不算犯法？我想打去分局跟那名員警談談，把事情解釋清楚。他說沒這個必要。他走到筆電前打開地方新聞網站，點了一篇報導給我看。我看完後安心多了。原來警方是在尋找特定樣式的廂型貨車，對車主進行例行查驗。據傳睡魔可能使用過類似的車輛。

丹尼說他不想捲入這件事。他沒有廂型車，嚴格來說沒有。有一部廂型車登記在他其中一家公司名下，但他連這輛車還在不在公司都不知道。他投資了很多小型企業，不時用炒短線的方式買進賣出，賺取利潤。他說沒必要為了這件事浪費警察的時間，他們該做的是去追捕嫌犯，抓到真正的凶手。我說我同意他的看法，聯絡警方確實沒意義。我感覺好多了。

警察上門後那幾天，我和丹尼之間的感情加溫不少。他甚至有幾次還提早回家，我們一起下廚、喝紅酒，開心聊天大笑。氣氛很輕鬆、很歡樂、很溫馨，就像我們剛交往時一樣。

可是昨晚又變了。他一直到凌晨三點多才回家，在主臥室的浴室洗了澡，帶著溼溼的頭髮上床睡覺。我假裝我已經入睡。今天早上我還沒醒，他就起床出門了。大概是想避免那無可避免的爭吵。

我決定不當個囉嗦的妻子，所以他回來時我只隨口提到他看起來有點累，工作一定很辛苦。就這樣而已。他臉上仍然閃過一絲惱怒。

吃完晚餐後，他變得比較像我愛的那個丹尼了。我猜他只是很累又很餓吧。他堅持要我坐下來喝杯白酒放鬆，洗碗的事就交給他和洗碗機。我拿著酒杯在沙發上窩著，他走過來，將一個戒指盒放在我前方的茶几上。

他說他愛我，他會一次又一次不停讓我知道我對他有多重要。盒子裡有兩枚戒指。一枚是鑲有紅色寶石的玫瑰金戒指，另一枚是中間嵌著一顆煙灰色寶石的銀戒。我試戴了一下。銀色的有點緊，但尺寸還算合。戒指非常漂亮。他真的很了解我的品味。我叫他不用一直買首飾給我，我真正想要的是他，他的陪伴。我們接了吻，他又回到廚房收拾碗盤。

我打開電視，發現透納經典電影台正在播我們最喜歡的電影。

之前交往時我逼他看這部片，結果他和我一樣超愛，後來甚至變得有點像我們之間的小默契。我最喜歡的電影是《麻雀變鳳凰》、《熱舞十七》、《情比姊妹深》（我每看必哭）和這一部，因為它把我嚇得半死。

他回到起居室，看到酒和電視上的電影，說他很抱歉，但他不得不出門見客戶。他說他剛完成一項投資計畫，目前已經在規劃下一個專案了。他俯身湊過來親親我的臉頰。我告訴他沒關係，我不介意。

其實我很介意。

他穿上大衣，我坐下來看勞勃．米契主演的《獵人之夜》。

丹尼經過沙發時瞥了螢幕一眼，用他沙啞的男中音唱道：「倚靠——倚靠——倚靠上帝永恆的膀臂……」

電影中，米契飾演一位連續殺人的牧師。他和一名被判死刑的搶匪在獄中結識，得知對方將贓款藏在家裡。為了拿到這筆錢，米契刻意接近並追求搶匪的遺孀，和她結婚。他用彈簧刀殺了新婚妻子，後來才發現她的孩子將贓款藏在布娃娃裡。莉莉安．吉許在片中飾演一位性格剛強的老婦人，她收留了這些孤兒，保護他們不被牧師殺害。

這是我最喜歡的一幕：時過午夜，外頭一片漆黑。米契坐在花園裡的樹樁上，唱著那首古老的基督教讚美詩，「倚靠上帝永恆的膀臂……」，吉許則坐在門廊紗窗後方的搖椅上，懷裡抱著一把獵槍，跟著一起唱和，讓米契知道她不怕。直到一個孩子拿著蠟燭走近，照亮紗窗，刺眼的火光模糊了米契威嚇的身影。吉許傾身上前將蠟燭吹熄，米契已然消失在夜色裡。

自從看過這部電影後，那首歌就一直在我腦中盤旋。米契，一個冷酷無情的殺人犯，以美妙的男中音柔聲哼唱，而且還是一首不折不扣的讚美詩。他用手中的彈簧刀將人們送進上帝永恆的懷抱，甚至直接坐在想殺的人屋外唱歌，至狠至惡，無所畏懼。每次看都讓我不寒而慄。

我沒聽到前門關上，沒聽到車庫門打開，也沒聽到丹尼發動跑車引擎，只瞥見電視上反射的紅光。我轉頭望著窗外，看著他的車尾燈消失在車道另一端，就像兩隻紅色巨眼，逐漸於暗夜中遠去。

我看完電影，在沙發上睡了一個小時左右，最後被手機吵醒。

前兩天我爬了文，讀遍睡魔案所有報導。警察來訪引起了我的好奇，現在只要有相關文章，手機就會發送通知給我。我點開螢幕，兩則新聞跳了出來。

昨晚有兩名女性在自家公寓遭睡魔殺害，警方正在尋找目擊證人。第二則的新聞焦點是睡魔之前的受害者瑪格麗特・夏普。照片中的她身穿紅白格紋夏日洋裝，塗著鮮豔的紅色唇膏，臉上掛著笑容，一頭鬈髮很有五〇年代的風格。

手機從我手中滑落。

我撿起手機，用手指放大瑪格麗特・夏普的照片。

她戴著一對純銀耳環，形狀像玫瑰花一樣。

16 布洛克

雷克說他有車，只是送到修車廠維修。

布洛克平常話很少，不是那種愛聊天的類型，但她對車子很感興趣。普通的家用吉普經她巧手改裝變得大不相同，簡直判若兩車。她改的部分主要是底盤、傳動軸和輪胎零件，將這些結構升級強化，以因應最新安裝、搭載兩個增壓器的V6置底凸輪軸頂上閥引擎。車身她沒有動，所以只要她油門一催，你就會整個人猛地往後貼著椅背，驚訝到下巴都快掉下來。

「你開什麼車？」布洛克問道。

「哦，藍色的車。」雷克回答。

看來這禮拜會很難熬。他們開著布洛克的吉普轉進翠貝卡區。雷克建議從那裡查起。

「翠貝卡區有什麼？」布洛克問。

「莉莉安．帕克的公寓。我想去看看。」

「爲什麼選她？」

「因爲那個準備出庭指證凱莉．米勒的證人是她的鄰居。切斯特．莫里斯已經死了，而泰瑞莎．瓦斯奎茲在莉莉安．帕克遇害當晚看到有對男女在公寓大樓外閒晃。尼爾森一家的案子也有人證，但那條線晚點再追。睡魔的目標是這些目擊證人，所以他可能就在附近，這是第一個原因。第二個原因是我需要親自察看現場蒐集第一手資料，才能進一步了解這個傢伙。」

「你要對他進行犯罪側寫？」布洛克駛入壅塞的車陣，踩下煞車。「你不是說聯邦調查局抓連環殺手的方法都是錯的嗎？」

坐在副駕駛座的雷克對她笑笑，或應該說嘴角勾起一抹類似微笑的表情。

「心理側寫和慣犯行爲研究有很多流派。我自有一套。」

「說來聽聽。」

「妳有聽過瘋狂炸彈客喬治·梅特斯基嗎？」

布洛克點頭，開車左轉。正是這名身穿雙排釦西裝的男子促成了整個犯罪側寫領域的發展，讓大眾開始注意、著迷於這項技術。梅特斯基案是現代犯罪側寫的第一個案例，過去六十多年來始終是這門學科的經典，對那些研究暴力慣犯模式的人而言，此案的分析與偵破過程放到今天來看依舊很不可思議。

「那妳應該知道他們在訓練課程中講的故事。其實眞相更有意思。一九四〇年十一月，有人在聯合愛迪生公司的窗台上發現炸彈，炸彈上纏了一張署名F.P.的紙條，寫著聯合愛迪生公司是騙子。一九四一年九月，工廠附近又發現炸彈。同年十二月，警方收到來自F.P.的信，信上說他很愛國，所以不會在戰爭期間放炸彈，不過戰爭結束後，他會要聯合愛迪生公司爲他所謂的『卑劣行爲』付出代價。

「他說到做到。一九五一年到一九五六年，他放了超過三十枚炸彈，其中有些是針對聯合愛迪生公司，其他則是放置在紐約知名地標，例如無線電城音樂廳、中央車站、時代廣場的派拉蒙劇院等等。期間有約二十人受傷，無人死亡。紐約警方認爲早晚會出人命，於是約翰·克羅寧隊長便請來犯罪學家與精神科醫師詹姆斯·布魯塞爾——

「他寫了一份犯罪側寫報告，」布洛克說。「而且分析得很準。」

「他的側寫雖然有些訛誤，但大致上還算準確。眞正引發媒體關注的是他對瘋狂炸彈客的描述。布魯塞爾推測，警方逮捕嫌犯時，對方很可能穿著雙排釦西裝，釦子全部扣上。」

布洛克回想起當年受訓的場景，嘴角微微上揚。那天下午，她和其他員警一起坐在教室裡上課，一名來自聯邦調查局的教官以梅特斯基的案子開頭，介紹調查局是如何與側寫師合作，運用犯罪側寫技術來緝捕連續犯。

「他說中啦。」布洛克說。「他們抓到梅特斯基時，他眞的穿著雙排釦西裝，釦子扣得好好的。」

「有夠扯，根本就是眞人福爾摩斯。媒體愛死了。連環殺手側寫師把這個故事當成榮譽勛章佩戴在身上。問題是，他的側寫並沒有幫助警方逮到梅特斯基。完全沒有。他們只是猜對了，嫌犯的確是對聯合愛迪生公司懷恨在心的前員工。梅特斯基因爲工作關係，肺部遭高溫爐灼傷，繼而心生怨懟，但聯合愛迪生公司並未將過去的勞工職災賠償紀錄提供給警方。一位名叫愛麗絲·凱利的職員在回顧檔案時找到梅特斯基的人事資料，發現他在寫給公司的投訴信中用的措辭，和他寄給警方的信一樣。布魯塞爾則認爲，梅特斯基傾盡全力想扳倒聯合愛迪生公司，可見他的個性一絲不苟。另外他也根據梅特斯基的筆跡研判，對方應該是個無論行爲外表都乾淨整潔的人。這就是爲什麼他推斷梅特斯基會穿雙排釦西裝。看似神預測的結果不過是基於筆跡僞論幸運矇到的，但其實不該如此。明明就有足夠的資訊可以斷定梅特斯基很可能會穿雙排釦西裝，而且釦子全扣，就連沒有精神醫學專業的人也看得出來。」

「我看不出來。」

「好好思考一下。」

布洛克停在紅綠燈前，拉起手煞車，雙手暫時離開方向盤，擱在大腿上。

六十秒過去了，號誌轉成綠燈。「我還是不懂。解釋一下。」

「一九四〇年，瘋狂炸彈客初次犯案，」雷克開始說明。「目標是聯合愛迪生公司。他因為受傷無法工作而失業，對公司充滿怨恨。他等了十多年，直到一九五一年才再度放置炸彈，表示他依舊對公司耿耿於懷，依舊病得找不到工作。如果他能找到新的工作、展開新的生活，他就不會在城裡到處放炸彈大聲疾呼，要聯合愛迪生公司還他一個公道。與此同時，一九五〇年代的時尚風潮也有所改變。大部分男性都穿西裝，流行的剪裁是窄翻領、修身短外套和細領帶，而三〇、四〇年代，男性多穿雙排釦西裝。梅特斯基之所以穿雙排釦西裝，是因為那是他還有工作時買的最後一套西裝。他買不起新的款式。」

「好吧，那布魯塞爾怎麼知道他會把西裝釦子全扣上？」

「很簡單。妳有穿過雙排釦西裝嗎？」

布洛克搖搖頭。

「穿起來就好像肚子上蓋著一塊長約三十公分的布料。外套左右襟會疊在一起，一定要扣上內釦，再扣兩顆外釦。這種設計本來就是要雙排全扣，不然看起來就會像肩膀上披著降落傘，西裝內裡外翻。妳去看三〇、四〇年代的電影，會發現每個穿雙排釦西裝的角色都有把釦子扣好。」

「你的重點是？」布洛克問道。

「逮捕梅特斯基所需的證據全都攤在那裡，直勾勾地瞪著調查人員。他們根本不必找什麼精神科醫師或犯罪學家。我想說的是，不用側寫師來告訴你風往哪吹，你只要舔舔手指伸到空中，自己測就好。」

布洛克轉進路邊停車格，將車停在右手邊的小巷前。

「就是這裡？」她問。

「沒錯。」

一輛棕色福特轎車就停在他們正前方。前座有兩個穿便衣戴耳機的傢伙，其中一人正就著保溫杯喝飲料。

「聯邦調查局的人也在，」布洛克說。「保護證人泰瑞莎．瓦斯奎茲。」

「沒關係，我們不會妨礙到他們。睡魔將她棄屍在那條巷子裡。我們先去那邊看看。」

「我們到底要怎麼做？」

「我們要舔舔手指，然後伸到空中。」

⚖

曼哈頓幾乎看不到大條寬敞的開放式巷弄，數量少得驚人，且多半都有鐵門或柵門擋住。可這條沒有。布洛克望著在前方帶頭的雷克。他走得雖慢，步伐卻充滿自信，有點大搖大擺的味道。但他似乎渾然未察。他不是那種有自覺的人。如果他有，他就會把鬍子刮乾淨，襯衫燙好，西裝熨平。她感覺得出來，他的注意力完全不在自己身上。彷彿他能就一個複雜的話題滔滔不絕地說上好幾個小時，卻沒發現自己屁股著火。

那條巷子大概有四點五公尺寬，卻隱約有種擁擠狹窄的感覺。兩側大樓外牆上的鐵製逃生梯壓縮了空間感。布洛克抬頭望著灰白色雲層。建築物頂端的逃生梯看起來就像細細的墨線，畫過紙頁般的天空。除了三台垃圾子母車及堆在旁邊的紙箱和少許垃圾外，巷子裡空蕩一片。沒有滿地垃圾，聞起來卻有一股垃圾臭味。整條巷弄長約十五公尺，往左拐又延伸了六公尺。紅磚牆面滿是髒汙，東裂一塊、西缺一角，上頭還貼著幾張海報傳單，其中一張是某搖滾樂團三年前的演出宣傳，有些則受風吹雨打變得破破爛爛，自磚面脫落，只剩幾張碎紙巴在牆上。

死在這裡眞的很凄涼。

「他們始終沒找到莉莉安的浮雕寶石胸針。」雷克說。「當時是她的母親瓊安・帕克告訴警方胸針不見了。那枚胸針屬於瓊安的母親，也就是莉莉安的外婆所有。其他受害者的首飾會在審判結束後歸還給家屬。那枚胸針對瓊安而言意義重大，但他們一直找不到。」

「我看了她的供詞。丹尼爾・米勒可能把胸針藏在某個地方。」

布洛克拿出從車上帶下來的iPad，喚醒螢幕，打開壓縮過的資料夾。丹妮思已經將凱莉・米勒案的資料統統掃描上傳到事務所的電腦系統裡。每一個證據、每一項動議、每一張紙片全都被編入索引，以便在短短幾秒內存取查閱。布洛克點兩下，打開標著「莉莉安・帕克」的資料夾，調出所有證人的證詞和犯罪現場照片。去年六月三日，一個炎熱的夜晚，莉莉安被發現陳屍在垃圾子母車蓋上。她穿著白色T恤、靴子和牛仔褲，和其他受害者一樣被肢解，身上全是沙子，空洞的眼窩裡也塡滿了沙。

沒有人聽到任何動靜。巷弄兩側大樓的住戶都沒有。有幾個人說因爲天氣太熱，所以曾把窗戶打開，還抱怨垃圾很臭、流浪貓吵得要命，但比起悶熱，後巷刺耳的貓叫聲不算什麼。

雷克在垃圾子母車前停下腳步。三台子母車於左側排成一列，就在巷子拐彎前那個位置。

他回頭看了一下剛才走過的地方，彎腰檢視地面，然後直起身子再度環顧四周。一樓有兩個緊急出口通往小巷，左右建築各一個，都是防火門，無法從外面打開。

「莉莉安．帕克住的這棟公寓，防火門警報器沒壞。」他說。

布洛克頷首，抬頭往上看。離地三公尺高的地方掛著一架梯子，通往第一層逃生梯。如果要沿建物外牆從莉莉安．帕克所在的樓層來到一樓，至少會經過二十一扇窗，每層樓三扇，而且部分窗戶當晚還開著。在布洛克看來，不管是莉莉安還是誰，無論晚上幾點，都不可能在沒人注意到的情況下從逃生梯來到後巷。

「他是怎麼把她帶到巷子裡的？」布洛克思忖。

「好問題。」雷克點點頭。「她不是從公寓防火門出來的，因爲警報沒響，可見防火門沒開。她也不是走逃生梯。巷子裡有雜物和子母車，廂型貨車根本開不進來，所以他並不是在別的地方犯案再把她的屍體搬到這裡。難道她是從大街上走進小巷的？」

布洛克點點頭。「一定是這樣。」

「這傢伙不怕風險，但也都計算過風險。在曼哈頓繁忙的街道上抓住莉莉安．帕克，把她拖進小巷？不合理。一定會有人看到或聽到什麼。」

睡魔的犯罪方式與作案手法有兩種不同的模式。頭幾名受害者陳屍在康尼島海灘，身體半埋在沙子裡。出現第四名受害者後，警方加強康尼島的警力部署，二十四小時派人巡邏，迫使睡魔改變犯案模式。他開始潛入受害者住處，在屋內下手。只有莉莉安．帕克例外。

「我們上樓看看。」雷克說。

這棟公寓的管理員和布洛克這輩子見過的管理員不一樣。他叫丹尼斯，衣著整潔，身上沒有異味，也不會每次轉身就露出褲子屁股後面的破洞。雷克表明他們是來協助聯邦調查局辦案時，他很有禮貌，也很合作。布洛克覺得丹尼斯這份工作應該做不久了。

他帶著他們搭電梯來到七樓，拿出鑰匙，插入莉莉安．帕克公寓門鎖。門上至少有四道鎖，每道都配有不同的鑰匙。總之丹尼斯花了快一分鐘才把門打開。門板底部有個貓門，不過太小了，人不可能從那裡進出。

「請問我什麼時候可以把家具清空，出租這間公寓呢？」丹尼斯問。

「應該快了，丹尼斯，你的需求局裡都知道。」雷克說。「謝謝你的合作。」

丹尼斯這才離開。

這是一間獨立套房，客廳、臥室、廚房、餐廳等都在同一個房間裡。一踏進門，布洛克就看到角落有張床，對面是沙發和電視，後面則是櫥櫃、冰箱和一個看起來像露營用卡式爐之類的東西。房裡除了出入的前門外只有一扇門，通往小小的淋浴間和廁所。沒有浴缸。

她再度察看門鎖，這次是從裡面看。每道鎖都很新、很牢固，沒有被撬過的痕跡。布洛克多年前處理過一起竊盜案，對開鎖這件事略懂。莉莉安用的鎖都是很好的牌子，安裝得也很到位。就算是天賦異稟的開鎖高手，起碼也要五分鐘才能全數打開，而且很難不發出聲音。

莉莉安．帕克的生活一點也不奢侈。公寓裡幾乎沒什麼值錢的東西。電視左邊有個貓砂盆，看起來至少用了十年以上，僅有的幾件家具也被抓得亂七八糟。廚房裡有一座貓跳台，上面掛著鏡子、逗貓繩和咀嚼玩具；櫥櫃內的貓糧比人吃的食物還多。即便有了跳台，貓咪還是在床底、床頭櫃和小茶几上留下不少爪痕。廚房地板上有兩個陶瓷貓碗。

「樓上的鄰居收留了她的貓，」雷克說。「如果妳想知道的話。」

布洛克點點頭。她的確想知道。她不能忍受動物被遺棄。很高興貓咪有了新家。希望他們能像莉莉安一樣愛牠。

她走到窗前望著底下的街道。即使在這個時段，街上依舊人來人往。這裡是紐約最熱鬧、最繁華的地區之一——永遠靜不下來。

「妳怎麼看？」雷克問。

「我不知道。真希望他是在公寓裡下手。這樣就會有人聽到他試圖闖入她家。」

布洛克和雷克兩人沉默半晌，彼此對望。兩人內心都是同樣的想法。

17

艾迪

這個世界上有些人缺乏同理他人的能力。

我不清楚法官的任命標準，只知道那些沒什麼同理心的律師在躋身法官這條路上占盡優勢。若說哪些法官值得信任，讓我願意把狗托給他們照顧，我一隻手就數得出來。里奧・史托克法官不在其中，就連鱷魚我也不放心交給他顧。他年紀輕輕就當上地方檢察官，還撈到一個大案子，起訴了一群等級算是小混混的幫派分子，大多是阿爾巴尼亞人。他在十八個月內將五十八人繩之以法。雖然那些傢伙沒多久便重返街頭，他的作為對阿爾巴尼亞黑幫而言也不過是跳蚤咬屁股，但從報紙和電視上看起來就是很猛。在紐約就是這樣——如果幹不出什麼了不得的成就，那就弄得好像幹了什麼了不起的大事，效果一樣，甚至更好。

史托克乘著這股氣勢，一路爬到法官的位置。坐上法官席這十年來，他似乎很享受遊走於法庭之間的感覺，拚命把人送進監獄，愈多愈好。法官要做的就是審案並結案。這是他們的職責所在：盡快讓案子進入司法程序，做出判決。大部分法官多少都會花點時間確保程序正義，但史托克從未受「正義」這個概念所累。他會在上午九點打卡，清完手邊的案子，然後下班回家喝酒。週末打打高爾夫。

史托克沒結過婚。這種情況很少見。身為律師，要想接到一定的案量、有足夠的時間處理案子，通常會留下至少一段破碎的婚姻。但史托克沒有。想想其實也很合理，因爲婚姻本該是兩人彼此交付，承諾一生的愛與忠誠——史托克無法理解這個涵義。中央街法院明裡暗裡都在傳，說他喜歡砸大錢找高級應召女郎，還跟幾個掃黃組警探串通好，以免他的小祕密讓他當眾出醜。他很注重個人形象與社會觀感，不可能讓大家目擊到他和年紀比他小一倍、看起來像型錄模特兒的女孩一起在餐廳吃飯。

他不想讓別人知道這些女孩確實是從型錄中挑選出來的。

他的墮落與腐敗不僅限於工作場域，更延伸到他的私生活。

此刻，他高高坐在法官席上，垂眼俯視著我和我的團隊。他十指交握，一頭黑髮往後梳得整整齊齊，挾著髮油或髮蠟的痕跡。一身古銅膚色一年四季從不褪色，眼周淡淡的斑點透露出他有規律上日曬房的習慣。他的皮膚總是泛著光澤，好像除了頭髮外還在臉上噴了一層亮光漆。

「弗林先生，等等再換你。懷特先生，據我了解，你要提出動議是嗎？」

德魯．懷特是紐約最優秀的助理檢察官，也是紐約最混帳的王八蛋。他從座位上起身，扣上西裝外套釦子。我這人從不以貌取人。現在懷特站著，身高略高於一百五十八公分。沒人提起他腳下那雙跟高五公分的皮鞋，至少沒當著他的面說。不少刑事辯護律師和大多數跟他共事（過）的女性都等不及趕快下班到酒吧喝一杯，把他當笑話講。他是出了名的愛親自「動手」帶那些比較年輕資淺的地方助理檢察官，而且僅限女性。聽說地檢署已悄悄擢升或開除了至少五名敢大膽發聲、投訴懷特騷擾她們的女性助理檢察官。這些都只是謠言，但凱特非常認眞看待，主動聯絡那些女生。她滿懷熱忱，很願意也很樂意告死那些有職場性騷擾事件的公司與機構，而且她厲害得很。傳聞指出，地檢署聖誕派對上發生一起強姦未遂案。

懷特顯然在飲料裡下藥，迷昏了一名才剛上任六個月的年輕女檢察官。兩個祕書看到他攙扶她離開，連忙將她從計程車上拖下來，以免懷特把她帶到某個無人的隱密處。八卦傳得滿天飛，據說還有更大條的，要不是鑑識人員的性侵採檢包莫名其妙不見，他早就被起訴了。

回話之前，懷特先轉過來望著我、哈利和凱特，身體還刻意調整角度，好讓法官看不到他的臉。

他的視線射向凱特，目光在她身上游移。他揚起嘴角。雖然那抹笑意倏忽即逝，但絕對不是什麼友善的微笑。那是醉漢在凌晨四點看著起司漢堡的笑容。一種飢渴又詭異的表情。他轉過身，開始向法官介紹檢方團隊。

「嗯，」凱特說。「這是檢方最新的訴訟策略嗎？讓對手感到身體不適？」

「現在的年輕人都這樣調情啊？」哈利問。「有那麼一瞬間我還以為他中風咧。」

「庭上，」懷特開口。「我方辦公室注意到凱莉・米勒違反了保釋條件。如你所知，她嚴格來說算是居家監禁，如今人卻不在住所。我們想請求法院撤銷保釋。」

「弗林先生，這是眞的嗎？」史托克法官問道。

我起身準備回答法官，腦中閃過自己不願違反的幾條法律規定。其中一條就是公然在法庭上睜眼說瞎話，對法官撒謊，或他可能知道是謊言的謊。

「我的合作律師凱特・布魯克斯與事務所顧問哈利・福特今早並未在她的住所找到她。我想知道地檢署是怎麼注意到這件事的。」我說。「接到出席這場聽證會的電話時，我們正在尋找我方當事人。」

「地檢署如何得知與你無關，弗林先生。我認為眼下只有一個做法——我撤銷保釋，並對你的當事人發出逮捕令。懷特先生，還有其他動議嗎？」

「是的，庭上。我希望暫時休庭，一個小時後再召開帕克聽證會。」

「同意。」史托克法官允准。我還來不及反對，他就從座位上站起來，走進法官辦公室。

該死。帕克聽證會。我轉頭望著哈利，只見他的臉垮了下來，凱特在一旁搖頭。我感覺到這個案子重重壓在我肩上。二十四小時前，我們還有當事人和答辯理由，但現在看起來注定慘輸。

帕克聽證會會決定被告能否缺席審判。無論凱莉．米勒出庭與否，他們都要繼續審理這件案子。

我們在走廊上百無聊賴地等了一個小時又十五分鐘，期間打凱莉的手機和家裡電話打了三十幾通。凱特聯絡佩提爾，他提供一份凱莉友人名單，少數幾個有接電話的人都沒有她的音訊，也沒見過她，他們明確表示不想再看到她或聽到她的消息。自從凱莉是睡魔妻子的事公諸於世後，大家都寧願不認識她，甚至不想承認自己和她打過照面。她刪除了所有社群帳號以躲避網友謾罵和騷擾，但她沒想到朋友居然會拒接她的電話，甚至連相識三十年還當她伴娘的老友也一樣。

我背倚著冰涼的大理石柱，頭往後垂，咚地靠在柱子上。石材的沁寒並未舒緩卡在我頸後的那團焦慮和緊繃。看到懷特帶著成比爾和六名檢察官大步穿過迴廊，讓我感覺更差。那群人身高都不到一百八，但趾高氣昂的懷特在他們之間顯得格外矮小，看起來就像吉祥物一樣。凱特坐在走廊側邊的松木長椅上，懷特經過她身旁時又露出那種猥瑣的表情。不是很明顯，但也絕不含蓄。凱特做了個鬼臉。我坐到凱特旁邊，懷特邁步走來。

「各位，準備好被教訓了嗎？」他說。

凱特瞪他一眼。「我爸有個表親叫艾伯特，比你矮一點。他和他太太生了八個孩子，在紐澤西州的艾奇沃特開雜貨店。踏進他店裡的人沒有一個不大包小包地離開。不管你身上有五十美元還是只有五分錢，他絕不會讓任何人餓著肚子踏出店外。他去世時，送葬隊伍綿延了八個街區。艾伯特只有一百五十二公分高，但他是個了不起的巨人。至於你，懷特先生——你是個小人。」

「你們兩個去死吧。等這項動議通過，案子就結束了。祝你們好運。」

他轉身踏進法庭。我有種不祥的預感。他說得沒錯。所有證據都對凱莉不利，沒跟她見過面講過話的人一定都會相信她有罪。就算和她交談，也會發現她的說詞很難令人信服。她的理由全都站不住腳，無法一擊駁倒檢方的證據。頂多就是她開口時，你知道她說的是實話。就這樣。沒有她的證詞，這場官司勝訴的機率趨近於零。

帕克聽證會沒那麼複雜。法官只需要確認兩件事：第一，被告是出於自身意願而潛逃；第二，被告已接獲警告，清楚明白他們若不到庭，案子將在其缺席的情況下繼續審理。

懷特傳喚了三名證人。成比爾向法官證實，他有到凱莉．米勒位於老威斯伯里的住處查看，而她並不在家，這違反了她的保釋條件。接著上證人席的是一位名叫珊卓．柯林斯的地方助理檢察官，她說她聯絡了曼哈頓所有醫院、精神醫療機構及老威斯伯里當地的診所，並向中央調度中心確認過，據她了解，凱莉．米勒既沒有被醫療院所收治，也沒有被逮捕。柯林斯講話飛快，懷特看著她時，她似乎有點坐立不安，特別是他的目光落在她腿上的時候。

我問了柯林斯和成比爾兩個同樣的問題，得到同樣的答案。

「凱莉．米勒的先生因涉嫌犯下多起命案遭紐約警方和聯邦調查局通緝，對嗎？」

他們都說對。

「凱莉．米勒有可能被她先生綁架了，對嗎？」

兩人都同意。

我盡力了。最多只能做到這樣。

「我已聽取證人的證詞，」史托克法官開始說。「請書記官在我的書面判決書上註明，我已在被告獲准交保時當面予以帕克警告。她接獲警告，也表示自己明白一旦棄保潛逃，案件將在她缺席的情況下逕行審理。因此，我確信她潛逃係出於自願——」

「庭上——」我話才一出口，就立刻被他打斷。

「不，弗林先生。沒有證據表明你的當事人遭綁架。我必須以證據爲基礎做出裁決。本案將在被告缺席的情況下進行審理。休庭。」

懷特又看了我們一眼。沒有舔嘴唇，沒有冷笑，也沒有調情。他只是揚起一邊嘴角，洋洋得意地走出法庭。

哈利嘆了口氣。「凱莉的證詞是這件案子唯一的機會。如果她能像先前對我們剖白的那樣，將自己的故事告訴陪審團，他們會相信她眞的是無辜的。少了凱莉．米勒，就沒有辯護的理由了。」

我瞄了凱特一眼。只見她緊抿雙唇，將散亂的文件、原子筆和iPad用力塞到皮革肩背包裡，每收一樣東西都發出響亮的撞擊聲。

「我們需要布洛克，」她說。「她得去找凱莉．米勒，把她拖來法院。」

我跟著哈利和凱特步出法庭。成比爾在走廊上等我。

「艾迪，方便借一步說話嗎？」

我點點頭。我們來到走廊一個安靜的角落。旁邊有扇鐵窗，城市的油垢、灰塵與髒汙讓玻璃染上如菸草般的褐色。我環顧四周，看見三五成群的律師和他們的客戶，有的站著，有的坐著，有的聊天，有的喝著劣質咖啡，等待自己的案件開庭。很難看出誰是律師，誰是騙子。說不定窗戶上的塵垢其實來自室內。法院迴廊間似乎有很多髒東西走來走去。

「負責保護泰瑞莎・瓦斯奎茲的探員打電話給我。自從切斯特・莫里斯遇害後，我們便派員貼身保護所有目擊證人。他們看到布洛克和蓋布瑞・雷克進入莉莉安・帕克住的那棟大樓。你我之間並無過節，所以我只是想提醒你——你的人在雷克身邊不安全。」

「爲什麼？」

「相信我就是了。」

「既然你照迪雷尼所願讓他參與調查，表示你對他有一定程度的信任。布洛克跟他合作有什麼不對？」

成比爾皺起眉頭，臉上的表情不是憤怒，而是困惑。「迪雷尼想把雷克拉進這個案子，我沒答應，也沒有因爲迪雷尼的死而改變主意。昨晚他求我讓他擔任顧問，我拒絕了。」

「可是他告訴我們他在……」我沒有把話說完。事情很明顯。雷克騙了我們。他執行的是他自己的任務。

「這傢伙不可信，艾迪。他很危險。」

「布洛克也滿危險的。」

「我不能透露太多。這是機密，檔案都封存了。我只能說，有一次他踢錯了門，在沒有後援的情況下獨自闖入一個藏匿海洛因的據點，那裡有四百萬現金和大約二十三公斤的海洛因，而且戒備森嚴。十個人，其中三個還是退役軍人。內部調查委員會認爲那是自衛。消息慢慢傳開，雷克那傢伙成了他媽的超級探員。大英雄。局裡私底下以健康狀況爲由要他退休，因為還有另一段故事。一開始他的確是正當防衛，最終卻不是這樣收尾。雷克當時其實有機會離開，但他選擇留在現場。儘管身負重傷，他還是幹掉了所有人。最後那個，他在他胸口開了兩槍，然後換上新彈匣，將子彈全轟到那人臉上。他處決了那些人，艾迪，他是個殺人凶手。我不想讓雷克接近我的人，你也不該讓他接近你們。」

我想起那個神經兮兮、一起同桌吃早餐的男人，一邊講話一邊敲桌子，連點個瑪芬都不會。我決定告知布洛克，以防萬一，但比爾說的話和我對雷克的印象完全搭不上。我向比爾道謝，他其實沒必要跟我講這些。不過雷克的事我自有判斷，我也會讓布洛克自己定奪。

我到處尋找懷特的身影。我想跟他談談佩提爾手機被監聽的事，教訓他一下，讓他知道我不會就這樣算了。監聽辯護律師的電話會毀掉他的職業生涯，就算他從耳根子軟的法官那裡拿到監聽票也一樣。這是我這輩子聽過最下流的手段。消息一傳出去，懷特就別想在這個圈子混，連去律師事務所當清潔工都不可能。

我和哈利、凱特走出法院大樓。記者蜂擁而上，有如一群藍鯊在啃食死海豹一樣，將懷特團團包圍。有些記者看到我們便擠出人群，朝我們跑來。懷特轉身揮揮手，上了一輛在路邊等候的車。

一名身穿藍色細條紋套裝、眼鏡鏡片超厚的年輕女記者搶先衝到我們旁邊。她把數位錄音機塞到我面前，不小心打到我嘴巴。「你認為凱莉．米勒和她先生一起潛逃了嗎？天啊！抱歉抱歉……」

「沒關係。」我檢查了一下嘴唇。沒有流血，不算犯規。「請問怎麼稱呼？電話幾號？」我趁其他記者還沒湊上來前問道。

「我是《哨兵報》的貝蒂．克拉克。」她遞給我一張名片。

「我現在不能發表聲明。我們再聯絡。如果我們能想點辦法，事情結束後我可以給妳獨家。」

「想點辦法是什麼意思？我們報社不買新聞喔。」

「很好，我們不要錢，只需要一點門路。」

我、哈利和凱特就這樣從大批媒體中間擠過去，踏入街頭。記者發現從我們這裡挖不到新聞後就不理我們了。

我走向雷。他在法院外擺熱狗攤。自從我把他侄子從萊克斯島監獄弄出來後，他就經常幫我打廣告拉生意。

「雷，請給我三份髒水熱狗。」我給他一張五十元美鈔。

有些攤販會把熱狗拿去烤，但最讚的熱狗是放在攤車鐵鍋裡水煮保溫的那種。鍋子裡裝著看似舀自東河的水，實際上是加了孜然、洋蔥、辣椒和天曉得還有什麼的獨門香料。

「我不想吃熱狗。」凱特說。

「這是午餐。我們還有一大堆事要做。相信我，妳需要來一份。」

雷夾了三份熱狗，替哈利加上芥末、番茄醬和洋蔥，我和凱特只加芥末。我們三人各拿一瓶汽水，在弗利廣場找了張長椅坐下，一邊看著往來車潮，一邊吃熱狗喝可樂。我把成比爾剛才那番話告訴他們，打給布洛克確認她沒事。她幾乎是秒接。

「出了點狀況，需要妳的支援。你們抓到睡魔了嗎？」我問。

「信不信由你，」布洛克回答。「我正看著他呢。」

18

布洛克

「他沒有在公寓裡下手，是因爲他進不去。」布洛克說。

布洛克打開門，檢查鎖頭表面，發現周圍有些刮痕。很難分辨是撬鎖造成的，還是莉莉安緊張手抖。

「可是在大街上擄人並拖進暗巷，應該多少會有人注意到才對。」她納悶。

「他不會那麼做。」雷克說。「我猜他是用勸誘的方式引她進小巷。」

「放屁。這可是紐約，沒有一個女人會跟陌生人一起走進暗巷。」

「可能有什麼東西讓她踏進那條沒有燈的巷子。那些證人，他們沒聽到有人掙扎或尖叫，但有聽到——」

「貓叫聲。」布洛克接話。

他們的目光停駐在彼此身上。但他們只是看著，沒有看見。兩人心思都在別的地方，一種即將有所突破的感覺如電流奔竄。有個很重要的東西，非常關鍵的東西，布洛克幾乎能嚐到、觸摸到它的存在，就在那裡，就在她眼前……雷克走到廚房，彎腰拿起一只貓碗。紅色的碗側邊寫著「胖胖」，另一個是藍色的，上面寫著「肉球先生」。

「樓上的鄰居收留了她的貓。檔案上是這麼寫的。但她養了不只一隻……」雷克喃喃低語。

布洛克瞄了貓碗一眼，點開iPad，重新檢視巷弄裡拍的犯罪現場照片。她滑動螢幕跳過那些特寫，想看看有沒有角度更廣的畫面。

「那裡，」她突然開口。「牆上的傳單。」

她放大照片。那張破舊的樂團海報旁有張部分遭撕毀的傳單，無法完整辨識，只看得出是黑白的，上頭用超大粗體字寫著：**協尋愛貓**。

底下印著聯絡電話。雷克掏出手機撥打那支號碼，切換成擴音模式。

沒有回鈴音。直接轉接到語音信箱。

「**我是莉莉安．帕克，請留言，我會盡快回電。**」

「他偷了她的貓。所以她才會走進巷子裡。她聽見貓的叫聲。」雷克推斷。「那個王八蛋抱著她的貓，引誘她進去。」

「他會用這招，想必知道她是愛貓人士。」布洛克說。

「難道他認識她？」雷克疑惑，卻也一邊搖頭。根據目前掌握到的資訊，睡魔都找生活圈以外的人下手。沒有證據顯示丹尼爾．米勒和莉莉安．帕克之間有關係。聯邦調查局已經清查過了，莉莉安．帕克的公寓沒有任何人來訪。

「沒有男性訪客來找莉莉安．帕克，也沒人進出她家。等等，他是……」布洛克腦海中閃過一個念頭。她走到窗戶旁，從那裡可以俯瞰街道和對面的建築。

「他在監視她，」她再度開口。「貓跳台、貓砂盆、被抓壞的家具，他都看在眼裡。莉莉安．帕克很愛貓。任何透過這扇窗窺見她家的人一眼就明白。如果注意到門上的鎖，就會知道沒鑰匙根本進不來。」

「可見他有個視野絕佳的據點，」雷克接著分析。「而且不能被人發現。我敢說對面其中一間公寓有他留下的足跡，一些可以識別身分的東西，例如短期租約。」

對街有兩棟建築。一棟是商業辦公大樓。四十層樓高，以全玻璃帷幕打造而成。每一層都是同樣的光景。布洛克看到一群上班族坐在辦公桌前，窗戶上掛著繽紛的銷售會議旗幟，會議室裡擺著五顏六色的座椅，圍繞在白色大桌旁；許多男人在打電話，早上的壓力讓他們已然鬆開領帶；實習生在影印機前印出一份又一份文件。睡魔不會選這裡作爲監視據點——太顯眼了。另一棟建築比較小，和他們目前所在的公寓大樓差不多。

該建物頂樓看起來很完美。小小的閣樓空間配上大窗，位置可說是正對著這棟公寓，或許再高一點，能清楚俯視莉莉安．帕克的套房。就在那裡，那扇窗後面，布洛克看到有個男人回望著他們。

她的手機響了。

「是有人在看我們嗎？」雷克問道。

「泰瑞莎．瓦斯奎茲就住在莉莉安．帕克隔壁，那裡一定也能清楚看到她家。」布洛克說。

若有人想留意泰瑞莎的一舉一動，窺探莉莉安．帕克的據點自然也能用來窺探她。

是艾迪打來的。她接起電話。

「出了點狀況，需要妳的支援。你們抓到睡魔了嗎？」艾迪說。

「不會吧……」雷克目不轉睛，緊盯著對街閣樓裡的男人。

距離實在太遠，看不出任何特徵，只知道他是白人，穿著深色衣服。

他拿著一個黑色的東西擋在臉前。一個會反光的物體。

望遠鏡。

他似乎把頭歪到一旁。

「信不信由你，我正看著他呢。」布洛克注視著窗後那張臉。

雷克湊上前，鼻子離窗戶不到三公分。他的呼吸讓玻璃蒙上了一層薄霧。

閣樓裡的男人放下望遠鏡，轉過身。

拔腿就跑。

19
睡魔

他放下小巧的雙筒望遠鏡，眨眨眼，再把望遠鏡湊到眼前。

蓋布瑞．雷克和調查員梅麗莎．布洛克在莉莉安．帕克家。《紐約郵報》攝影記者昨晚拍到他們和艾迪．弗林一起從迪雷尼住的大樓走出來。

沒什麼好擔心的，他想。他將目光轉向隔壁的公寓和泰瑞莎．瓦斯奎茲。泰瑞莎年約二十出頭，一有時間就忙著工作。她週末在紐約公共圖書館當兼職人員，週間則在大力水手炸雞店做廚房內場。

那天早上，她在兩名聯邦調查局探員的陪同下離開公寓，買了一些食品雜貨和早報後才回家。這是好事，因爲他可以觀察到聯邦調查局替她安排的保護措施。大樓外有兩名探員於車上守候，在大門口與護送她下樓的另外兩名探員交接。車上的便衣探員看起來三十幾歲，兩人都穿著藍色牛仔褲和深色帽T，走街頭風格。公寓裡的探員則西裝筆挺，比較年輕的那個髮色深暗，另一個資深老手鬢髮灰白。

對保護小組來說，這份差事很輕鬆。沒有人會大剌剌地走進擁擠的速食店，跳過櫃檯，一槍轟掉泰瑞莎的頭。紐約公共圖書館也是一樣，不僅整棟建築保全嚴密，入口處還設有安檢。泰瑞莎只有從家裡出門上班和下班回家這段時間可能有危險。

他會靜待時機。

總會有那麼一刻能下手。只是時間問題。

他很擅長等待。從小就一直在練習。多年來，他飽受失眠所苦。只要躺在床上，黑暗籠罩四周，他的腦袋就會胡思亂想，描繪出他或家人可能會經歷的各種可怕遭遇。他大概七歲左右開始出現這種困擾。每當爸媽一睡，他就會起床鑽進衣櫃，坐在那裡，任由掛在架上的衣服將自己團團包圍，打開手電筒看故事書。

他會一路讀到快天亮，然後躡手躡腳地溜回床上，筋疲力盡地墜入夢鄉。這種模式一直持續到他長大無法坐在衣櫃裡才停止，於是他改成躺在床上看書。他反覆回味的故事皆與睡眠有關。許多童話都有這個元素，例如《糖果屋》、《睡美人》、《白雪公主》、《金髮女孩與三隻熊》、《豌豆公主》等。有些故事角色會去找那些不睡覺的孩子，像是夜魔[1]、小威利溫基[2]、夢神奧列．盧克埃。這些故事都是爲了鼓勵孩子乖乖上床睡覺。其中他最喜歡的是別稱「沙人」的睡魔，他會把細沙般的神奇粉末撒到小朋友眼睛裡，讓他們睡著。

他知道自己之所以成爲現在這般模樣，並不是受到那些童話故事影響。嗜殺的欲望打從

---

1 夜魔（Boogey Man），泛指都市傳說中虛構的床邊妖怪，常被大人拿來嚇唬小孩，要孩子乖乖上床睡覺。例如台灣的虎姑婆、俄羅斯古老傳說中的巫婆芭芭雅嘎（Baba Yaga）等，其概念和形象會因地方文化不同而有所差異。

2 小威利溫基（Wee Willie Winky），英國童謠，描述睡不著的小男孩威利穿著睡衣在小鎮上穿梭，提醒還沒睡的小朋友該睡覺了。

出生起就根植於他體內。他從小就一直幻想殺死家裡的貓，經常趁沒人注意時傷害牠。那隻叫露西的貓總是能毫髮無傷地逃走。牠在他第一次拿菜刀射牠前就已經討厭他了。也許牠能感知到他的本性，但別人不行。每次他走進房間，牠就會弓背炸毛，對他嘶嘶哈氣。那隻貓很怕他。他覺得這是理所當然的事。大家應該要對他充滿畏懼。他學會不質疑自己的衝動。無需解釋。一隻鯊魚不需要解釋自己的行爲，因爲鯊魚本來就是這樣。

而他天生就愛殺人。

那個夏夜，他在康尼島海灘遇見一個喝得爛醉、躺在沙灘上睡覺的女人。那是他第一次意識到自己眞正想做的是什麼，並屈服於內在的本質。那晚的快感至今仍在他記憶中迴盪，緊貼著全身上下每一寸肌肉。那種權力、那種力量，讓他渾身顫抖。

事後，他回到他的祕密基地，將那女人的眼珠放進小鐵盒裡，躺在地板上沉沉睡去，好像他已經一百年沒睡似的。殺人後那種感覺獨一無二，無可改變。甚至在他邂逅凱莉時也一樣。第一眼看到她、和她說話、撫摸她手背上細細的汗毛，這些感受都無法與之相比。她是第一個他主動接近卻不想殺害的女人。他只想占有她。不過最令他訝異的是，他也渴望被她占有。他想要凱莉稱他是她的男人、她的伴侶、她的丈夫。

她是他的眞命天女。他的眞愛。爲了救她，他願意撕裂這座城市。

他告訴自己，現在還不算晚。如果他能解救她脫離這場噩夢，她就會永遠屬他所有。沒人能妨礙他。誰要是敢擋他的路，他會讓他們知道什麼叫眞正的恐懼。

聯邦調查局的人都怕他。他還記得迪雷尼皮膚上那股甜味。

無標誌轎車上那兩名便衣探員也很怕。但此刻站在泰瑞莎．瓦斯奎茲家裡，一副事不關己的年輕探員可不是。泰瑞莎在替他和他那較爲年長睿智的搭擋泡咖啡時，這位隨和的探員坐在沙發上翻讀《柯夢波丹》。

這時，左側的動靜引起了他的注意。他垂下望遠鏡。只見雷克站在莉莉安・帕克的公寓裡，臉都快貼到窗戶上了。

雷克直勾勾地看著他。

這是睡魔多年來第一次感受到有股微微的寒意竄過全身。冷冽的刺痛感從尾椎一路往上爬到後頸，讓他起雞皮疙瘩，連頭髮都豎起來了。

恐懼。

一個他很久以前就再也沒有過的感覺。

雷克和布洛克不是在俯瞰街道或其他建築。他能感覺到他們的目光落在他身上。

他立刻轉頭，快步奔向前門。雷克和布洛克也轉身跑出公寓。

不用懷疑。他們看到他了。

他飛也似地下樓，每一步都重重踩在階梯上，發出打鼓般的聲響。他的脈搏劇烈跳動，與腳下的節奏相和，皮手套被掌心的汗水弄得黏黏的。他不是在擔憂自己的安危，不是。他無懼於對抗任何人。他擔憂的是失去在前方等著他的生活。和凱莉一起遠離紐約、警方與聯邦調查局，到一個沒有人認識他們，也沒有人會想找他們的地方，重新開始。

他從沒想過會有人發現他在閣樓裡。他事先做過無數沙盤推演，設想千百種可能，偏偏沒考慮到這個萬一。不過，他可以化危機爲轉機，好好利用這個機會。正是因爲思路清晰，懂得隨機應變，他才得以活到現在，始終逍遙法外。

公寓大廳空無一人。他衝出門跑到街上，往左急轉。沒有人追上來。快到街區盡頭時，他放慢腳步，聽見後方有輛汽車猛按喇叭，伴隨著尖銳的緊急煞車聲。右手邊服裝店有扇內凹的弧形窗，他貼在窗戶旁，默默觀察身後與左側的情況。

雷克和布洛克跑到閣樓所在的公寓門口，後面還跟著兩名穿便衣的聯邦調查局探員。

他踏過街角，繞著街區跑。剛才他是從大樓東側出來，經過南側，現在跑到西側盡頭，但他沒有減速，反而加快腳步穿越街道，來到莉莉安．帕克住的公寓。他發現大門沒鎖，便偷偷溜進去，神不知鬼不覺地來到七樓。他從肩背式槍套裡抽出瑞士製造、裝有消音器的手槍，敲敲泰瑞莎．瓦斯奎茲家的門。

他上前一步，近距離察看門上的貓眼。折射光罩一角隱約透出一絲光亮，大概三公釐左右，也可能不止。那是公寓窗戶反射出來的微光。

他呼出一口氣。

轉轉肩膀。

光線驟然消逝。

他側身避開貓眼，左肩緊貼著門框，右手調整槍枝角度，讓槍口正對著門中央。他輕輕扣動扳機，鬆開，以飛快的速度連續擊發子彈，清空彈匣。屋裡傳來一聲尖叫及重物落地的悶響。他一邊後退一邊重新填彈，做了兩次深呼吸，然後開槍打壞門鎖，衝上前並抬起右腳用力踹開大門。

廉價的木門自鉸鏈脫落，壓在一具倒地的屍體上。是其中一名探員，那個穿著西裝、狂妄自負的年輕人。白髮探員不見蹤影。睡魔走進公寓，發現臥室的門開著。泰瑞莎．瓦斯奎茲就蜷縮在床邊角落，雙手捂住嘴強忍尖叫。淚水濡溼了她的臉龐。

他對她開了四槍，然後轉身快步奔向走廊，來到銜接逃生梯的窗前。

不到兩分鐘，他的靴子就踏上當初殺害莉莉安．帕克的那條小巷。他脫下外套翻面。這件夾克爲雙面兩穿設計，他不太喜歡黃色內裡，但雷克和布洛克想必已將他剛才的衣著特徵告訴那兩名穿藍色牛仔褲的探員。換裝能混淆視聽。他從工作褲口袋裡掏出醫用口罩和一頂布質棒球帽戴上，脫下手套塞進口袋，接著伸手往後探，將綁在腰間的獵刀刀柄鬆開。他可能很快就得用上這把刀。至於手槍，已經收在肩背式槍套裡了。

他踏出小巷，快速掃視左右兩側，沒看見有人追來。但他聽到了警笛聲。他們隨時都有可能趕到現場。

他的廂型車就停在此處以南幾個街區遠的地方，趁這裡到處都是警察前開車閃人才是合理的做法。

他在斑馬線前等待。旁邊有個身穿碎花洋裝的太太，推著一部亮藍色嬰兒車。寶寶應該只有幾個月大，身上裹著一條藍色毛毯，看起來剛睡醒，嘴裡發出輕柔的咯咯聲。淺藍色圍兜夾著一條掛鍊，末端有個黃色奶嘴。胖嘟嘟的他臉頰紅通通的，頭上剛長出幾縷金色鬈髮。寶寶綻出沒牙的燦爛笑容，一雙湛藍色眼睛炯炯有神地看著他，就像清晨的曙光一樣明亮。

「他好可愛。」睡魔說。

「謝謝。」那個母親回答。她身材嬌小，有一頭大波浪金髮，戴著墨鏡，背著沉重的後背包。他心想，新手爸媽帶小孩出門時總是會把半個家一起搬出來。

「多大了？」

「喬許四個月大了。」

儘管這位媽媽努力將疲憊藏在雷朋太陽眼鏡後面，依舊難掩倦容。她拖著腳，Converse帆布鞋擦過滑溜的人行道，發出嘎吱聲。她左右張望，看看斑馬線對面的行人專用號誌。上頭仍亮著「止步」的燈號。

「這年紀的孩子很難搞。」睡魔又說。

她轉向他，簡單點頭微笑。睡魔是個很有魅力的男人，這名女子也沒有理由畏懼，但他看得出來，她很怕他。她的手搭在嬰兒車握把上，手指翹起，微微顫抖。無論他披戴什麼樣的面具或僞裝，有些人就是能一眼看穿他。他曾有過這樣的經驗。

街道對面，離斑馬線右側大約四十五公尺的地方，雷克、布洛克和兩名聯邦探員從轉角處走來。他們停下腳步遮眼擋住陽光，四處張望，尋找逃逸的睡魔。

他拉下帽簷。他會穿過馬路左轉，離開這一區。他只要走過斑馬線，轉身背對他們就好。他們要找的不是身穿黃色夾克、頭戴棒球帽的男人，也不是一個身旁有女性和嬰兒同行的男人。

他會站在這個女人旁邊跟她閒聊，和她一起穿越馬路。不管這個舉動會讓她多不舒服，他都要拿她來當煙幕彈，讓人覺得他們是一起的。

除此之外，他也在心裡盤算，若雷克或聯邦探員在他過馬路時認出他，他會怎麼做。選擇很多。

他此刻的位置靠近十字路口中央。前方有兩條行進方向從左到右、由西往東的車道。另外兩條車道在他右手邊約二十公尺處，車輛正停在路口等紅綠燈。橫向車道轉紅燈時，右側的縱向車道就會變綠燈，車子得以從北往南行駛。

紅燈亮起，自左側駛來的車輛緩緩煞停。行人號誌從「止步」的橘燈變成了「通行」的綠燈。睡魔和那位母親同時踏上斑馬線，兩人並肩而行。右側約二十公尺外那兩條車流也開始移動。

他從帽簷下觀察馬路對面的雷克和布洛克。如果被認出來或是引起他們注意，他就得想辦法讓他們分心，才能趁隙逃走。

傷害幼童不會讓他感到愉悅，但也不會讓他覺得難受。一旦那兩名調查員或聯邦調查局的人看到他，他就會用肩膀撞開那女人，將嬰兒車往右轉面對行駛的車流，把襁褓中的喬許推出去。

雷克、布洛克和聯邦探員都會衝向嬰兒車。如果他推得夠快，駕駛根本來不及煞車，只會在撞上之前瞥見嬰兒車的影子。

小喬許發出「咕咕」的聲音，小腳踢著藍色毛毯。

他從帽簷下抬眼，注視著雷克。

行人號誌開始倒數計時。

十五——

一名聯邦探員望向他。

十四——

睡魔往前一步，靠近嬰兒車。

20 布洛克

一看到閣樓的門沒關，布洛克就知道睡魔已經離開這棟大樓。但她不想冒險。這傢伙狡猾得很。布洛克從肩背式槍套裡抽出一把麥格農500。這是她最常用也最愛用的武器，裡面只能裝五發子彈。如果懂得怎麼用，只需要扣一次扳機，即便目標躲在煤渣磚牆後也能一擊命中。

雷克的腳步聲從她身後的樓梯傳來。她揮揮手，示意他保持距離，別出聲。

她提步踏進閣樓，仔細檢查每個角落。房間中央擺著一座畫架，上頭有幅男性肖像畫。旁邊地板濺著斑斑血跡，一路延伸到大片血泊與長長的血痕。有人身受重傷倒地，且遭人拖行。

她在浴缸裡發現了屍體。該名男子上身赤裸，一張臉血肉模糊。布洛克轉身跑出閣樓。

「他死了，屍體在浴缸裡。」她說。「可能是這間公寓的住戶。」

他們飛快下樓來到大街上。四人環視周遭。穿藍色牛仔褲的聯邦探員看到雷克和布洛克狂奔，決定出手幫忙。

另一名聯邦探員穿越街道走向他們。是個年紀較長的男人。

一行人站在街角四處張望。布洛克不必點開案卷資料研究丹尼爾・米勒的照片。過去兩年，每一份報紙、每一家新聞台、每一個頻道、每一個新聞網站上都能看到他的臉。她只要見到他就一定認得出來，就算他易容變裝也一樣。

「有發現嗎？」雷克上氣不接下氣。

兩名聯邦探員氣喘吁吁地環顧四周，掃視街上行人的面孔。牽手散步的情侶；沿著人行道快步前進、西裝筆挺的男性；慢跑的民眾；兩名穿著運動服正在交談的女子，以及其他棲居於曼哈頓，熙來攘往的人群。

「最好去確認一下證人的狀況。目前只有我搭檔在保護她。」年長的探員走到布洛克身旁說。他滿頭白髮，雙唇抿成一條線，眼神非常銳利。

「該死。」雷克咒罵一句。

莉莉安．帕克住的大樓就在對街。他們的注意力一時間全聚焦在那裡。

前方的車流逐漸減少，車輛紛紛停在右側路口等紅綠燈。他們眼前依舊有幾部車擋住去路。一名女子推著嬰兒車，站在對面的人行道上，正在跟旁邊一位身穿黃色夾克、頭戴棒球帽的男人說話。不知怎地，那個男人攫住了布洛克的目光。他們倆看起來不認識，只是尷尬又不失禮貌地交談。男人戴著藍色醫用口罩。許多紐約市民都會戴口罩避免感染新冠肺炎，或是阻擋車輛廢氣和空汙。

雷克朝斑馬線走去。聯邦調查局的人跟在後面。那名年長的探員說他叫米格斯。他呼吸非常困難，因此布洛克決定走在他旁邊。

雷克和兩名聯邦探員繼續掃視路人的臉。

布洛克看著身穿黃色夾克的男子。

行人號誌轉成綠燈。一眨眼，螢幕開始倒數計時。就在這個時候，雷克飛快轉頭，望向那個穿黃色夾克的男人。

腎上腺素帶來的那股激動令布洛克指尖陣陣刺麻。方才跑來跑去讓她滿頭大汗、呼吸急促，然而，光是看著身穿黃色夾克的男子，她心裡就惴惴不安。她離開公寓時已經把槍收進槍套裡了。現在，她將手探入大衣。

穿黃色夾克的男人抬起左手，拉下外套拉鍊。

不知道爲什麼，看到他伸手去碰嬰兒車時，她突然喉嚨一緊，無法呼吸。

21 睡魔

雷克的目光牢牢鎖定在他身上，但還有另一雙眼睛盯著他。他感覺到了。那股熾烈和專注。人類有種與生俱來的原始本能，是穴居時代爲獲取食物而狩獵，反倒成爲大型掠食者的獵物所演化、遺留下來的能力。這種本能會要他抬起頭，與觀察者對視。

他硬是壓下這股衝動，微仰起頭，匆匆瞄了一眼。

是那個和雷克在一起的女人——調查員布洛克。

十三——

他伸出右手搭著嬰兒車。

母親抓得更緊了。她指關節發白，手指陷進柔軟的橡膠握把保護套裡。

十一——

喬許咯咯輕笑，踢開腳上的毯子。圓胖的小腿像騎腳踏車一樣在空中揮舞，小到不可思議的完美腳趾伸向天際。

他能感覺到雷克和布洛克直直望著他。他低頭用帽簷遮擋臉部，以免曝光。手臂的汗毛昂然聳立，恐懼讓他的後頸一陣刺癢。他拉下拉鍊伸手探入夾克，越過藏在裡面的槍柄。

八——

右後方傳來半聯結車的隆隆聲。他回頭瞥了一眼。卡車輪胎側壁和輪框上濺滿了褐色泥漿。輪胎本身大約五十公斤重，車頭連同拖車的重量介於十六到二十三公噸之間。

喬許頭上有幾根剛長出來的金色細髮，頭骨如精緻的瓷器般脆弱。他想像著嬰兒車撞上卡車車頭，翻覆在地。孩子騰空飛起，落到車輪下……。

六——

他移動腳步，挨近那名母親，準備把她推開。

22

布洛克

看到穿黃色夾克的男人與推著嬰兒車的母親交談，布洛克猶豫了。也許他們是朋友，只是沒那麼熟。男子搭著握把的動作彷彿這台嬰兒車是他的。媽媽看起來很緊張，但如果對方是陌生人，她應該會有反應吧？

她想看看他藏在棒球帽下的面容。

布洛克搖搖頭。

閣樓裡那傢伙穿的是黑色衣服。

她只是出於本能懷疑，被這名過馬路的男子分散了注意力。他不是睡魔。

「我剛剛用對講機呼叫，但聯絡不上我的搭擋。」米格斯說。「朱利安和目擊證人在一起。」

「媽的。」雷克全速狂奔，穿越馬路。聯邦調查局的人立刻跟上。布洛克盡可能加快腳步，但依舊陪在米格斯身旁。他發出濁重的喘息聲，但不是因爲體力透支。踏上對街的人行道時，米格斯停下來跪倒在地，呼吸急促，緊抓著自己的左臂。

「快叫救護車！」布洛克大喊。雷克聞聲轉頭，指著米格斯。一名聯邦探員按下耳機請求支援。

布洛克抓著米格斯肩膀，試著穩住他的身體。可是沒用。他躺在人行道上，雙唇嚅動卻發不出聲音，用嘴型無聲念著一個名字。

「朱利安……」

「冷靜，我相信他沒事。」布洛克安撫。

「我不該丟下他……」

「別說話，撐著點。」布洛克又說。

她注意到路人紛紛停下腳步圍觀，有的小聲驚呼，有的喃喃低語。「心臟病發作」、「他中槍了嗎？」、「他怎麼了？」緊接著，不遠處有個女人放聲尖叫。

布洛克東張西望，卻被周圍的群眾擋住視線。她不能把米格斯留在這裡。

「我不該丟下他……」米格斯緊抓著臂膀低聲呻吟。

「他沒事，」布洛克輕輕托住他的頭。「他絕對沒事。別擔心。」

她聽到無線電對講機劈啪作響。探員的交談聲非常吵雜，聽起來很急迫。下一秒，米格斯表情驟變。他緊閉雙眼，一滴淚水自眼角滑落。她知道，米格斯聽見搭檔死了。她拔掉他的耳機。

她轉向米格斯。只見他的視線越過她，直直望向天空。沒有呼吸，沒有心跳。

布洛克開始做心肺復甦術。她打開他的呼吸道，朝他的肺部吹氣。她直起身再次進行胸部按壓，同時抬頭瞄了一眼。透過人群的縫隙可以看到有個男人背對著她，邁步離開。

那個穿黃色夾克的男人。

布洛克環顧四周，發現那名母親駝著背坐在路邊哭泣。

斑馬線中央，躺著一輛翻倒的嬰兒車。

23 睡魔

他每次制定計畫都會將各種可能性納入考量，縱使是當下臨時想出的策略也一樣。儘管有些人的舉動令他摸不著頭緒，他仍自認挺了解人類的行爲。他必須搞清楚這些彷彿約定俗成的事，因爲他常會出現不自然的反應，讓家人朋友感到不舒服。爺爺奶奶去世時，他不得不假裝難過，可是他根本哭不出來。後來他發現，只要去浴室用指甲摳肥皂，將指甲縫裡的屑屑點一些在眼角，就能輕鬆逼出虛假的淚水。雖然很痛，但總比爸媽看他的眼神好。他努力學習所謂的正常行爲，滿足他人的期望，而這也成了他的優勢。研究人類情感及其應對特定情況的方式，讓他得以預測他人的反應。

他不懂那個媽媽爲什麼要放開嬰兒車。

他看到她鬆開握把，甩手劃過天空，探向嬰兒。她的臀部意外撞上他的側身，讓他失去了平衡。她將小喬許緊擁入懷，拚命大聲尖叫，跑到馬路對面。

寶寶開始哭鬧。

雷克和布洛克已經穿越斑馬線，消失在人群裡。他跳上人行道，低著頭匆匆離開現場。

目擊證人死了。

凱莉又離自由更近一步。

他查看手機，發現有十幾則通知。他以「凱莉．米勒」爲關鍵字設定推播訊息。他逐條檢視，每篇新聞報導都一樣。凱莉失蹤，違反了保釋條件，法院已核發逮捕令，法官裁定她的審判將在她缺席的情況下進行。

他用力一握，手機螢幕應聲碎裂。他將手機扔進旁邊的垃圾桶。

凱莉到底在哪裡？

她一定是逃跑了。壓力大到她無法承受。沒關係，等事情結束，他會找到她。然後他們就能在一起，展開新的生活。

就算她沒出庭，他也要讓她無罪釋放。

他想到了一個辦法。

24

艾迪

沒人知道克萊倫斯究竟是什麼品種。不是哈利從街上收編了牠，就是牠收編了哈利。牠的體型不算大，但肯定有拉布拉多血統，說不定還參雜了其他犬種。克萊倫斯戴了一個內建全球定位系統的高科技項圈，訊號會同步傳送到哈利的手機。他用的那條棕色皮革牽繩眞的太細又太長，但每次在街上遛狗，他都不必拉緊牽繩，因爲克萊倫斯總是待在哈利附近，不想離他太遠。十一點多，外表如馬鈴薯般的月亮高掛夜空，人行道上靜謐無聲。哈利帶克萊倫斯到外面走走，我也跟著出來透透氣，聊聊天。

克萊倫斯在第五大道的川普大樓前停下來，抬起腿，對著大門撒了泡尿。

「乖狗狗。」哈利稱讚。我們繼續朝中央公園走去。

附近的人孔蓋噴出霧白色蒸氣，但克萊倫斯完全不在意。牠是在城市街頭混大的狗，習慣了曼哈頓變幻莫測的生活，例如電鑽、持續不斷的交通噪音、喇叭聲和人潮。而且是擁擠的人潮。這兩天眞的很波折，我累到快死掉，但根本沒時間睡覺。我的大腦就像引擎每分鐘六千轉的改裝車，車輪於賽道起跑線前高速飛旋。

布洛克稍早來過事務所，要我在睡魔的受害者名單上多添四個名字：兩名聯邦調查局探員，其中一人死於心臟病發；一位紐約在地藝術家，他正好租了睡魔想用的公寓；還有泰瑞莎．瓦斯奎茲——凱莉．米勒案的目擊證人。布洛克癱坐在客戶專用椅上，一點也不像她。她平常會抬頭挺胸地端坐，兩臂靠著扶手，雙手放鬆，眼神銳利警醒。

「妳看起來很累。」我說。

她點點頭。

「我在法院跟成比爾聊過，他要我小心蓋布瑞．雷克。看來雷克騙了我們。他並不是聯邦調查局顧問。不管他在幹嘛，都沒有權力那麼做。事實上，成比爾認為他很危險。他在那場槍戰中似乎有點失去理智，有機會跑不跑，反倒殺光在場所有人妳知道嗎？真的。」

我講話時，她略略收起伸長的腿，靴子鞋跟踩在方塊地毯上，身體挺直了一點。

「槍戰的事我聽說了，不覺得有什麼好擔心的。看得出來他吃過不少苦頭，但他不會傷害我們。」她表示。「他騙我們說他替聯邦調查局做事，是因為他必須蒐集和睡魔有關的證據，而我們因為凱莉的案子握有這些資訊。他對我們說謊只有一個原因。」

布洛克省話的程度讓有些人誤以為她難相處，繼而對她很冷淡。這種看法真的有失公允。如果我遇上麻煩，布洛克絕對會第一個趕到我身邊。這樣的友誼是錢買不到的。她的思緒就跟她的個性一樣快狠準。我知道雷克為何欺騙我們，布洛克也很清楚箇中緣由。

「他不是想抓到睡魔，」我說。「而是想殺了他。」

「如果我們找到他，我不會讓這件事發生。」

我只要有她的保證就夠了。

「離開前先去看看凱特吧，」我說。「我們今天在法庭上輸到脫褲。她需要有人清楚告訴她，就算情勢愈來愈不利，也不是她的錯。她在家裡工作。」

布洛克坐在椅子上轉一圈，起身走向門口。

「不要對她太凶。她這陣子很不好過。除了官司的事之外，她那個爛人鄰居——」看到布洛克的表情趨於冷硬，我立刻打住。我不該多嘴的。

「她那個爛人鄰居怎樣？」

「她認爲他偷了她的電視。」

布洛克沒多說什麼，逕自踏出事務所。我忍不住打個寒顫。我可不想成爲凱特的鄰居。布洛克離開後，我坐在椅子上沉思。直到哈利帶著克萊倫斯出現，問我想不想出去散步醒醒腦，我才跟著他們來到戶外。

我抬頭瞥望被兩側建築框住的夜空。哈利和克萊倫斯走在我旁邊。

「希望雷克眞的跟布洛克想得一樣猛。」我說。

「我也這麼希望。」哈利附和。「但我有種感覺，無論他有多厲害，丹尼爾・米勒總是略勝一籌。他很聰明。或許是我們目前遇過最聰明的殺人犯。」

「大概吧。但他有比雷克和布洛克加起來還聰明嗎？我不知道。我相信他們兩個聯手一定不會輸，可我的確希望多一個人去找凱莉・米勒。」

「佩提爾那邊有消息嗎？」

「他一直在找她，至少他今晚在電話裡是這麼說的。他比較是她那一掛的，你懂我意思吧？有錢人那一掛。誰知道有錢人會怎麼想，又會跑去哪？」

「記住，她可不是從小就家境優渥。」哈利說。

我們來到公園，克萊倫斯搖搖尾巴。時近深夜，在這一區散步其實不太安全，但哈利一點也不怕。他最近開始攜帶個人防身器材。這座城市就和國內其他地方一樣，瀰漫著緊張的氣氛。感覺就像分裂成兩個美國，雙方拉開戰線。紐約的犯罪率上升，其中又以持械搶劫最爲嚴重。不過兩個遛狗的男人不是什麼好下手的目標，再說我也不擔心握著彈簧刀、手抖個不停的混混。

「不管凱莉人在哪裡，她腦袋都沒想清楚。」我說。「我不認爲她和她先生在一起。那晚你也看到了。她愛他、信任他，沒想到他是個衣冠禽獸。經歷過那樣的事，怎麼有辦法再相信任何人？遇見這個男人後，她的人生徹底翻轉。他給了她想要的一切——豪宅、名車，再也不用爲錢煩惱。結果這些全是謊言。」

「也許不全是謊言，」哈利說。「也許米勒眞的愛她。也許他以爲結婚能讓他有所改變。」

「我懂你的意思。不會有人一覺醒來就想殺十四個人。像他那樣的人，邪惡早在心底滋長許久。一旦起了頭，或許就停不下來，即便他們想停也沒辦法。那天跟她談的時候……算了，沒事。」

「哎，說吧。你想說什麼？」哈利問。

「除了背叛和社會的仇恨，她還背負著沉重的罪惡感。她把一切怪到自己頭上。她知道，若她當時有拿起電話打給聯邦調查局，或許那些受害者現在還活著。」

「最後遇害的是尼爾森夫婦，」哈利說。「那種內疚實在難以負荷。知道自己本來可以阻止悲劇發生，拯救那些孩子的父母。有些人就這樣跳……」

「繼續，講出來。」我說。「其實我也有想過。」

哈利嘆口氣，停下腳步，彎腰摸摸克萊倫斯的頭。

「我不必說出口。要是海岸防衛隊在河裡打撈到她的屍體，我也不意外。電視整天都在播，什麼全美最令人厭惡的女人，還有她朋友在新聞上講的那些。天哪，眞是噩夢一場。」

「我只希望她人還好好的，就在某個地方。」我說。

我們默默走了一陣，心裡暗暗祈禱凱莉．米勒還活著，正躲在同一片星空下。公園裡人不多。這個時間向來如此。有些走在我們前方，有些踏上遠處小徑，從美麗的鑄鐵路燈下經過。我們靜靜漫步，開心看著遠離城市喧囂、玩得很高興的克萊倫斯。

「我們走到哪了？」我問道。

哈利站到路燈下，戴上老花眼鏡，用手機內建的手電筒察看鍍著金屬外殼的底座。

「你到底在幹嘛？」我問道。

「這座公園占地三百多公頃，早在電話和全球定位系統發明前就完工了。公園員工必須在地圖上準確標出路燈的位置，以便進行照明設計及日後維護。公園裡每盞燈都有四位數編號。這盞是七二三八。頭兩位數代表與所在位置交叉的街道，所以我們離七十二街很近；後兩位數指的是公園方位。奇數是西側，偶數是東側。這就是爲什麼大家說——」

「『奇』人都住在西區。」我接話。

就在這個時候，我心裡掠過一種感覺。一個我領會過很多次的感覺。每每出現這樣的感知，我就會意識到一些重要的事，一些我遺漏的東西。

起先是團溫熱凝聚在胸口，接著竄上喉嚨，宛如一束想一路燒到我大腦的火花。

但此刻並非如此。凱莉．米勒的案子有些非常重要、不可或缺，我卻沒看見的關鍵。就在那裡，轉眼便消失了。不過它還會出現。

「你看起來好像想說什麼。」哈利關心。

「我也以爲我有話要說。沒關係，我會想起來的。走吧，我們回去睡一下，不然肯定熬不過明天。」

「明天是檢方進行開場陳述。凱特正在練習她的。我稍早有聽過，覺得不錯。剩下的時間可能頂多傳喚一位證人。我們要做的不多。」

「我們要做的可多了。這場官司能不能打贏就看明天。截至目前我們都是被動應變，該主動出擊了。我們要咬著德魯．懷特和史托克法官不放，讓他們知道他們要打的是場硬仗。」

25

凱特

「Alexa，暫停音樂。」凱特說。

她好像聽到什麼怪聲。凱特站在公寓裡用作廚房的小角落。雖然她現在和艾迪合夥賺了不少錢，住得起更好的地方，但她的租約還有幾個月才到期。到期後再搬會比較容易，也能減少許多不必要的麻煩。也就是說，她還要在這間套房住上三個月。簡單的床、小沙發、小廚房、迷你吧檯和一間獨立浴室。沒有浴缸，只有蓮蓬頭和馬桶，而且都還有點故障。

起碼她把房間打掃得很乾淨，沒有蟑螂之類的害蟲。事實上，她工作忙到這裡不過是個晚上睡覺的地方罷了。她現在的確昏昏欲睡，但她想再順一次凱莉·米勒案的開場陳述。奧圖·佩提爾打來辦公室請他們接手此案時，是她接的電話。艾迪當時人在法院。她在電視上看過凱莉的新聞，知道一些細節。不僅如此，她也從凱莉的神態間窺見了幾分熟悉。

與艾迪合夥前，凱特在一家大型聯合律師事務所任職。這是初出茅廬的年輕律師夢寐以求的機會，也是她心心念念期望的一切。不過她很快就發現：在美國，夢想中的工作、夢想中的車、夢想中的生活，其實並沒有想像中那麼美好。上班第一週，一名男性合夥人就用色瞇瞇的眼神看她；一位女同事在當週禮拜五的酒會上告訴她她要離職，因爲她受不了事務所合夥人及其他資深員工一直對她性騷擾。凱特就這樣咬緊牙關、深呼吸，熬過一個又一個月，盡量不以受害者自居。然而，她在工作上屢次遭排擠和無視，還被明確告知，如果想追求事業發展，就應該「對男人友善一點」。

最後凱特離開了那家事務所，將他們告上法院，並積極投入相關法律服務，為在職場遭受性別歧視和性騷擾的女性打官司。這是她的使命。看到凱莉的那一刻，她認出了那個表情。她曾在自家浴室破裂的小鏡子裡見過同樣的倒影。人需要花費許多時間和心神才能認清、接受自己遇上不對的事。凱特發現，要承認自己是性騷擾受害者真的好難，隨之而來的情緒也很複雜，混揉了憤怒、痛苦、厭惡，奇怪的是，還有內疚。她不停質疑、反省自我，直到確定自己並未做出任何鼓勵這種行為的事。意識到自己遭人錯待後，她花了好一段時間才相信這不是她的錯。凱莉也是受害者。這些情緒她都會有，甚至更多。她被傷得很深、很重，而凱特願意不惜一切，竭盡所能地幫助她。

語音助理Alexa將音樂調成了靜音。凱特垂下手，把筆擱在吧檯上。

咚——砰——砰——咚

一開始她以為噪音是從走廊上傳來的，側耳細聽後才發現原來是隔壁那個混蛋。

「Alexa，繼續播放音樂，」她下指令。「音量調大。」

旋律在她的小公寓裡迴盪——是她最愛的歌手泰勒絲。她也喜歡碧昂絲，但泰勒絲在她心裡有很特別的地位。工作時聽她的歌能幫助她思考。

隔壁又傳來一連串撞擊聲。她關掉音樂。現在聲音更大了。

砰——砰

這次是敲門聲。

凱特起身走到門口，透過貓眼察看。

布洛克就站在她家外面。

凱特立刻開門。只見布洛克扛起一台大螢幕平面電視，一聲不吭地搬進屋裡。

「那是我的……」凱特想起剛才聽見隔壁傳來響亮的重擊聲，不確定該不該把這句話說完。

布洛克將電視放到空空的立架上。

凱特從她身旁繞過去想看清楚一點，確認這眞的是她的電視。型號相同，左下角邊框的刮痕也一樣，那是她當初用美工刀開箱時不小心劃到的。

至於斜對角則沾了其他東西。

「那是血嗎？」凱特指著螢幕右上角的汙漬問道。

布洛克去廚房拿了一條抹布，擦拭那些暗紅色痕跡。

「妳的鄰居非得經過一番苦勸才願意承認偷了妳的電視。下次一定要記得把門鎖好。」布洛克叮囑。

可以肯定的是，布洛克不是受害者，也絕對不會讓自己成爲受害者。

「要喝咖啡嗎？」

布洛克微笑著脫下外套，坐到沙發上。「好啊，今晚有重播《神探可倫坡》嗎？」

她們倆來自紐澤西東部，是從小一起長大的好朋友。平常不是讓街坊裡的小男孩怕得要命，就是在凱特家看《神探可倫坡》。

「我每集都有錄下來。要看〈死亡外科〉嗎？」

「是有李奧納德．尼莫伊那一集嗎？」布洛克問。

「對，就是那集。妳去拿杯墊和餐巾紙。」

這間公寓不比她在事務所的辦公室大多少。凱特很注重居家環境整潔，總是打掃得一塵不染。這麼小的地方只要有一點髒亂，整個房間看起來就會很可怕，這讓她非常抓狂。

「我去泡咖啡，」凱特說。「還是妳比較想要——」

「牛奶和餅乾。」布洛克接話。兩人互拋了一個溫暖的笑容。這讓她們想起大雨滂沱的週日午後，裹著毛毯窩在凱特家客廳地板上，旁邊擺著冰牛奶和滿滿一盤奧利奧夾心餅乾。

兩個小時後，臨近午夜，布洛克離開了公寓，凱特又對著假想的陪審團模擬一遍開場陳述。她試著轉移陪審員的怒火，向他們解釋所有證據在在表明凱莉不過是睡魔的另一個受害者，僅此而已。她想讓陪審團知道，她的當事人一路走來備受煎熬，往後也會持續活在痛苦之中。這場官司不好打，但非打不可。

凱特用她最愛的無印良品原子筆做了些筆記，刷好牙，換上棉質睡衣鑽進被窩，沒多久就睡著了。

幾個小時後，她倏地張開眼睛。房裡一片漆黑，Alexa正在播放歌曲。剛從酣眠中驚醒的她還迷迷糊糊，搞不清楚狀況。她從床上坐起身，朦朧的睡夢似乎與清醒的意識迎面相撞，讓她困惑不知所以。

這首歌很老。乍聽之下有點像迪士尼會出的曲目。管弦樂器以音符重現出神奇迷人的瀑布流瀉聲。

打擊樂器的奏鳴隨之而來，聽起來像鐘琴，也可能是木琴。接著是男聲合唱團。

「睡魔先生，請許我一個夢……」

她僵在原地。一陣顫慄如極地寒流來襲，掃過她全身。

下一秒，有個黑影抓住她，將她按在床上，一隻手捂住她的嘴。一股重量壓在她身上，暖熱的呼吸拂過她的脖子。她感覺到細針刺進皮膚。她掙扎著想呼吸，皮手套的氣味竄進她鼻腔。

她想轉身推開對方、大力反抗，可是四肢感覺好奇怪，彷彿有千斤重，幾乎抬不起來，就連眼皮也不聽使喚地垂落。房間開始移動，周遭天旋地轉。她覺得自己好像深深陷進床鋪裡，再也爬不出來。

他開口說話，聲音聽起來好遙遠。

「妳的眼睛很美。我應該會留下來收藏。」

她感覺到自己被抬起又放下。她躺在黑色的東西上，聞起來有橡膠的味道。一個聲響挾著恐慌，威脅要將她吞沒，可是她好想睡，怎麼也動不了。那是粗大金屬拉鍊的聲音。

拉鍊拉起的那瞬間，她才驚覺自己被裝進屍袋裡。

她昏昏沉沉地闔上眼睛，墜入比無光的夜更深邃的黑暗。

26

艾迪

通常我不會早上八點半起床進辦公室。昨晚我沒睡好，腦袋裡的事太多了，始終靜不下來。每次閉上雙眼，我都會看見迪雷尼躺在皮卡車後車斗裡，感覺到她溫熱的血液從我掌間流過，還有她眼窩那兩池觸目驚心、被血染成暗粉色的細沙。

就在這個時候，辦公室的門打開，丹妮思拿著一個牛皮紙袋走進，將袋子裡的東西全倒在我辦公桌上。是那種便宜的拋棄式手機，全新未拆封，還裝在硬邦邦的透明塑膠泡殼裡。總共五支。

我拾起一支，用蠻力想把塑膠殼扯開。沒用。我拿了一把很有分量的大剪刀，使勁往硬到不行的泡殼邊緣剪下去，結果剪刀整個解體。

「麻煩給我一把十字鎬或噴火槍讓我拆開這些包裝好嗎？」我說。

丹妮思重重地嘆了口氣，翻翻白眼，轉身走進廚房拿了一支開罐器。她將開罐器扣齒抵住包裝邊緣夾好，開始轉動，割開堅硬的塑膠包裝。不出幾秒，她就打開泡殼，把手機遞給我。

「我今天幫妳加薪了沒？」

「還沒。」她笑著說。

「選一支吧。」

「等等再說。我先看一下事務所的電子信箱。」

「咖啡壺裡還有咖啡嗎？」我問。但丹妮思已經踏出辦公室，走向她的辦公桌。

「要倒自己去倒啦。」

「我每次都自己倒啊，只是想知道還有沒有而已。」

我花了一堆時間拆那些塑膠泡殼，不像丹妮思兩三下就搞定。撬開最後一個包裝時，哈利和布洛克打開門，踏進辦公室。

「我們交換一下彼此的拋棄式手機號碼。檢察官都在監聽佩提爾的電話了，我不會讓他有機會竊聽我們。當局只想快點逮到睡魔，若德魯．懷特說要查我的高中成績和獎懲紀錄，他們也會核發搜索票。記住，不要用自己的電話或辦公室電話。公事改用這些手機聯絡。哎等等，凱特人呢？」

不管我幾點進辦公室（坦白講通常都是九點後），都一定會看到凱特。

「今天早上我有順道去她家看一下，可是沒人在，打她手機也沒接。我以爲她已經來上班了。我再打打看。」布洛克說。

「丹妮思！快進來挑支手機！」我大喊。

她抱著今天送達的郵件走進辦公室。這是我打從事務所成立以來第一次看到實體的紙本公務信件。凱特每天早上都會翻閱這些信。信封的形狀、大小各異，多半是白色或棕色。我看到有個像賀卡的信封從她懷裡那堆郵件底部探出來。上面沒貼郵票，可見是對方親送。收件人寫的是我的名字。

丹妮思將一大疊信件扔到我桌上，開始整理。她翻到那個賀卡信封，看了一下正面再看看背面，把它遞給我。

「你生日喔？」她問道。

我搖搖頭，打開信封。與此同時，布洛克在幫哈利設定新手機，丹妮思開始拆信。

信封裡只有一張對折起來的紙，是從那種有易撕虛線設計的黃色便條本上撕下來的。我認出了上頭的筆跡和膠墨，凱特喜歡的日本原子筆用的就是這種筆芯。紙上的段落是凱特預計在凱莉案開庭時向陪審團進行的開場陳述草稿。我打開那張紙條。

沾著紅色墨水的潦草字跡劃過凱特的筆記。

她在我手上。

她目前還活著。

如果你通報當局，凱特就會死。

如果凱莉被定罪，凱特就會死。

如果你讓凱莉無罪開釋，我就放了她。

27

艾迪

有時你會遭受打擊。重重一擊。

辦公室感覺突然往右歪，彷彿大樓斷成了兩截，猛地傾斜，讓我失去平衡。我眼前出現無數黑點，嘴裡嚐到早餐吃的鬆餅味道。大量唾液湧入口腔。紙條離開我掌間，飄到辦公桌上。

我踉蹌前傾，雙手抓住桌緣，穩住身體。

辦公桌。

同樣的話語如小鼓在我腦中反覆敲打。**「不要是凱特，不要是凱特，不要是凱特，不要是凱特——」**

我無法言語，無法思考。我必須努力控制自己，否則一定會當場吐出來。

哈利注意到我的反應，兩手拿起那張紙條。他瞪大眼睛，嚅動嘴唇無聲默念，讓這些字句變得好眞實。紙頁在哈利手中抖得厲害，幾近震顫。他雙腳一軟，跌坐在客戶專用椅上。要不是那張椅子就在身後，他一定會癱倒在地。哈利讀信時，布洛克也俯身細看，即便紙條從他手中滑落亦然。

布洛克將臉埋進掌心，站在那裡動也不動。

「布洛克。」我勉強擠出這句話，伸手探向她，同時硬是壓下喉頭的噁心感，調整呼吸。

「布洛克，我們一定會救她回來。」我再度開口，但她沒聽見。她抹抹臉，跑出辦公室。

「哦，天啊。」哈利在胸前畫了個十字，俯身雙手交握，開始祈禱。

一陣噪音傳來。是狠揍什麼東西的重擊聲和碎裂聲。我拖著身子踏出辦公室，感覺腳步穩了一點。女廁的門大開。丹妮思也聽見同樣的聲響，急忙跑進洗手間。我跟著進去。只見她背對隔間站在那裡，手摀住嘴，望著布洛克。

她每出一拳，都將洗手間的白色瓷磚牆面打掉一角，而且速度愈來愈快，就像在揍沙包一樣。瓷磚碎片在她腳邊堆積，每一擊都讓磚屑捲起一小團如霧般的灰泥粉塵。

我從後方鉗住她的手臂，溫柔地把她帶離牆邊。起初她拚命掙扎，我以為她會反擊，用後腦杓撞斷我的鼻骨。

她沒這麼做。

她只是大口喘氣，任由我抱著她。布洛克不太喜歡肢體接觸，但此刻的她情緒激動、怒不可遏，不是她沒注意到，就是她腦內的引擎高速運轉，感受不到外在的人事物。

她的呼吸逐漸深沉，節奏也慢了下來。

我稍微鬆手，想看看她會不會趁機掙脫，又開始揍牆壁。她沒有。我放開她，後退一步。

丹妮思抽了幾張紙巾，用冷水沾溼，輕輕擦著布洛克滲血的指關節，仔細拭去她臉上的粉塵。

淚珠順著她沾滿灰塵的左頰滾落，留下一道格外醒目的痕跡，宛如疤痕。

丹妮思抹去她的眼淚，兩人緊緊相擁。

「到底怎麼回事？」丹妮思問。

「凱特在睡魔手上。我們不能報警，也不能告訴任何人。他說如果我們沒讓他太太無罪釋放，他就會殺了凱特。」

丹妮思緊閉雙眼，抱著布洛克，低聲對她說了些什麼。

布洛克點點頭。兩人鬆開手。布洛克吸吸鼻子，對我拋了一句：「我要去找雷克。上車後打給你。」說完她便離開洗手間。

「布洛克走了。她還好嗎？」哈利站在門口問道。

我搖搖頭。

「我想也是。該死。現在該怎麼辦？我們得聯絡警方才行。」

「不行，他會殺了她。」我說。

「所以該怎麼辦才好？」

我舉手擦去眼角的汗水，注意到手指不停顫抖。不是因爲剛才抱住布洛克時用力過猛，是因爲我神經緊繃，腦袋無法思考。

丹妮思踩過喀喀作響的碎瓷磚，回到洗手台前，又用清水沾溼了幾張紙巾給我和哈利。她靠在隔間門上，雙臂交叉抱胸，輕輕拭去睫毛膏上的淚水。

「這裡不是律師事務所，」丹妮思說。「我在律師事務所工作了一輩子。這裡，這個地方，是一個家。如果凱特出了什麼事，我眞的無法承受。我們到底該怎麼做？」

我和哈利面面相覷。

終於，哈利開口。「看來我們別無選擇。」

28

布洛克

以布洛克的工作性質而言，過程中難免會有些割傷或瘀青。這種事常有，因此她在副駕駛座置物箱裡備了繃帶。她坐在車陣中，利用空檔包紮雙手指關節。右手傷口還在滲血，但不嚴重。她不習慣表現出內在的情緒或憤怒。剛才的消息讓她有點失控，可她從未面臨過摯友處境危急、生死交關的情況。布洛克覺得自己宛如行至一片未知的水域，她必須保持冷靜，不能讓情緒沖昏頭，這樣才能好好用腦，理性思考。

雷克在人行道上對她揮揮手，邁步走向路緣。布洛克靠邊停，降下副駕駛座車窗。

「上車。」她說。

「我們已經到啦。尼爾森家就在這條街上。」

「上車。我們要先去別的地方。」

雷克猶豫了一下，坐進副駕駛座，繫上安全帶。

「我接下來要講的事不能說出去，」布洛克警告。「如果被警方或聯邦調查局知道，我會算在你頭上，絕對不會放過你。聽懂了嗎？」

「到底怎麼回事？」

「睡魔昨晚抓了我的朋友凱特・布魯克斯。她是艾迪的合夥人。今早辦公室收到他的紙條，說要是我們沒讓凱莉．米勒無罪釋放，他就會殺了凱特。如果報警，她也會沒命。」

「我的天哪。妳朋友在——」

「我們現在就是要去她家。」

他們離凱特的公寓只有二十分鐘車程。一路上兩人靜默無聲，但雷克的肢體語言倒是說了不少。

他撫摸膝上的皮革郵差包，手指如打鼓般不停敲著包體，時而拉拉背帶，時而揉揉手腕，踏踏腳，咂咂嘴，扯扯耳垂。他本來就很神經質，今天更是如此。雷克透過舉止表現出焦慮的同時，布洛克直視前方專心開車。她只是隨著路況撇頭，踩油門，轉動方向盤。她咬緊牙關，不時感覺到脖子爆出青筋，但她將所有擔憂與恐懼藏在心底，任其醞釀沸騰。一旦忍無可忍，她就會找出口宣洩情緒。如果那出口碰巧是個人，對方只能自求多福了。

其實凱特家那晚遭小偷，她一點也不意外，反而很訝異居然到現在才出事。許多曼哈頓居民都有種錯覺，以爲只要住在樓層比較高的地方就安全了。但事實並非如此。即便是有保全駐守、門禁森嚴的公寓大樓也經常發生竊賊闖空門的事件。如果在紐約住得夠久，問題就不是會不會被偷，而是什麼時候會被偷、情況有多嚴重。不像莉莉安．帕克住的大樓，凱特的公寓一點也不安全。那棟建築本身有許多出入口，可以通往巷弄或是逃生梯。任何人都能扛著屍體直接走出去，不會被監視器拍到，因爲根本沒半支。此外，那條街凌晨時分人煙稀少，非常安靜。睡魔幾乎能不費吹灰之力潛入公寓，在無人看見的情況下綁架凱特。

布洛克把車停在路邊。雷克簡單點個頭，跟著她走進大樓，來到凱特的公寓。公寓大門緊閉，但兩道鎖的鎖孔周圍都有刮痕。

「他用了鎖匙鑽，」雷克表示。「那是一種很有用的小裝置，基本上就是配備輕巧靜音馬達的開鎖工具。有些人稱之爲魔法鑰匙。」

布洛克用指尖推門，門微微敞開。

魔法鑰匙的缺點之一就是容易破壞鎖體，以致門關不起來。屋裡的窗簾拉上了，但那只是薄薄的廉價窗簾，光線依舊透得進來。布洛克拉開窗簾，陽光瞬間流瀉而入，染亮了空氣中飛舞的塵埃。細塵在日光下打旋，布洛克環顧四周，除了床鋪亂七八糟外，感覺一切正常。凱特每天早上一定會把床鋪好，棉被折得整整齊齊。

「有什麼需要我特別留意的嗎？」

布洛克沒有回答。她全神貫注，審視每一個細節，同時對照自己對公寓的記憶，想揪出奇怪或不尋常的地方。她花了好一陣子進行地毯式搜索，沒發現任何異狀。

唯有一件事例外。

凱特的黃色便條本靜靜躺在吧檯上，顯然有一頁被撕掉了。他用來寫紙條給艾迪的那一頁。最後，她走向那張沒有整理的床。拉開的被子散亂在一旁，凱特當時似乎是直接從被窩裡跳起來，或是被人拖出來。

布洛克拉起凱特一直堅稱是羽絨被的被子，把它鋪好。她決定動手整理床鋪。這麼做好像很蠢，但凱特非常在乎公寓整潔，簡直到了挑剔的地步。布洛克拿起枕頭湊到臉前，吸了一口。是凱特的味道。不是香水，也不是頭髮洗護產品，就是凱特。她打從十一歲起就很熟悉這股氣味。她吞吞口水，硬是壓下喉間的痙攣。如果不這樣，那陣痙攣可能會就此爆發，化爲失落與恐懼的洪流，將她徹底淹沒。她強忍著情緒把床鋪好。這只是個微不足道的小動作，於布洛克而言卻很重要。因爲這對凱特來說，多少有些意義。

她俯身撫平棉被，結果摸到一個硬物。這件被套花色爲緊密交織的無數灰線，還有些許黃色條紋點綴其間，因此很難看到掉在床上的東西，如果是透明塑膠就更難找，而布洛克摸到的正是這類物品。

那個東西很細，形狀類似甜筒。是注射針筒上的塑膠針頭蓋。

「看看咖啡機下方的廚房抽屜，」布洛克說。「裡面有塑膠夾鏈袋。拿一個給我。」

「妳找到什麼？」雷克上前一步。

「夾鏈袋。」布洛克又重複一次。

雷克似乎明白，除非把夾鏈袋給她，否則什麼也問不出來。他走到流理台前，從紙盒裡抽出一個袋子遞過去。

她打開袋子，用手舀起床上的塑膠蓋。

「不會吧，」雷克說。「他居然漏了這個。」

「當時屋裡一片漆黑，」布洛克開始推理。「他應該是伸出一隻手打算捂住她的嘴，然後慢慢、悄悄地走向她。他知道公寓牆壁很薄，一定要悶住她的尖叫聲。至於另一隻手要拿著針筒……」

「厲害。」雷克說。

他們倆都在思忖，睡魔會在最後一刻騰出雙手，拔掉針頭蓋嗎？蓋子就在床上，想必是到了要用的前一秒才匆匆拿掉。他可能是一隻手將凱特牢牢按住，壓下她的叫聲，再用牙齒咬著針頭蓋拔下來，吐在床上。

「我們面對的是睡魔。他抓了凱特當人質，想必將她關在某個地方，而且很可能就是他一直以來的藏身處。」布洛克說。「針頭蓋上可能有纖維或微量化學跡證，或許能從中找到一些線索，查出凱特被關在哪裡。」

「我可以馬上拿給我的人檢測。我有個朋友在私人機構擔任鑑識人員。」

她把夾鏈袋封好，直起身子盯著雷克。

「我最好的朋友命懸一線，你還騙了我們。我憑什麼相信你？」

塵埃在一束陽光下飄旋，與雷克的靜止不動形成強烈對比。沒有抽搐、抓撓或緊張的動作，他體內那運轉個不停的引擎驟然熄火。布洛克知道他在思考下一步該怎麼走。他要麼繼續說謊，這樣布洛克就會和他分道揚鑣，自己去找鑑識人員，要麼和盤托出，坦白一切。

他的目光緊鎖在她身上，沒有一絲動搖，似乎在推度她可能的反應。

他高舉雙手，比出投降的動作。「好吧，被妳發現了。我不是在替聯邦調查局工作。」

「你爲什麼要說謊？」

「因爲我不想逮捕丹尼爾．米勒。我想殺了他。而這對凱莉的案子一點幫助也沒有。我需要創造誘因好多拉一個調查員來幫我，並取得聯邦調查局的睡魔案相關資料，也就是你們手上的資料。對不起騙了你們。如果當初據實以告，你們絕不會讓我參與調查，而且就像我說的，我很難信任別人。」

「給我個理由。爲什麼我不該立刻把你踢出去？」

他舔舔乾燥的嘴唇，低頭看著地板。再度開口時，他的話語斷斷續續，音調忽高忽低，夾雜著無法掩飾的悲痛。

「因爲我的朋友死了。我不能就這樣算了。我可以幫妳抓到他，讓妳朋友活著回來。此刻有另一條生命岌岌可危。救人比復仇更重要。我保證，我不會殺他。」

布洛克停頓了一下，細想他說的話，然後點點頭。

「可以嗎？就這樣？我們沒事了？真的嗎？」他急切追問。

「你是想要我昭告天下還怎樣？我們去問問鄰居吧。」

⚖

經過昨晚那場不愉快，凱特的鄰居不太可能幫布洛克開門。她想還是直接進去比較妥當。

她背靠著牆，快速往前邁了兩大步，第三步抬起右腳，朝大門鉸鏈用力一踹。凱特的鄰居坐在沙發上，一手拿著啤酒，另一隻手看起來暫時廢了。他的小指上了夾板，鼻梁貼著超大OK繃，盈滿恐懼的雙眼周圍繞著一圈深紫色瘀傷。

布洛克抓住他的領口把他拉起來，將他按在牆上。他開始低聲嗚咽。

「昨晚深夜我離開後，你有看到或聽到走廊上有人嗎？」

「我已經說我不會報警了。」他連忙解釋。

布洛克將他拉離牆面，再重重推到牆上。

「我不是在說這個。跟你無關。我沒時間耗，我要知道昨晚我離開後你有沒有看到或聽到什麼。」

「來啊，打我啊，」他舉起斷掉的小指。「看妳還能怎樣？」

雷克一把掐住那人的斷指。「我還可以想出至少其他九件能怎樣的事。」

「拜託……」那傢伙哀求。「我當時人在急診室，什麼也沒看到。」

「你沒看到走廊上有陌生人、外面停著一輛沒見過的車，或是——」

「音樂。」他天外飛來一筆。

「什麼音樂？」

「我凌晨一點左右從急診室回來，睡不著，聽到妳朋友在放懷舊音樂。然後我就去睡了。就這樣。」

凱特不喜歡經典老歌。她喜歡碧昂絲和泰勒絲。

「什麼樣的懷舊音樂？」

「有點像《回到未來》裡那首歌。妳知道，就是那部電影。米高．福克斯回到過去後那首。」

「好了，放開他吧。」雷克說。

布洛克鬆手，兩人踏出公寓。

「他在說什麼？」布洛克於走廊上問道。

「那首歌我知道。有密集和聲，類似阿卡貝拉的風格。歌名叫〈睡魔先生〉。」

29 艾迪

刑事法院大樓外聚集了來自全球各地的媒體。我看到英國廣播公司、彭博社、法蘭西24頻道的採訪車，還有幾家我連名字都不會念，他們都在跟美國當地電視台搶位置。睡魔案是個大新聞，他的妻子受審自然成爲眾所矚目的焦點。

我和哈利轉進法院側門。那是檢察官和法院員工專用的入口，但我們跟警衛很熟，他們沒說什麼就讓我們通過。我們搭電梯來到八樓，發現走廊上人潮湧動，滿滿都是記者，沒辦法，只好低著頭硬擠過去。

哈利不知怎地比我先到法庭門口，看來他成功從人群中殺出一條血路。他抓住我的手，於庭務員關上大門之際及時將我拖進去。

我上過無數次法庭，出席過多場壓力極大的審判，可是這次不一樣。我呼吸時能感覺到空氣的重量，左手不停顫抖。一想到凱特，她可能遭到綑綁，極度驚慌，想著我們是否會去救她……

我覺得好想吐。

多年來，我一直在練習獨處。就我一個人。沒有祕書，沒有員工，沒有同事，也沒有合夥人，因爲有時我接下的燙手山芋會讓我成爲危險人物的目標，我不想讓身邊的人捲入無謂的紛擾。那些與我親近的人總是提心吊膽。我和克莉絲汀分手，部分原因正是因爲我的工作。爲了保護我的家人，我決定離她們遠遠的。我不想讓我的妻小過那樣的生活。等我意識到自己做出錯誤的選擇，應該當個普通律師就好的時候，已經來不及了。我失去了太太，失去了女兒。

然後，哈波走進我的生活。一個我曾愛過，卻沒能向她表白的女人。她因爲我而死。因爲我試著幫助別人。時至今日，我還是會在夜裡驚醒，汗流浹背、喘不過氣，夢見自己跑到哈波家，而且她還活著。

但我知道，一切都太遲了。再也無可挽回。

如今我又重蹈覆轍。

因爲我，凱特落入一個瘋子手裡。

我一陣暈眩，伸手探向長椅想穩住身體。

就在這個時候，我感覺到哈利扶住我的腰，彎身撐著我。

「過來，到角落這邊。」他說。

我們走到旁聽席另一邊，遠離書記官及其他值庭人員。通常遇上有大批媒體在場蹲點的審判，法院員工都會在庭審開始前給律師一點空間。這不是規定，只是隨著時間成了一種慣例。

我在長椅上坐下。我不想靠近辯方席。我做不到。現在還不行。整個世界不停旋轉，我的胃劇烈翻攪。我無法集中精神，無法呼吸。

「艾迪，放輕鬆。你恐慌發作了。」哈利說。

「都是我的錯。我不該跟凱特合夥。哈利，她還這麼年輕。我不能——」

「我懂你的感覺。她就像我女兒一樣。所以你要振作起來，我們一定有辦法救她。」

「我做不——」

「你**做得到**。我們做得到。這不是你的錯，不是任何人的錯。但你必須解決這個問題。凱特還活著，我們也得讓她活著。你要保持冷靜，專心打這場官司。因爲如果不這麼做，凱特就沒機會了。」

我閉上雙眼，頭往後靠著椅背。

感覺就像我這一生犯過的錯全數湧現，在周遭逐漸堆疊，隨時都會倒下來壓在我頭上。

我想過，假如情況相反——假如被抓的是我，而凱特必須想辦法把我救回來，她會怎麼做。

答案顯而易見。我很欣賞也很佩服凱特。她大概是我見過最聰明、最堅強的人。我很清楚她會怎麼做。她會咬緊牙關，牢記自己來自紐澤西州的艾奇沃特，沒人惹得起凱特・布魯克斯。

我緊緊攫住這個念頭，理清紛亂的思緒。我知道，無論凱特在哪裡，她都會反擊，努力活下來。我必須像她一樣堅強。

深呼吸。我讓自己全然沉浸，感受自凱特身上汲取的力量。我站起來，和哈利一起走向辯方席。

美國法院還有一個慣例——退休法官不會回頭當律師重新執業。大家或多或少有在遵守這項傳統，只有少數法官退休後還替老客戶打官司。哈利無意重操舊業，他只是事務所的顧問。僅此而已。

至少他是這麼認爲。

「我一個人做不到。我需要你的幫忙。」我說。

「艾迪，我會一直在這陪你。」他在我們於辯方席就座時說。

「不，我的意思是，我需要你當我的副手。」

「可是我不該……」

「法律並沒有規定你不能這麼做。今天下午我們就提交委任狀，將你列爲被告律師。在這之前，有我這個首席律師罩你。」

「艾迪，我當律師已經是二十年前的事了。我不知道——」

「你的詰問技巧比我厲害。我需要你。我一個人應付不來。」

我把米勒案的資料攤開放在桌上，外加兩台iPad，所有文件電子檔都在裡面。哈利垂眼望著我微顫的手指，從公事包裡拿出黃色便條本、一枝百利金鋼筆和一瓶藍色墨水。他將鋼筆擱在紙上凝視片刻，轉過來看著我。

他點點頭，執起筆，在紙頁最上方畫了一橫，然後再畫一豎，將頁面切分成兩半。右邊記錄檢方與證人的說詞，左邊寫下他的反駁意見。刑事辯護入門第一招。

哈利伸手搭著我的手背，握住我顫抖的手指。他再度開口，嘶啞的嗓音流露出一絲緊張。

「我們來爲凱特打贏這場官司。」

30
艾迪

「他人呢？」我問。

「他一定會來。他不會錯過這場審判。」哈利說。

檢方團隊已經到了。德魯．懷特和一群地方助理檢察官，全是二十幾歲的男性，都想透過這個案子一戰成名。地檢署有許多聰明能幹的女性助理檢察官，卻沒有一個人有機會參與本案，在法庭上發光發熱。懷特精心挑選他的支援團隊，成員都是男人，都是朋友，也都願意無視他在審判過程中可能會有的不當行爲，必要時還會幫忙掩飾。他們沒有一個人替受害者著想，只關心自己能不能把這件案子寫進履歷，寄到華爾街那些起薪六位數以上的律師事務所。

檢方席後面有一排警察和聯邦調查局探員，成比爾就坐在靠走道的位置。老實講，他的案子大可送上聯邦法院審理。我猜想，如果抓到的是睡魔本人，成比爾一定會堅持將案子呈給有聯邦管轄權的美國聯邦檢察官辦公室。但凱莉．米勒不是睡魔，因此他決定退而求其次，交由地方檢察官處理。這招很聰明。凱莉的案子就像一場沒有風險的實驗，他能藉此測試一下證據的力度，不必承擔任何後果。倘若檢方敗訴，凱莉．米勒獲判無罪，成比爾可以直接拍拍屁股走人，將責任歸咎於州法院，並確保日後將睡魔送上聯邦法院時不會犯下同樣的錯誤；若懷特成功將凱莉定罪，成比爾可以獨攬所有功勞，怎麼做都不吃虧。

「他應該已經到了吧？」我又問。

哈利從椅子上站起來，轉身掃視人潮擁擠的旁聽席。後方有隻手直直探向空中。我立刻起身，看見奧圖．佩提爾在最角落高舉著手。昨天聽證會結束後我們通過電話。他一直以來都站在凱莉這邊，爲案子投入大把心神。再說，要是找不到凱莉，他的錢也會跟著泡湯。我喜歡奧圖，卻也忍不住想，如果他已經從凱莉那裡拿到一百萬美元的酬金，或許就不會花這麼多時間和精力去找她了。他昨天跑遍布魯克林、皇后區和布朗克斯查訪每一間汽車旅館、小旅店及青年旅舍。總之只要是收現金又不會多問的地方，像凱莉這樣的人可能躲匿的處所，他全都找過了。他開車繞了三百多公里，打了一百多通電話——很辛苦，但有七位數的酬勞在等著他。

截至目前爲止，她依舊下落不明。

「我去找他談談。」哈利說。

「別提到凱特的事。」

「放心，我不會。但他會問她在哪裡。」

「就說她和布洛克在追查線索。順便叫他把他找過的地方都列出來。」

我望著哈利走向門口，招手要佩提爾出去。

我靜靜等候。

在法庭上，等待是家常便飯。除了法律制度外，你還得任憑法官的高爾夫行程擺布。我雙臂交叉抱胸，把手壓住，反正只要能讓手不抖就好。書記迎上我的目光，舉手示意再五分鐘開庭。

我低頭查看手機。沒有新簡訊。我在等《哨兵報》的貝蒂．克拉克回覆。布洛克與雷克在外奔走，我需要另一個消息來源。我對貝蒂做了一些背景調查，知道她在《哨兵報》當了五年的犯罪線記者。如今回想起來，我還真見過她在夜間法庭外閒晃。很多飢渴的記者經常守在那裡，希望能堵到一個醉醺醺的名人搶先報導，向《紐約時報》或《紐約郵報》推銷自己。經過一番打聽，我發現貝蒂很受歡迎，深得他人信任。這表示她有門路。對記者來說，有時壓下報導是更明智的抉擇，甚至有助於職涯發展。總是會有更大條的新聞，而交朋友搏感情能開啟更多大門，或許哪天就能挖到藏在門後不可告人的祕密。

我傳了簡訊給她。

有收穫嗎？

然後等待。

我的手機嗡嗡震動。

有消息了，還在確認中。

我打了幾個字，按下傳送。

時間緊迫。請盡快回覆。

我在人群興奮的交談聲中聽見大門打開的聲音。哈利沿著中央走道邁步前進，在我身旁坐下。

「一切順利。」哈利說。

我起身走向史托克的書記。他叫傑瑞，是個在法界打滾多年的老前輩。他先前協助的法官是個酒鬼，有時會一身酒氣來到法院，醉得連坐都坐不直，全靠傑瑞灌他一大壺咖啡、拖住所有律師，替他爭取時間。換句話說，傑瑞忠心耿耿，很少有助理人員像他一樣。那位法官一退休，他就成了史托克的首選。

「傑瑞，我得進去找法官。」我說。「這是私事，我不希望檢察官在場。」

「不能這樣吧？跟案子有關嗎？」傑瑞問。

這時，哈利走過來跟傑瑞打招呼。他們倆很熟。以前哈利會搞些違禁的娛樂活動，找資深法官一起打牌，傑瑞甚至還充當莊家幫忙發牌。

「艾迪想和法官私下談談。我知道聽起來不太尋常，可是沒關係。還請史托克法官不必擔心。」

通常案件一旦進入審理程序，該案受任律師就不得在對方律師不在場的情況下與法官交談，以免法官接收到不恰當的暗示，造成實際或主觀上的偏頗。這也是約定俗成的慣例，沒有明文規範。

「好吧，哈利，你說可以就可以。但我覺得史托克法官會很不高興。」傑瑞說。

「這我倒不意外。他人怎麼樣？」哈利問。

「很公正。」傑瑞無奈地嘆了口氣，言下之意是「暴躁的爛人」。

「加油，傑瑞。很高興見到你。」哈利說。

傑瑞帶我穿過法庭後門，沿著走廊踏進史托克法官的辦公室。一身古銅色的他坐在辦公桌前，若要說有什麼不同，那就是他今早的膚色似乎比昨天更加黝黑。大概是想說之後會有無數國際新聞報導，所以想在鏡頭前呈現出最好的自己。至少他自認曬成這樣很讚。在我看來，他就像泡過亮光漆又跌進拋光機一樣，整個人有夠不自然。不過有些人就是這樣，為了掩藏內心的黑暗，他們穿戴形象、換上偽裝，只是他們不太確定「正常」感覺起來如何，又是什麼模樣，因而做出一些極端的選擇。

「早安，法官大人，我有件私事想跟你談談。請問方便嗎？」

「等傑瑞帶檢察官來再說。」

「檢察官不會在場。就像我說的，這是私事——」

「傑瑞，檢察官呢？」史托克硬生生打斷我。

「福特法官說你可以和弗林先生談私事。」

「他不是法官了，傑瑞，」史托克說。「我才是這件案子的主審。」

「你在這種事情上倒是很公正。」傑瑞說完便走出辦公室，關上門。

「傑——」

「法官大人，我想談的是地檢署潛在的瀆職犯罪行爲。如果你找檢察官來，等於是向他通風報信。這麼做不僅有程序濫用問題，還可能會妨礙司法公正。若不是有充分的理由，我不會來法官辦公室要求私下談話。」

史托克往後靠著椅背，濃密的眉毛在橡木板般的額頭上挑了一下。

「什麼事？」

「檢方在竊聽辯方律師團隊。他在監聽我們的電話。此舉違反了律師與當事人間的祕匿特權及工作成果豁免權。我要求檢察官停止這種行爲，並將所有監聽紀錄提供給我方。」

「什麼？好，假設你是對的，但這個假設肯定不成立——檢方想必有法官核發的通訊監察書才會展開行動。」

「你還是基層司法人員時，紐約警方有多少次凌晨三點跑去你家，把長達五十頁的陳述書狀和未簽核的搜索票塞到你眼皮底下？陳述書狀你從頭到尾讀過幾次，搜索票又逐條逐句讀過幾次？只要法官沒留心，隨便都能矇混過去。別跟我說檢察官沒那麼聰明。」

史托克身子前傾，手肘用力擱在桌上，粗壯的十指緊緊交握，彷彿這就是他的立場，是他準備發動攻擊的姿勢。

「這是非常嚴重的指控。你有證據嗎？」

「沒有，什麼都沒有。」我回答。

「如果你能找到確鑿的證據證明你們的電話遭竊聽，那就提出動議，屆時我會處理。」

「我不能提出動議，因爲這樣必須通知檢方，不就露了口風嗎？」

「弗林先生，我們的司法體制並不完美，但程序規則存在是有原因的。」

「你只要答應我一件事，如果我找到我方電話被竊聽的證據，你就會做出裁定，讓我拿到那些監聽紀錄。」

他揚起一邊嘴角冷笑。「如果你找到證據，我就會做出裁定。好了，別再浪費我的時間了。我們還有案子要審呢。你的當事人出現了嗎？」

「她還沒到庭，但我有把握，我們能在審判結束前讓她出庭聽審。剩下的，恕我不便多談……」

「當然，因爲律師與當事人之間的祕匿特權。我明白……」

我起身離開法官辦公室。

沿著廊道走回法庭時，我的手機震動了一下。是貝蒂傳來的簡訊。

簡訊裡有一個名字。

一個時間。

一個地點。

貝蒂確認資訊無誤。

我開始狂奔。

我抓著手機跑進法庭，快步走下法官席台階，直奔辯方席。哈利站了起來。我在經過檢方席時說：「如果法官出來，告訴他我去打個電話。非常緊急。」

德魯．懷特瞪大雙眼，從椅子上轉過身，與成比爾四目相交。他們都看得出來我在打些什麼主意，但不曉得是那什麼。

我和哈利匆匆穿過大門，踏進走廊。

「佩提爾人呢？」我問。

「他在對街的咖啡廳等待檢方傳喚。」

地方助理檢察官德魯．懷特堅持要他的證人在法院大樓外等候，以免他們在被傳喚作證前聽到任何訊問、證述與答辯內容。檢方發給每人一台呼叫器，要他們去喝個咖啡。早上審判還沒開始之前，佩提爾有來法庭找我們，而現在他已經離開了。

我打給他，他立刻接起。

「我有個線人，我不能說是誰，但凱莉．米勒下午一點十五分會去准將餐廳見她的私人理財專員。魚缸後面位置隱密的那桌。我們得跟她談談，勸她出庭。你準備好了嗎？」

「準備好了。」佩提爾回答。我掛斷電話。

哈利和我回到法庭，正要坐下時傑瑞就大喊：「全體肅立。」並介紹本案承審法官爲史托克法官。懷特目不轉睛地看著我，直到陪審團進來，我才發現麻煩大了。

十一名陪審員看起來都還好。

但只需要一個人，就能把整間陪審團評議室搞得烏煙瘴氣。發現問題陪審員的不只我。

「你看五號陪審員。穿碎花洋裝的那個。」哈利抓抓頭上的白髮，俯身低語。

五號陪審員是一位年過六旬的白人女性。她穿著藍色碎花洋裝，一頭銀髮往後紮成緊繃的髮髻，緊到眼周皮膚都往上拉；厚厚的大眼鏡框住她的黑色眼眸，讓原本就很小的眼睛顯得更小；抿成細線的嘴唇緊皺在一起，彷彿剛舔過仙人掌黏液。她像拿鎮暴盾牌一樣雙手握著提把，將米色小包包放在膝上。五號陪審員感覺不好惹，不僅體格能讓美式足球防守線衛嫉妒，看起來也很凶、很不爽。除了望向檢察官的時候。目光落在德魯．懷特身上時，她的表情變得稍微柔和，下一秒又板起臉。她在座位上挪動身體，往左移了一點，用嫌惡的眼神看著右邊的陪審員。那名陪審員是非裔美國女性，年齡與五號陪審員相仿。

「那位女士看起來只希望世界毀滅。」哈利說。

「我的建議是，別娶她。」

「你也知道我喜歡離婚，但她得不到我的。你有注意到她看六號陪審員的眼神嗎？」

「她沒有瞪白人陪審員。」

「她看起來也不像那種害羞靦腆的類型。她在評議室裡一定會很吵。」

我點開iPad上的陪審員名單。每位陪審員下方都有簡單的註記，是佩提爾在挑選陪審員時寫的。

「她叫艾瑟．戈爾曼。之前在紐澤西一家屠宰場當經理。未婚。常利用閒暇時間爲當地教堂和美國全國步槍協會募款。共和黨黨員，堅決反對口罩政策與新冠肺炎疫苗。」

「她是……那叫什麼來著？愛擺姿態的白人大媽？」哈利說。

「她就像白人大媽中的異形女王。」

我查看候補名單。第一順位是克雷．卓爾。他和另外兩名候補陪審員坐在陪審團席旁邊。他的年紀和艾瑟差不多，頭髮幾乎掉光，只有一圈像帶子的白髮環繞著閃亮的禿頂。他戴著紅框眼鏡，身穿格子襯衫、海軍藍西裝外套和斜紋棉布休閒褲，手腕上有條東西，就在手錶前面。那是一條由色彩鮮豔的珠子串成的手鍊，上面掛著一枚小小的皮革吊牌。我離候補陪審員夠近，可以看見吊牌上的字。雖然不是很清楚，但足以讓我辨識出那個詞：爺爺。

根據佩提爾的註記，克雷是一名退休木匠，結婚五十年，有七個成年子女。他和太太會在孩子及其配偶去上班時幫忙帶孫。他們喜歡整個大家族一起出去玩。他養了三條狗，在紐約州北部有幾棟小木屋，七名兒女、媳婦、女婿和十三名孫子、孫女每年夏天都會回來，一家人共享天倫之樂。

「我們必須把艾瑟踢出陪審團，讓克雷遞補。」我低聲說。

「同意。我們不能冒險。艾瑟肯定會讓評議室裡的氣氛變得非常火爆。天哪，眞的是糟透了，而且凱特……」

他指著螢幕上的陪審團名單，聲音微微顫抖。

「凱特就靠我們了。我們要怎麼踢掉艾瑟？現在無法提出異議。」

我必須集中精神，好好應對一切。這場審判，證人，檢察官，法官，現在又多了陪審團。我一心只想打贏這場官司，因爲我非贏不可。唯有這樣才能救我朋友。我必須將憂懼和焦慮拋諸腦後，專心做自己力所能及的事，讓凱特平安回來。

可是有的時候，就像哈利剛才那樣，我會在某一刻發現自己掛念著她。她到底在哪裡？有受傷嗎？是不是很害怕？現在又在想什麼？

走道對面的德魯．懷特站起身，繞過檢方席，在律師席就定位，面向陪審團，開始進行開場陳述。

「陪審團各位先生女士，我是德魯．懷特。接下來會由我向諸位揭示檢方據以指控凱莉・米勒的證據。本案非比尋常，我想不出有哪件案子與之相似。正如所有罕見的案件，本案需要關注——各位的關注。我們相信，隨著審判進行，可以推得兩種合理的觀點。第一，凱莉・米勒積極參與謀殺重罪，夥同她的丈夫丹尼爾・米勒——即大家所稱的『睡魔』——犯下多起命案。她的意圖與她丈夫一樣，就是殺人。她不僅知道自己的先生是凶手，還出於故意幫助犯罪。我們有證據能證明她的意圖，也會證明她協助丈夫作案。換言之，她是共犯。這讓凱莉・米勒成了殺人凶手。

「然而，若各位在排除合理懷疑後，仍不確定她是否眞與她丈夫一樣具有殺人意圖，那還有另一項指控，即她幫助她丈夫實行犯罪行爲。以上兩者皆可判處終身監禁。陪審團的各位先生女士，凱莉・米勒知道她先生殺了人。這點無庸置疑。她沒有報警，也沒有聯絡聯邦調查局，而是對她的律師吐露實情。可是在尋求法律諮詢後，她做了什麼？她守口如瓶，協助並教唆她丈夫躲避追緝，任由他一而再、再而三地殺人。凱莉・米勒今天沒有到庭。她棄保潛逃了。她在逃亡。逃避司法，逃避正義，逃避你們。各位可能會在心裡自問，爲什麼一個無辜的女人會逃跑？答案很簡單。因爲她有罪。我們都看得出來。而你們的職責，就是讓這一點成爲法律認證的事實。」

31
布洛克

紐約有幾家私人鑑識實驗室，有些能連結到執法機關管理的資料庫，有些則否。布洛克把車停在一棟充滿現代風格的建築外，地點正好就在蘇活區、市政中心和翠貝卡區交會處。雷克走進大樓，十分鐘後再度現身。

「三十六小時。」他說。「他們會檢查纖維、DNA及其他留在針頭蓋上的微物跡證。那些傢伙很厲害。任何蛛絲馬跡都逃不過他們的法眼。」

「他們最好能找到線索。我們需要一點突破。」布洛克開著她的吉普駛入街道，拿起放在儀表板上的手機，撥了一個聯絡人名稱爲「帕克斯」的號碼。

帕克斯是其中一位穿藍色牛仔褲的便衣探員，負責駐守在公寓大樓外保護泰瑞莎．瓦斯奎茲。救護車載走米格斯後，他和布洛克聊了一下。

「嘿，布洛克，怎麼樣？還好嗎？」

「藝術家住的那間閣樓，房東那邊有問到什麼嗎？」

「沒有。他說莉莉安．帕克遇害當月有人短期承租，但對方付現，沒有簽約，也沒有留下身分證或銀行帳戶等個人資料。」

「了解，也再次向昨天殉職的探員致哀。」

「我們很感謝妳爲米格斯做的一切。有消息我會通知妳。」

布洛克掛斷電話。睡魔就是在他當初用來窺探莉莉安・帕克的據點監視泰瑞莎・瓦斯奎茲。那間閣樓目前的房客是個藝術家，若不是他們，他的屍體大概要過好幾天或好幾週才會被發現。他的眼珠未遭剜除，作案手法也不似睡魔以往的犯罪特徵，很難證明這起命案和該棟公寓與睡魔及其受害者之間的關聯。

尼爾森一家住在東村郊區一條相對靜謐的街道上。與大部分紐約客不同，他們買得起房子。一棟座落於街角的褐石建築。曾幾何時，屋裡住著一家四口，而今一片空蕩。審判結束後，房子就會重回市場求售，但房仲認爲應該不會有太多買家感興趣。這幢豪宅屋齡約九十年，過去曾是無數家庭的安居之所，價值也逐年遞增。

如今卻乏人問津。

布洛克覺得就算眞有人出價，大概也是想炒房。當前不太可能有家庭會買來自住。因爲邪惡曾踏足此地，留下了痕跡。

房子本身承載了許多記憶。這座城市裡大概每棟建築都發生過可怕的事，一旦血跡清理乾淨，就會有房客開開心心地搬進去。然而，有些罪行太過駭人，所留下的汙點不是強力漂白水和小蘇打粉就能洗淨。

布洛克把車停在離尼爾森家不遠的地方，熄了火，瞄了一下後照鏡，眼神掃過路旁停放的車輛。沒有廂型貨車的蹤影。黛西・布羅德住的大樓外則停了三部車。布洛克讀過她在案卷中的供詞，從中得到不少資訊。畢竟布羅德太太是檢方證人，而艾迪需要彈藥來反擊。雖然布洛克挖出了很多東西，但沒有一樣對辯護有幫助。

據布洛克推測，布羅德太太年近九十，身強體健、精神矍鑠。她每天早上六點起床做伸展操，接著吃一碗有機水果穀麥，配上兩壺咖啡、美式鬆餅和培根。吃完早餐後，她便出門到附近工作。除了在當地社區活動中心教西班牙語外，她也於兩個街區外的7-Eleven便利商店兼差當收銀員，閒暇時還會到在地健身房上課。她最喜歡的是飛輪、瑜伽和排舞。

布羅德太太很受街坊孩子歡迎，萬聖節時他們總是第一個到她家門外大喊，因為她發的糖果最好吃。每當孩子對她手臂上刺的編號提出疑問，她都會大方回答，毫不避諱。她被刺上這串數字時的歲數不比他們當前的年紀大多少，儘管字型很小，顏色也已經褪了，但早年在波蘭生活的記憶至今仍深深烙印在她心底，未曾淡去。

布羅德太太住的公寓就在尼爾森家對街。某天深夜，她在家瞥見一男一女從外面經過。路人嘛，沒什麼好奇怪的。沒多久，同一對男女再次映入眼簾，布羅德太太暫時擱下阿諾・史瓦辛格的電影，來到窗前。這一次，這對男女在尼爾森家門口停下腳步，注視著房子。事後布羅德太太告訴警方，那兩個人於門外站了好一陣子，似乎在仔細研究屋宅建築。有那麼一刻，那個男人轉身凝望著布羅德太太，眼神讓她不寒而慄。她腦中警鈴大作，覺得那名男子散發出危險的氣息。她曾遇過殘暴的惡人，特別是年輕的時候。此時的感覺正如彼時那般籠罩著她，她下意識從窗戶旁退開。

案發後，她將這對男女的事告訴警察，但沒得到什麼關注，因為他們當時在找的是一名男性嫌犯，不是一男一女。直到聯邦調查局和警方確認丹尼爾・米勒就是睡魔後，情況才有了一百八十度的轉變。紐約警方聯絡布羅德太太，問她那晚目擊到的是不是丹尼爾・米勒和凱莉．米勒？她說看起來很像。

此時此刻，布洛克就站在尼爾森家門外，仰望著對街公寓三樓，也就是布羅德太太的住處。

「距離那麼遠，她真的能清楚看見對方的長相嗎？」

「不知道。」她說。

布洛克盯著窗戶，試著估算當時布羅德太太的位置距離尼爾森家有多遠。可是她無法集中精神。她有股想跳上車，呼嘯而去的衝動。去尋找。她只想開車穿過大街小巷去找凱特。雖然盲目搜尋毫無意義，但至少有在行動。

她花了點時間調整呼吸。她必須冷靜下來好好思考。只要找出睡魔的藏身地點，就能找到凱特。她需要的是專心，而非漫無目的地移動。她環視周遭，拿出手機拍下最近的一盞路燈，用電子郵件傳給艾迪，以備不時之需。其實他光靠一點資訊就能拼湊出很多事，但有街道照片還是比較好，起碼能掌握環境位置。

「我們進去看看。」雷克從口袋裡掏出一條鍊子，末端有個掛滿鑰匙的鑰匙圈。

「你從哪弄來尼爾森家的鑰匙？」布洛克問道。

「這是我的鑰匙。」他回答。

他仔細檢查門鎖。上頭一樣有圓形工具留下的痕跡。

「他又用了鎖匙鑽。」雷克邊說邊從鑰匙圈上挑出一把鑰匙，試著插進鎖孔。雖然費了點勁，他還是成功插入鑰匙，輕輕一轉，門就喀噠打開。鎖匙鑽這種特殊工具不會破壞門鎖本身的機械結構，只會讓鎖鬆解，連指甲銼刀都能如切奶油般順順滑進鎖孔，把門打開。

「妳先請。」雷克說。

布洛克踏進玄關。這裡就像高級房屋仲介網站首頁會看到的照片一樣，潔白的牆壁、柔和的色彩、拼花木地板……所有裝潢和家飾都很有品味。左側起居室的茶几上擺著一張張全家福。布洛克仔細端詳照片。

畫面上有一對漂亮可愛的小男孩和小女孩，年紀相差不多，兩人都笑得好燦爛，沒有一絲侷促或不安——只有滿滿的歡樂、幸福和愛。唯有孩子才會綻出這樣的笑容，全然沉浸在當下。羅柏五歲，艾莉八歲。這張照片應該是在睡魔侵入他們的生活前不久拍的。

小姐弟身後是他們的父母。托比亞·尼爾森鬍子刮得乾乾淨淨，咧嘴而笑，一口貝齒帥到可以直接放在牙膏廣告看板上。他的眼睛清澈明亮，即便邁入四十五歲，臉上也沒有半點皺紋與歲月痕跡。他在紐約開了幾家餐廳，同時兼營不動產買賣，每年都會舉辦派對，廣邀朋友同樂。他和妻子史黛西是真正的紐約社交名流。史黛西甚至比他更光采動人，紅褐色長髮自臉頰兩側輕柔垂落，讓她的肌膚彷彿漾著珊瑚色光芒。就連瑕疵也能襯托出她的美麗。一道疤痕將她的右眉一分爲二，破壞了臉部對稱性，卻絲毫沒有削弱她的魅力。不知怎地，這道疤讓她變得更加迷人，使其他五官顯得格外完美。

她比托比亞年輕。但三十四歲那年，睡魔結束了她的生命。

布洛克穿過起居室，來到寬敞的廚房，發現尼爾森家有道後門。門板本身由堅實的橡木製成，上頭裝著兩道沉重的門鎖。一個在頂部，門閂插入天花板；另一個在底部，石材地板上有個門孔。即便睡魔鑽開嵌在門裡的暗鎖，也不可能移除門閂。布洛克打開後門，踏進一條有遮棚的窄巷。一座透明壓克力頂棚從褐石建築後方向外延伸，遮住了垃圾桶，右邊則是一道磚牆。她沿著小巷往左轉，繞過房子，回到大街上。後門暗鎖沒有工具刮擦的痕跡，可見睡魔是從前門進來的。一樓其他空間沒什麼值得留意的地方，布洛克便隨著雷克來到樓上。

二樓有個兒童遊戲室、衛浴和一間偌大的工作室。史黛西生前是建築師，大多都在家遠端工作。三樓還有一間衛浴和兩間房門相對的兒童房。他們繼續往前，來到位於走廊盡頭的主臥室。

那張特大號雙人床依舊擺在房間裡。床墊中央有一大片橢圓形汙漬，看起來就像巨型黑蜘蛛的腹部。

布洛克走到窗前往外望。這裡可以直直看進布羅德太太的小公寓。她拿出背包裡的iPad，喚醒螢幕，瀏覽尼爾森案的犯罪現場照片，尋找警方發現受害者時拍下的場景。

光是看著死者的臉就很難了，仔細研究遭殘殺的被害人面孔就更不用說。布洛克做過很多次了。她受過訓練，知道要看透恐怖才能窺見證據。每一起命案都在講述一個故事。

他用鎮靜劑讓兩個孩子昏睡後，將棉被一路蓋到他們的下巴。警方抵達時發現姐弟倆雙眼緊閉，還以為他們死了。至少第一時間趕到現場的警察是這麼認為，該名員警不久後也自殺身亡。女兒先醒來，踉踉蹌蹌地跑出房間，發現家裡有個警察望著躺在床上遭殺害的爸爸媽媽。這個衝擊對他們倆造成很大的創傷。

托比亞鼻子左側有一處槍傷。子彈射入臉部，從頭頂穿出，表示槍枝擊發時他呈仰躺姿勢，且凶手是從高處開槍。史黛西身上則有多處刀傷，根據法醫的說法，每一處都可能在短短幾秒內奪命。他們被發現陳屍在床上，被子蓋住身體，眼珠遭挖除，眼窩和傷口裡填滿了細沙。

「為什麼要對一家人下手？」雷克問。

包含迪雷尼在內的聯邦調查局分析師自認找出了答案。

他在提高賭注。

冒更大的風險，讓世人知道他有何能耐。

布洛克明白其中的邏輯，但不知怎地有點說不通。

「他放過兩個小孩，只注射鎮靜劑讓他們不致擾亂行凶計畫，然後一槍打爆父親的頭，用刀刺殺妻子。我總覺得這對夫婦才是眞正的目標，孩子只是過程中的一環。」

「爲什麼選尼爾森家？」

「我不知道。」布洛克開始在房間裡來回踱步，陷入沉思。

「要潛入這棟房子沒那麼容易，」雷克說。「他是從前門進來的。外面那條街道很熱鬧，極有可能被人發現。事實上，布羅德太太確實看到他和一個女的在這裡探察環境。」

雷克似乎戳到什麼重點。他講話時，布洛克的皮膚泛起了一陣刺麻，雞皮疙瘩順著皮肉往上竄。

「再說一遍。」布洛克開口。

「什麼？」

「把你說的話再說一遍。」

「啊，呃，這棟房子很安全，左鄰右舍都能透過窗戶看到尼爾森家。他冒了很大的風險才——」

「不是這個。」布洛克的聲音裡透著沮喪。

「放輕鬆，我們再好好想想。」雷克鼓勵。

「我不能放鬆，」布洛克說。「他抓了我朋友。我們必須加緊腳步才行。你剛才還有提到別的。關於這棟房子的事。」

「哦，他一定是從前門進來的——極有可能被發現——」

「對，就是這個。」布洛克邊說邊走出房間，快步下樓。

「怎麼了？這個是哪個？」

布洛克不發一語，徑直走進廚房，等雷克跟上。

「如果你打算闖入屋內，你會怎麼做？」布洛克問道。

「嗯，唯一的辦法是從前……」

雷克頓時站定不動。

「前門是唯一的入口，」他喃喃地說。「不過後門更隱密，但他根本沒試著從後門進來。門鎖上沒有工具鑽過或撬過的痕跡。廚房內側的門閂……可惡，從外面根本看不到。他知道後門開不了，米勒來過尼爾森家……」

但布洛克根本沒在聽。她將手機貼在耳畔，聯絡艾迪。

32 艾迪

「弗林先生，你準備進行開場陳述了嗎？」史托克法官問道。

法庭鴉雀無聲。史托克的提問讓懷特結束開場陳述後爆出的低語瞬間消散，整個空間被一種近乎液態的安靜淹沒。空氣中瀰漫著濃濃的虛無。沒有半點聲響。至少在我看來是這樣。

我的思緒飛快旋轉，無數問題在腦海中翻騰。

「艾迪，沉默幫不了凱特。向陪審團進行陳述吧。」哈利用氣音催促。

「那我要說什麼？」

「把凱特跟我們講的事告訴他們。」

我站起身，喝了一大口水，放下杯子，腳跟踏過地板，發出宛如小鼓的噪響——聲音填滿了法庭上那片虛無，沿著四面牆壁激起陣陣漣漪。我低下頭，發覺自己已然站在法庭中央，面對陪審團。法官在我左邊，庭內其他人則在右邊。我逐一望著陪審員的面孔。有些人臉上寫滿厭惡，例如艾瑟．戈爾曼，她冷酷的嘴唇和針尖般的黑色小眼睛說明了一切。

「檢方將在本案中大談被害人。這是理所當然，也理所應爲的事。懷特先生的職責就是在法庭上爲死者發聲，讓被害人透過他的口說話，讓你們知道是誰殺了他們。然而，陪審團各位先生女士，檢方面臨了兩個問題。第一，殺害這些受害者的凶手並不在場，他至今仍逍遙法外，持續奪走他人生命，聯邦調查局和紐約警方始終抓不到他。大家都急著看到他們將罪犯繩之以法，而紐約警方與聯邦調查局很少面對如此龐大的社會壓力。正因爲他們沒能逮捕眞凶，才轉而用他妻子交差。審判過程中，你們會聽到對凱莉．米勒不利的事證，但這些其實是對她丈夫丹尼爾．米勒不利的事證。沒有證據證明凱莉．米勒與這幾起謀殺案有關，沒有證據證明凱莉．米勒知道她丈夫是凶手，也沒有證據證明她在知情的情況下幫忙或協助過他。凱莉．米勒是睡魔的受害者。她的生活變得支離破碎，這輩子再也無法相信其他男人。想像一下，發現親密的枕邊人原來是個殺人魔？那會對一個人造成什麼樣的影響？

「陪審團各位先生女士，檢察官將在本案中提出兩種相衝突的論點，端看哪一個奏效。他會試圖證明凱莉．米勒參與了這幾樁命案，但這麼做只會落得徒勞。一旦失敗，他會轉而試著證明她對這些謀殺案完全知情，並與她先生共謀串通，甚至欺騙當局。」

我停頓一下，仔細觀察陪審員的表情。

他們並不買帳。

那個瞬間我就明白了。因爲其實內心深處，我也不相信自己的說法。

凱莉．米勒背負著沉重的壓力。某種黑暗陰鬱的東西緊緊攫住她的心。無論那是什麼，都讓她選擇逃離這場審判，逃離我、凱特和哈利。面對面交談時，她告訴我她沒有殺人，我相信了她。在靈魂深處，我也知道她說的是實話。然而，此刻站在這裡進行開場陳述，我對凱莉的疑慮也在心底悄悄蔓延。她眞的是清白的嗎？接下這個案子是個錯誤。如今凱特命在旦夕，我別無選擇。我必須說服陪審團。我非打贏這場官司不可。但不是爲了凱莉。

是爲了凱特。

「我不會告訴各位凱莉・米勒沒懷疑過她先生。」

我又停頓片刻，讓這句話在陪審團間飄懸。有些人在座位上挪動身子，還有一兩個人往前傾了一點，就那麼一點。

「可是『懷疑』何時成了一種法律義務？難道認爲伴侶可能傷害了別人，就一定要通報警方？過去從未有陪審團遇上這個問題。她丈夫說了謊，而她相信了他。若這也算犯罪，紐約所有已婚人士都可以被關起來了。

「凱莉・米勒今天不在這裡。接下來的庭審她可能都不會出席。不過沒關係，因爲她不需要證明什麼。舉證是檢方的責任。歸根究柢，他們起訴凱莉・米勒實無所本。我相信很快——各位也會明白這一點。」

我轉身走回辯護人席，手機在口袋裡嗡嗡震動。我背對法官，垂眼瞄了一下來電顯示。是布洛克打來的。

「檢方傳喚法利・克林普頓醫生。」懷特說。

懷特打算用一張恐怖照片揭開序幕，應該說是好幾張。受害者慘死的駭人照片。有些畫面甚至會烙印在陪審團腦海裡，一輩子都不會忘記。一旦恐懼滲入骨髓，他就會將矛頭指向凱莉・米勒，告訴陪審團她就是罪魁禍首。觀看這些照片會帶來不小衝擊和創傷，陪審團必須將自身受到的心理傷害歸咎於某人——怪罪被告是最容易的選擇。

「你先頂一下。」我告訴哈利，直直走出法庭大門。

我來到走廊，接起電話。

「有什麼發現嗎？」我問布洛克。

「算是有點進展。丹尼爾・米勒很清楚尼爾森家的空間格局。我們得查明他和這家人之間的關係。」

「動作要快。我們一定要找到她——」

「你以爲我不知道嗎？要是凱特出事，我眞不曉得自己——」

「別說了。絕對不會有事。我們會把她救回來。聯邦調查局有從閣樓公寓的房東那裡問到什麼嗎？」

「沒有簽約。短租，租金預付。」

「聽起來不太對勁。這裡可是紐約，房東一定會要房客留下個人資料，這樣出問題才好找人算帳。」

「聯邦調查局說什麼都沒有。」

「看來房東在說謊。我大概知道爲什麼。妳可以去找一個人談談。他是律師，叫亞契．班森，專爲那些出租貧民窟爛房子、租金高得離譜的惡房東打官司。他口風很緊，所以妳可能得來硬的。喔，先讓妳知道一下，班森有私人保鑣，是個綽號叫『月人』的前摔角選手。身高一百九十五公分，體重兩百多公斤，類固醇用很凶，超壯又超狠。小心——」

「怎樣？你覺得我應付不了他？」

「不是，我是要妳小心，別把人家打成重傷。」

33

艾迪

布洛克和我談了半個小時。

掛上電話後，我打去事務所辦公室。丹妮思拿起話筒。

「妳從預備金裡拿三百美元去買價值兩百美元的午餐券，然後租一輛配備司機的加長型禮車，下午要用。」我說。

「等等，這是要做什麼？」

「晚點再跟妳解釋。還有，我會傳個電話號碼給妳。打去跟他們一字不漏地說——妳手邊有筆嗎？」

「有。」

「就說，我們想幫一個朋友安排特別的午餐驚喜。他有點害羞，但他喜歡假髮。霓虹金髮，愈假愈好。我們願意多付一千美元。另外他很注重防疫，所以請她務必戴上口罩。」

「就這樣？」

「就這樣，用事務所的信用卡付帳。都記清楚了？」

「你到底在幹嘛？」丹妮思的語氣滿是疑惑。

「我在幹律師該做的事。相信我就是了。都處理好之後，妳帶著板夾和筆記本，午休時到中央街法院外找我。」

丹妮思只要答應，就一定會做到。

我走回法庭，來到哈利身旁坐下。與此同時，法利．克林普頓醫生站了起來，手拿雷射筆指著一張經過放大處理，尺寸約一百八十乘以一百五十公分的照片。照片上的史黛西．尼爾森躺在她先生旁邊，明顯死亡。

「史黛西．尼爾森胸前的傷口──如其他被害人，是用一種非常堅硬、非常鋒銳的利器造成的。可能是一把來歷不明的葉形刃，且極有可能是某種手工製造的異國武器。刀刃硬度足以刺穿她的胸骨。同樣地，篩濾填入傷口腔穴內的沙子，以X光掃描裂隙後，並未在傷口中發現任何金屬碎片。」

「有什麼出乎意料的發展嗎？」我湊向哈利低聲問道。

他瞥了陪審團一眼。

艾瑟．戈爾曼死命扭絞手帕，用力到手都在抖。要是豎起耳朵細聽，說不定還能聽見她咬牙切齒的聲音。其餘陪審團成員看起來就和大部分必須面對、審理這類凶殺案的陪審員一樣，有一半的人垂首，只有在萬不得已時才會抬眼瞄一下，然後再度望著地板；其他人則捂著嘴搖頭，於影像跳出來之際皺起臉。

「這麼順利啊？」我語帶嘲諷地說。

哈利點點頭。

他前方桌上有一疊法醫證詞筆記。

「你想詰問這傢伙嗎？」我問。

他用似笑非笑的表情回答我。

「克林普頓醫生，」懷特說。「你有在史黛西．尼爾森的屍體上發現任何防禦性傷口嗎？」

「沒有。」他回答。

「醫生，我想再釐清一下，瑪格麗特．夏普、莉莉安．帕克、佩妮．瓊斯與蘇珊娜．艾布蘭身上沒有防禦性傷口，托比亞和史黛西．尼爾森身上也沒有？六名被害人身上都沒有防禦性傷口？」

「對，沒有。」

「所有女性被害人都是遭刀刃攻擊嗎？」

「是的。」

「所有女性被害人都被注射了鎮靜劑？」

「對，從頸部注射。」

「屍體上是否有任何抓痕或針孔痕跡，顯示出被害人曾有掙扎的跡象？」

「沒有。」

「根據你經手大量刺殺與刀殺案屍體相驗的經驗，沒有任何防禦性傷口的情況是否很罕見？」

「非常罕見。」

「同樣地，根據你豐富的經驗，你能解釋一下爲何會如此嗎？」

克林普頓清清嗓子，喝了一口水。

無意間洩露了一絲眞相。

懷特想必精心準備了克林普頓的證詞。指導他，盡可能將他逼到極限。最後這個問題已經超出他的容忍範圍，看得出來克林普頓很不高興。他在拉長證詞以滿足檢察官的要求，就像五十五歲的卡車司機在上進階皮拉提斯課一樣，伸展的過程會很痛苦。

「有時的確可能出現這種現象。」克林普頓開始說明。「受害者之所以沒有防禦性傷口，是因爲在遇襲過程中被另一個人壓制住了。」

懷特面向陪審團，用勝利的口吻慢慢覆述這個答案，接著轉過來對我說：「換你了。」

「庭上，請稍等一下，我們確實有問題要問這位證人。」哈利連忙開口，接著用氣音問我：「你希望我怎麼做？」

哈利和我已經討論過辯護策略。撂倒證人的方法不少，而面對像克林普頓這樣庭審經驗豐富的專家證人，可運用的戰術就更多。

「第三方壓制被害人的那段證詞遠超出克林普頓的舒適圈。」我低聲說。

「同意。看是要用喬·佛雷澤還是賴瑞·大衛。我是想用賴瑞。」

「賴瑞·大衛，完全同意。」

哈利拿著筆和便條本，繞過辯方席，對著證人露出燦笑。

交互詰問就像能快速得手的騙術，必須針對目標選用正確的手段。以克林普頓而言，第一個選擇是喬·佛雷澤。佛雷澤是美國知名拳擊手，也是前世界重量級拳王，喜歡近距離攻擊。拳擊手會以不一樣的方式來利用拳擊場及自身與對手之間的空間，各人風格不盡相同。傳奇拳擊教練安哲羅·鄧迪曾說，阿里喜歡在房間裡打拳，泰森喜歡在衣櫃裡打拳，而佛雷澤喜歡在電話亭裡打拳。所謂「佛雷澤式交互詰問法」就是直面證人，飛快丟出一連串重磅問題，看哪個能把他們擊倒。

哈利決定採用美國喜劇演員賴瑞·大衛的風格技巧。

「克林普頓醫生，」哈利推推眼鏡。「在我們開始之前，我想先感謝你願意提供證詞，也謝謝你對受害者及其家屬所展現出的尊重與禮貌。我知道你今天是以專家的身分出庭、善盡職責，然而，你的熱忱儘管值得嘉許，卻也造成了一些盲點。接下來我們會揪出這些謬誤。不好意思請稍等，我看一下我的筆記……」

經典的賴瑞．大衛開場白。哈利並沒有直接提問。他先稱讚這位替政府部門工作的專業人士，再告訴證人他犯了一些錯，但他會協助對方改正。接著，哈利停頓片刻，作勢檢查筆記。當然啦，他根本不需要看筆記，而是想藉此給陪審團一點時間來消化他說的話，讓他們察覺到證人似乎沒有想反駁他的意思。克林普頓沒有問題要回答，所以他就像所有專家證人一樣等待哈利提問。不過看在陪審團眼中，會認爲克林普頓默認哈利指稱他分析有誤。但這些錯並非惡意爲之，純粹是因爲證人**太熱心**了。這種方法是利用證人本身的權威來反將他們一軍，能讓對方無意間從檢方證人轉爲辯方證人，有時比用問題轟炸來得有效。

這種技巧仿效的並非賴瑞．大衛本人，而是他的電視節目。一切都是爲了讓證人得以克制自己的滿腔熱誠。

「醫生，根據你同意記明於筆錄的證詞，除了眼部創傷外，本案女性被害人身上大多只有一到兩處位於腹部或胸部的穿刺傷？」

「是的。」

許多專家證人都有出庭接受交互詰問的經驗，知道回答應簡潔有力，不要詳加闡述，也不要妄加揣測。說得愈多，辯方就愈有可能從字裡行間找出攻擊點，見縫插針，將他們碎屍萬段。

「莉莉安．帕克與佩妮．瓊斯的胸部各有一處穿刺傷？」

「沒錯。」

「這些傷口都是致命傷？」

「是的，可以說能瞬間致人於死。」

「那你剛才提到的第二名凶犯，對方究竟是如何壓制被害人的？」

這是一個開放性問題，讓克林普頓有了暢所欲言的機會，可以提出任何理由來支持自己的論點。交互詰問時提出開放性問題不是什麼好主意，因爲你無法掌控全局，風險自然就高。證人不光會作出「是」或「不是」等肯定、否定的答覆，還會表達自己的看法，甚至高談闊論。這就是賴瑞．大衛式詰問法之所以伴隨著極大風險的原因。

「我會說是從後方壓制，」克林普頓回答。「從後方抓住被害人的手臂。」

他的立場還是很搖擺不定。他並不想這樣，都是檢察官讓他落到這步田地。

「被害人會掙扎、試著掙脫第二名凶犯的箝制嗎？」

「肯定會。」克林普頓說。

「我不想再把犯罪現場照片擺在陪審團面前，以免造成他們生理或心理上的不適，但如有必要，我還是會這麼做，端看你接下來的回答，醫生。我的問題是，在我們看過的那些照片中，有沒有任何一張顯示出掙扎或打鬥的痕跡？」

克林普頓咬咬嘴唇。

哈利將他逼入絕境。如果他說有，哈利就會秀出照片，從頭到尾仔細審視一遍，指出每樣家具皆完好擺放未傾倒，房間裡並沒有到處都是血跡，也沒有東西破碎毀損。若克林普頓堅持自己的觀點，陪審團便不得不再看一次那些血腥畫面。他們不但會把這怪到他頭上，還會在他於照片清楚揭露的事實前辯解時，更加懷疑他的證詞與可信度。

「沒有。」克林普頓決定呑下這一敗，避免哈利用照片將他打入地獄。

「所有被害人身上也都沒有瘀傷的痕跡？」

「沒有，沒有瘀傷。」

「這些女性是在爲自己的生命搏鬥。她們會試著掙脫，對嗎？」

「是的。」

「被害人也會大叫，對嗎？」

「我不知道。」克林普頓急著想擺脫這些問題。

「可是你剛才告訴陪審團，被害人是從後方遭人壓制，抓住手臂。第二名凶犯必須雙手並用才能做到這一點。這樣就無法阻止被害人尖叫了，對嗎？」

克林普頓望著檢察官，好像他賣了一部排氣管破洞又沒引擎的二手車給他一樣。

「對，我想沒辦法。」

「佩妮．瓊斯與蘇珊娜．艾布蘭是在同一間公寓裡遇害，兩人相距不到六公尺，對嗎？」

「對。」

「檢方並未找到任何目擊證人，證明案發當晚有人聽見受害者的叫喊，對嗎？」

「據我所知沒有。」

「是不是更有可能爲單一凶犯悄無聲息、迅速接近被害人，趁他們躺在床上熟睡時實施犯罪，做出足以瞬間致人於死的攻擊？」

「我不會說更有可能……」克林普頓才開口，就注意到哈利神色驟變。我從克林普頓的表情就看得出來。彷彿他一抬眼就瞄到有架鋼琴即將掉落，砸在他頭上。

現在可不能任由克林普頓詳細說明，鬼扯些廢話來混淆視聽，讓雙方打成平手。

「醫生，我們看了犯罪現場照片，沒有掙扎的跡象。被害人身上的傷也無法證明案發當時還有第二名凶犯。爲了幫助本案受害者，你犯了一個錯，對嗎？」

「我無法從傷口來判斷揮刀的是誰。可能是被告，而她先生在一旁壓制被害人，摀住他們的嘴。」

克林普頓盡力了。他呼出一口氣，喝了點水。

哈利走向證人席，站在克林普頓面前。距離近到如果他想，一伸手就能觸及對方。

「你現在是說，持刀的是凱莉．米勒，不是她先生？」

「有可能。」

「你當法醫當多久了？」

賴瑞．大衛這招沒用。克林普頓死命掙扎。哈利開始像喬．佛雷澤一樣步步進逼。看到他改變戰術，我立刻拿起iPad搜尋克林普頓的驗屍報告，找出其中一段。

「十五年了。」克林普頓回答。

「爲了準備今天的證詞，你有看過被害人的驗屍報告？」

「我看過。」

哈利伸出一隻手，我起身將iPad遞給他，螢幕上是克林普頓提交的驗屍報告。

「這是你爲史黛西．尼爾森所寫的報告。最後一段結論提到『**刀刃輕易刺入皮膚，並以極大的力道一擊穿透胸骨，表示凶手體格強壯。也許比一般男性強壯得多。**』」

克林普頓吞吞口水，頭一動也不動。我注意到他前額布滿汗珠；他可能從剛才就一直在冒汗了。

「你接著寫道，『此與其他被害人身上的傷口一致，皆為猛力、暴烈的一擊。』」

「是的，那個……」

「凱莉．米勒的體重不到五十公斤。醫生，那些傷口不是她造成的，對吧？」

喬．佛雷澤的上勾拳。

「啊，我想不是。」克林普頓說。

「我們再講得清楚一點，明白告訴陪審團，以你身為法醫的專業意見，沒有任何證據表明凱莉．米勒是這幾起謀殺案中的第二名凶犯，對嗎？」

克林普頓對檢察官仁至義盡。看得出來他一心想離開證人席。他在位置上動來動去，侷促不安，彷彿椅座爬滿火蟻。

「評估過所有細節後——對，我不能說她是第二名凶犯。」

佛雷澤擊倒對手，大獲全勝。

「謝謝你澄清了你的立場，醫生。」哈利說完便走回辯方席。

懷特站起來準備再度進行詰問，但克林普頓已經從座位上半起身。他很聰明，也很有經驗，知道自己無法再從克林普頓那裡得到什麼。這個證人受夠了。

「沒有其他問題了。」懷特改口。

「別太興奮，」哈利坐下來小聲提醒。「還有很多時間能輸掉這場官司。」

史托克看看手錶。下午十二點四十五分。

「先休庭讓陪審員吃午餐，兩點十五分回來。懷特先生，這個時間夠檢方準備、傳喚下一位證人嗎？」

「我們會做好準備，庭上，」他說。「問題是，弗林先生準備好了嗎？」

「午休結束後就知道了。」史托克說。

34

艾迪

哈利和我踏進准將餐廳，在餐桌旁坐下。我平常根本不會來這種地方吃飯，頂多到熟食店買個三明治或美式鬆餅，趕時間的話就吃個髒水熱狗果腹。有桌布和酒單的餐廳總讓我覺得緊張。我不曉得吃哪道菜該用哪種餐具，也不知道自己拿餐具的方式對不對。經理替我們安排了一張位於餐廳後方、靠近廚房的四人桌，這種位置專門保留給「不希望他們來這裡吃飯」的客人。

一如許多紐約餐館，准將餐廳就像一座富麗堂皇的碉堡。看不透的深色玻璃窗，小巧的桌燈，天花板上每三公尺左右才懸著一顆工業風燈泡。有人認爲這些設計讓空間多了一種隱私、親密的氛圍，但我只覺得暗到連菜單都看不清楚。話雖如此，周遭縈繞的香氣聞起來很棒，感覺東西應該不錯吃。裹著香草的炙燒嫩肉通常會讓我胃口大開，可是今天，我擔心到吃不下飯。全都是公事惹的禍。

就座後，經理問我們要喝純水還是氣泡水。哈利說他要啤酒，因爲他不相信水能喝，還對經理說了一句美國喜劇演員威廉·克勞德·菲爾茲的經典名言：「你有看過水管裡面嗎？我還是喝啤酒吧。」

我要了一杯百事可樂。

「請問其他人什麼時候到呢？」他問。

「快了，」哈利說。「你們有牛排嗎？」

「當然，服務生馬上就會過來爲您們點餐。」

「就跟他說來兩客牛排。五分熟。謝謝。」

像准將這類高檔餐廳都有階層之分。不僅內外場有完整的階級制度，就連用餐的客人也不例外。

經理笑得好像想把我們的老媽丟上烤肉架火烤一樣，轉身離開。

「你覺得這招行得通嗎？」哈利輕快地甩動手腕，熟練地將餐巾鋪在大腿上。

我拿起餐巾試著模仿哈利的動作，結果差點手滑弄掉。我決定還是讓餐巾疊放在桌上就好。

「不行也得行。接下來就靠聯邦調查局了。」

「講得好像他們很可靠一樣。」哈利說。

一個高䠷的男人走進餐廳。起先我沒注意到他，而是意識到其他人發現了他。奧圖·佩提爾無論走到哪裡，大家都會紛紛轉頭，打量他帥氣的外表、身高、肩膀，當然還有那套西裝。他走到我們這桌坐下。

「兩位。」他打個招呼。

「我們點了牛排。你有想吃什麼嗎？」哈利問他。

那名我以爲會吩咐廚房往我們餐點裡吐口水的經理一看到佩提爾，似乎就變了一個人。

「佩提爾先生，很高興見到您。」他說。

「謝謝你，查爾斯。請給我一份雞肉沙拉和義大利純水。」

「明智的選擇。我馬上將您的餐點和其他……菜送上來。各位如果還需要什麼，請儘管告訴我。」

經理離開時向佩提爾做了一個近乎鞠躬的動作。哈利搖搖頭。

「你要的話我的牛排也給你吃。」我說。「我沒胃口。」

「我在越南的時候，」哈利開始話當年。「我們這一排在深山遭越共伏擊。那天我最好的兩個朋友死了。我的中尉當年才二十歲，卻已身經百戰，那晚他叫我們每人吃兩份口糧。他說，趁還能吃的時候就吃吧。身心會互相影響。牛排上桌後你最好吃點，艾迪。你會需要的。」

哈利講話時，我注意到佩提爾伸手將刀叉排放整齊，然後雙臂交叉抱胸，彷彿在抵抗進一步擺弄餐具的誘惑。

「你覺得她眞的會出現嗎？」他問道。

哈利和我交換了一個眼神。我轉頭望著魚缸。我一直覺得熱帶魚很療癒，牠們泅游的姿態、細小的鱗片間閃耀舞動的微光，不知怎地有種撫慰人心的效果。我小時候很想養熱帶魚，但家裡只買得起幾條金魚，而且都養沒多久就死了。這些魚光是名稱就很奇特，甚至充滿異國風情。餐廳魚缸裡有游動時看起來像在跳舞、優美高雅的小丑魚；魚鰭如羽毛、俗稱「藍神仙」的百慕達刺蝶魚，以及一大群小巧的霓虹燈魚，牠們恍若紅色與綠色焰火閃爍著晶亮，在水中翩翩起舞。除此之外還有其他魚種，只是我忘了牠們叫什麼名字。

佩提爾在桌燈照耀下散發出金色光芒，但也可能是他皮膚本身透出的光彩，我說不上來。「我去門口看看。」我從座位上起身。

我穿過昏暗的餐廳空間，仔細打量桌旁的面孔。幾乎每位男性都西裝革履，或至少穿著西裝外套，打了領帶。這個地方走的就是這種路線。商務人士專心交談，女性腳邊擺著戈雅和亞歷山大．麥昆的品牌購物袋，情侶伏在桌上低聲細語，還有兩名身穿深色西裝的男子靠在椅背上研究菜單，好像上面的內容是意識流大師詹姆斯．喬伊斯寫的一樣。這兩個西裝男坐在靠窗的位置，剛好能看到餐廳大門。兩人都用一隻手撐著頭，另一隻手笨拙地拿著超大本皮革裝幀菜單，感覺菜單隨時都會從手裡翻落。他們在遮擋耳機。是聯邦調查局的人。搞成這樣還不如直接穿戴印有「FBI」的T恤和棒球帽算了。

我推開大門，來到寒風冷冽的街上。前方是個十字路口，距離麥迪遜大道不遠。街角有個書報攤。我拿起一份《華爾街日報》。往前俯身時，我看到一輛黑色廂型車停在轉角，旁邊有個穿米色風衣、手拿《時代雜誌》的傢伙。他翻著雜誌，但沒有認眞看。我付了報紙的錢，轉過身，發現對街有另一輛廂型貨車，車上只有駕駛一人。

兩個穿亮黃色安全背心、戴著工程安全帽的男人用7-Eleven保麗龍杯喝著超商咖啡，大聊洋基隊的比賽。我從沒見過建築工人的靴子和工作褲這麼乾淨，雙手這麼粉嫩。

一名身穿白色褲裝的女子下了計程車，兩個工人立刻停止交談。她有一頭霓虹金長髮，而且一看就知道是假髮，至於套裝應該是絲質的。她腳蹬十公分高的高跟鞋，拿著一只可能比我的車還貴的皮包；口罩遮住了她的五官，但她走進准將餐廳時，我聞到了一絲昂貴的高級香水味。由於戴著假髮和口罩，很難看清她的長相。她似乎想遮掩自己的外表，以免被別人認出來。

我等了一下。

看看手錶。

大概還有三十秒。他們會等到她坐下來再逮捕她。接著是佩提爾跟哈利。

然後是我。

35

艾迪

穿風衣的傢伙突然對那本《時代雜誌》失去了興趣。他丟下雜誌，快步走進餐廳。與此同時，那兩名建築工人也拋下手中的咖啡，跟著風衣男踏入室內，邊走邊掏出藏在褲子後面的克拉克手槍。對街那輛廂型貨車後車門應聲敞開，成比爾、地方檢察官德魯・懷特及另外兩名聯邦探員火速跳下車。

我立刻低頭轉進准將餐廳。

頭頂工程安全帽的男子飛快穿過桌席，掀起一陣騷動。

戴著金色假髮和口罩的女人已經來到餐廳後方，完全沒注意到身後的混亂場景。

看到她走近，佩提爾從座位上站起來。

她是那種走起路來不像在走路的女人。每一步都如滑行般輕盈。掛在前臂上的皮包左右擺盪，白色外套隨著她的動作往後敞開，長褲輕柔飄動。

她經過我們這桌。

繞到魚缸後面。

我轉頭一看，只見成比爾衝進餐廳，懷特緊跟在後。懷特可不想錯過這個機會，一定要親眼目睹凱莉・米勒及其律師團被捕。

「弗林，站住。你被逮捕了，」成比爾說。「罪名是涉嫌藏匿一名棄保潛逃的嫌犯。」

「我沒有藏匿誰，也沒有打算跟誰見面，」我站在原地動也不動。「你自己去後面看看就知道了。」

人在被捕前會講很多屁話。有的會威脅警察，不是肢體攻擊，就是嗆說自己會找律師告死他們；有的只是單純辱罵、拚命反抗，一心想逃離現場，躲避法律的制裁。警方和聯邦調查局什麼場面沒見過。每個人被逮捕的反應不盡相同，任何事都有可能發生。

但眼下這個，比爾還是第一次遇到。

我看到他猛地煞住腳步，伸出雙手，似乎想穩住身體以免跌個狗吃屎。他看著我的表情就好像我剛亮出四張A贏得牌局，但明明已經有三張在他手裡一樣。

「這是怎樣，艾迪？」他問。「那個人是凱莉．米勒對吧？」

「你最好管一下你的人。」

風衣男拔出配槍，指著哈利和佩提爾。佩提爾站在餐桌旁，高舉雙手。

哈利一點也不在乎。他的牛排來了。他只顧著切肉喝啤酒，沒有理會聯邦調查局探員的叫喊。

假建築工人跟著白衣女子走到魚缸後方。他們擺出射擊的姿勢，大吼著要凱莉趴下。整間餐廳爆出喧鬧。大家都嚇壞了。許多人匆匆起身準備離開，說不定連錢都沒付。

成比爾一邊往後方走，一邊試著安撫眾人。我提步跟上。我可不想錯過這一幕。

成比爾來到魚缸後面那桌，一把抓住假工人的手臂，要他們放下武器。我繞過去站在角落，只見戴假髮的女子跪在地上縮成一團，臉上的口罩已經摘下。很明顯，她不是凱莉．米勒。

《哨兵報》的貝蒂・克拉克透過她在法院辦公室的人脈問到一些消息。她傳給我的簡訊中有提到這位小姐的名字，可是我想不起來，只知道她來自一家名爲「經典伴侶」的仲介公司，伴遊費每小時兩百美元，而且今天會來准將餐廳見一位常客。我感興趣的是那個客人。

付了兩百美元的那個蠢貨舉起雙手，張大嘴巴，坐在餐桌另一邊。成比爾示意手下停止行動時，那個蠢貨的表情從震驚轉爲暴怒，看起來更像平常熟悉的那個他了。

「這到底什麼意思？！」尋芳客兼蠢貨史托克法官垂下手大叫。同一時間，德魯・懷特從轉角處現身，赫然驚覺自己和成比爾被擺了一道。

「法官大人——」懷特才開口，就被史托克的怒吼淹沒。

「你到底在做什麼？我在跟我的……女友吃飯。」史托克抓著女伴的手臂把她扶起來，讓她坐到椅子上。

「眞的很對不起，法官大人，」懷特連忙解釋。「我們接獲消息，凱莉・米勒今天下午會出現在這家餐廳。抱歉，我們看到這位小姐，你知道，她戴著假髮，我們以爲是米勒故意變裝好掩人耳目……」

「什麼消息？誰告訴你的？」

「是我，法官大人，」我插嘴。「只是我並沒有通知地方檢察官。我是打給奧圖・佩提爾告訴他這件事。凱莉・米勒打從一開始就沒有要來這家餐廳，但我們知道你會在場。我從法院員工那裡得知你常來這吃午餐。我不曉得你會帶女友一起來，爲此我萬分抱歉。可是法官大人，這證明了地檢署的確在監聽我和辯方律師團隊的電話。」

我說謊，但只說了一點點。我們當然知道他跟伴遊小姐約在這裡吃飯。我們還額外加錢請她戴上假髮和口罩，讓她看起來像個刻意喬裝打扮的女人，這樣一來，聯邦調查局就會誤以爲她是凱莉．米勒，進而動員逮捕。整場表演都是爲了史托克。懷特什麼也沒說。

「眞的是這樣嗎？」史托克問道。

成比爾揉揉太陽穴，閉上眼睛，好像希望自己在哪都好，就是不要在這裡。

「懷特先生，請回答我的問題，不然我就以藐視法庭的罪名起訴你及在場所有員警和聯邦探員。你可以現在給我答案，也可以去牢房裡好好想想……」

「是的，法官大人。我們持有法院核發的通訊監察書——」

「這樣啊，那份通訊監察書即刻撤銷，聽到沒有？你必須將所有監聽紀錄、相關文件、錄音帶和數位錄音檔交給弗林。至於你……」史托克法官臉色鐵青地看著我。

他打算演場戲。小小發飆一下，威脅我和懷特。他不能循正式管道提出申訴，因爲他女友可是按小時計費，而且不光是陪他吃午餐這麼簡單。他不希望這些醜事留下紀錄。懷特也一樣。他要聯邦調查局派員展開一場所費不貲的監視行動，就只爲了抓法官叫的應召女郎。他想盡快忘了這件事。

「你耍了檢察官，卻也利用了我，」史托克開口。「你會拿到你要的資料，但審判無效動議？想都別想。等你發現監聽紀錄有問題再說，現在不可能。整件事都是你一手設計的，你不能自行製造出審判無效的結果。若你們其中一人告訴陪審團，檢方在竊聽辯方律師的電話，那這場審判就確定無效。我別無選擇，只能這麼宣告。不過，要是非得走到這一步，我就會向律師紀律委員會檢舉你們兩個，讓你們被吊銷執照。聽清楚了嗎？陪審團不能知道這件事，懂嗎？你們兩個都明白了？」史托克的脖子爆出青筋。我還以爲他會當場心臟病發作。

懷特再次道歉。

我沒有。

「法官大人，還有一件事。」我說。

「什麼事？」他放聲大吼，白色唾沫噴得滿桌，還濺到離他最近的聯邦探員身上。

「我想聲請陪審員艾瑟·戈爾曼迴避，請將她從陪審團中剔除。」

「弗林，你他媽在開玩笑是不是？你現在要跟我講這個？我們又不是在法庭上。再說我為什麼要這麼做？」

「因為她就坐在那裡。」我指著角落那張桌子。艾瑟·戈爾曼坐在餐桌旁，張著嘴，吃牡蠣吃到一半，雙眼瞪得跟卡車大燈一樣大。我們全都瞇起眼睛，試著在幽暗的餐廳裡辨識出那個人影。是艾瑟沒錯。

稍早我到法院外找丹妮思。艾瑟走出來，從包包裡拿出香菸時，我就指給她看。丹妮思走向艾瑟，告訴她中了今天的隨機神祕客午餐大獎，有兩百美元可以去一家名為「准將」的高級餐廳隨便花，而且現在就能出發，還有加長型禮車接送她往返餐廳和中央街，她只要在吃完飯後告訴丹妮思她對這頓午餐的看法，塡寫意見表，就能將預付的一百美元市場調查費帶回家。從艾瑟的表情來看，她似乎開始明白曼哈頓沒有白吃的午餐。

感覺過了很長一段時間都沒有人動，也沒人說話。

然後我聽到哈利在魚缸後面很有禮貌地咳了幾聲，大概是想引起別人注意。下一秒，他對著餐廳經理大喊。

「不好意思，可以幫我們打包嗎？」

36

凱莉・米勒日記摘錄

六月四日

凌晨三點多，我聽見大門關上的聲音。

我側耳等待他上樓的腳步聲。房間裡很熱，但這不是我睡不著的原因。

過去幾週，自從警察來家裡問起丹尼爾的廂型車後，我就快被自己逼瘋了。這幾天他都超晚才回家。我一直躺在床上思考，心裡很慌。

同樣的念頭在我腦中翻來覆去，一遍又一遍。

他愛我。

瑪格麗特・夏普遇害當晚他出門了。

他從未對我施暴，我甚至從來沒看過他發脾氣。

她被殺的第二天，他送我一對耳環，和她的一模一樣。

那只是巧合。一定是。

他騙警察說他那晚在家。

他找了一個藉口。

他讓我不得不說出一樣的謊言。

他只是很擔心，只想快點擺脫那個惹我難過的警察。

最後兩起命案發生當晚他都不在家。那些女孩在自己的公寓裡慘遭殺害。

他要工作到很晚，還得跟客戶會面，有些人因為身處不同時區，必須在特定時段打電話聯繫。

他到家後洗了個澡。

他給了我一個理由……

我、真、的、快、瘋、了。

我靜靜等他上樓。

屋內一片寂靜。

緊接著，我聽見樓下傳來門片鉸鏈的咿呀聲。

奇怪。家裡只有一扇門的鉸鏈會發出噪音。丹尼爾從沒開過那扇門。

我掀開被子，赤腳下樓。

我非搞清楚不可。

我踏進廚房，看到地下室的門敞開，燈亮著。我躡手躡腳地溜進去，沿著樓梯往下走。

一口氣悶在胸口，讓人難以呼吸。

我的生活，我的童話，就這樣結束了。那天晚上，在我們家的地下室畫下句點。我為保護自己遠離那些想法而築起的高牆出現了裂痕。裂縫隨著每一個深夜、每一頓錯過的晚餐和那副耳環逐漸擴大，現在又多了這個……

我彷彿跨到另一邊，從新的世界回首遙望昔日，看著過往人生破滅消失。

一切都回不去了。

丹尼爾光著身子站在地下室，往洗衣機裡倒洗衣粉。他看到我杵在樓梯口，嚇了一跳。

他說我差點害他心臟病發。我沒給他時間平復心情，劈頭就問他到底發生了什麼事。

他默默將杯子裡剩下的洗衣粉倒進洗衣機，關上蓋子，按下洗滌鈕。我從來沒看過他洗衣服。

他說他晚上跟客戶一起吃飯，對方不小心把紅酒灑到他身上，他得盡快洗起來，不然衣服就報銷了。

他光著腳，鞋子擺在一旁。

我問他，難道他的襪子也被客戶的紅酒潑到？

他看著我，眼裡有種我從未見過的神態，讓我想起我們最愛的那部電影，米契在刺殺妻子前的眼神，一種冷酷而漠然的眼神。

他試著一笑置之，說乾脆把所有東西都放進洗衣機好了。那抹微笑和空洞的笑聲中沒有一絲笑意。

我開始後退，想離他遠一點。我不喜歡這樣。我沿著樓梯跑到廚房，背靠著流理台。

我喘不過氣。

丹尼爾走上樓，關掉地下室的燈，帶上咿呀作響的門。

他站在那裡望著我。臉上沒有笑容，沒有困窘，什麼表情也沒有，就好像他看著空氣，好像我根本不存在一樣。他上前一步，我瑟縮了一下，緊緊靠著流理台。

他再次道歉，說他要到樓上洗澡。

我目送他離開。確定他上樓後，我走進一樓浴室，鎖上門，坐在馬桶座上，哭到整個人前後搖晃。我不知道自己在浴室裡待了多久，只知道自己想必是在某一刻起了身，蜷縮在地，因為醒來時我已經躺在地板上了。陽光透過窗戶灑落進來，點亮四周。睡在瓷磚上讓我全身痠痛。我站了起來，打開門，望著外面的車庫。

丹尼爾的車不見了。

我倒了一杯水走上樓，拿起床頭的手機。螢幕上有四則推播通知，分別來自不同的新聞網站。

今早在曼哈頓的小巷裡發現一具女屍，雙眼遭人挖除。據傳是睡魔最新的受害者。

我把臉埋進掌心，痛哭失聲。

37

布洛克

亞契．班森的事務所感覺不是很歡迎新客戶。第一百一十街的辦公室外有道冰冷厚重的鋼製大門，旁邊嵌著門鈴。與其說是律師事務所，不如說是碉堡比較貼切。門上沒有招牌，只有透明塑膠門鈴按鈕後方夾了一張紙條寫著「班森律師事務所」幾個字。

雷克按了一下，默默等待。布洛克後退一步，讓他負責溝通。

鏗啷！大門上那道觀察窗倏地拉開，窗口被一張男性面孔塞滿。那張臉很大，搞不好跟餐盤差不多，濃密的落腮鬍修得整整齊齊，如鉛筆筆芯般一根根從下巴冒出來，看起來就像用超細簽字筆畫上去的一樣，雙頰肌肉圓潤豐實，感覺鼻子都快被壓扁了。

「有事嗎？」那張臉問道。

「我們要找亞契．班森。謝謝。」雷克說。

「他不在。」對方砰一聲關上觀察窗。

「是艾迪．弗林要我們來的！」雷克敲門大喊。

沒有回應。

觀察窗緩緩打開。

「你們找亞契幹啥？」

「只是想跟他談一下，就這樣。」

觀察窗再度關上。大門依舊緊閉。

「沒關係，我們可以請聯邦調查局來跟亞契聊個天。」雷克說。

鋼製大門隨即敞開。

那張臉有個很相稱的身體。布洛克猜他就是「月人」本尊。這傢伙身高超過一百九十五公分，體重約兩百公斤上下，而且不全是脂肪。臉部下方是兩道發達的肩頸線，一路延伸至厚實的肩膀，看起來有如一片連綿起伏的肌肉山丘，感覺能徒手抬起一輛福斯汽車。

他毫不費力地轉進狹窄的走廊，帶他們來到位於盡頭的房間，然後敲敲門。「有人找你。艾迪．弗林叫他們來的。」

門應聲打開，映入眼簾的是一間像被洗劫過的辦公室。文件和資料夾亂七八糟地散落在辦公桌、座椅和地板上，桌面高高堆著如小山般的卷宗；金屬檔案櫃發出無奈的呻吟，任憑紙張從裡面探出頭。雕飾華麗的巨大橡木辦公桌後方坐著一名矮小的禿頭男子，他身穿黃色襯衫配棕色吊帶，嘴上叼著一根菸。整個房間籠罩在番紅花色煙霧裡，左側一扇玻璃窗還蒙上一層厚厚的尼古丁，讓人不禁好奇他那件襯衫之前是不是白色的。布洛克剛才在走廊就聞到菸味。桌上的菸灰缸已經好幾個月沒倒了，一排排菸屁股疊塞在裡面，如粗大的橘色豪豬刺昂然立於菸灰缸邊緣。

「艾迪怎啦？」他的聲音聽起來就像一堆螺帽和螺栓在壁紙專用黏著劑裡滾來滾去。

「你就是亞契？」雷克問。

「你可以叫我班森先生。」

「我們需要幫忙。你有個客戶去年將曼哈頓一間閣樓公寓租給別人。聯邦調查局跟房東聯繫過，他說當時沒有跟那位房客簽約就租出去了，而且對方是短租付現。艾迪說，紐約的房東不可能在沒有房客銀行帳戶資料或抵押品擔保的情況下答應出租，就連那些不起眼的小雅房也一樣。那一區的……房東都把租賃相關文件交給你處理，而——」

「你是想說惡房東吧？」

「我沒這麼說。」雷克撇清。

「你沒有，但艾迪是這麼說的。沒關係。我這人講話很直接，你是……」

「雷克，蓋布瑞．雷克。這是我的朋友布洛克。」

「她話不多。」

「因爲沒這個必要。聯邦調查局沒有查到任何書面紀錄，但艾迪知道這些文件都是你在負責，或許你能幫我們釐清房客的身分。」

「我爲什麼要把客戶的文書資料給你？」

「我們必須盡快找到那名房客。任何線索都有可能是關鍵。」

「抱歉，除非法院下令，否則恕我無法透露客戶資訊。」

「艾迪有提到你可能會這麼回答。他說如果你願意協助，他會非常感激。」

「恐怕沒辦法。現在，如果你不介意，我還有事要忙。」

「我們知道你幫房東作了兩套帳，運用各種手段繞過租金管制，讓他們省下大筆稅金。我們不希望這件事引起聯邦調查局注意，你說對吧？」

雷克雙臂環胸。布洛克心想，他一定以爲對方受到威脅會乖乖合作。顯然他小看了這名律師。雷克是個優秀的調查員，判讀氣氛與察言觀色的能力卻爛得可以。

「雷克先生，你沒資格威脅我。你和你的小朋友應該馬上離開，免得受傷。」

雷克還來不及回應，月人就上前一步。這是個大動作，從各方面來看都帶有濃濃的警告意味。不光是侵入個人空間而已，感覺更像有頭水牛準備全力衝撞，或是有顆行星在你家方圓六公尺內移動。雷克瞥了大塊頭一眼，揚起微笑。對方嘴角連動都沒動。

他輕輕抓住雷克的手腕，望向亞契，用眼神詢問是否該把這兩人扔到街上。他的手指粗到不行，看起來就像戴著捕手手套一樣。

「叫你朋友把手收回去。」布洛克說。

「喲，開金口啦。雷克先生，她是你的保鑣啊？」班森強忍笑意。「你現在有麻煩囉。你應該帶個拳頭更大的人來才對。」

雷克站在大塊頭與布洛克中間。她從剛才就一直靜靜站在原地，握緊雙拳，打量周遭環境。她以迅雷不及掩耳的速度將右手探進外套裡，才一眨眼，手上就多了一把分量十足的重型槍枝擋在雷克面前，直指大塊頭的腦門。麥格農500不僅體積龐大，威力也很強，無論什麼情況下亮出來都能抓住眾人目光，充滿戲劇效果。

「你覺得這夠大了嗎？交出文件。我沒時間跟你耗。你早就知道我們在找什麼。聯邦探員找上你的客戶時，你的客戶一定有打電話聯絡你。現在就給我拿來。」

「她打算怎樣？殺了他？」亞契一臉輕蔑。

「你朋友的頭大得跟籃球一樣。她就算站在十五公尺外都能命中。」雷克說。

「我不會對他開槍。」布洛克邊說邊鬆開持槍的手，手指仍扣在扳機護弓上，槍管倏地垂下，桃花心木槍柄隨之上翹。她握著槍膛，讓槍托變得像槌子一樣，就是老派神槍手會做的那種動作。

她飛快抽回手臂往前一揮，槍托就這樣用力敲在月人手腕上。他立刻放開雷克，握著前臂大口喘氣，踉踉蹌蹌地後退，結果不小心絆倒，摔了個四腳朝天。

「你惹毛我了，」布洛克說。「一把沉甸甸的鐵鎚大約有一公斤重，這把槍差不多兩、三公斤。如果你不立刻交出文件，我就打斷你朋友另一隻手，再把你的頭塞進他屁眼裡。」

布洛克的語氣激起班森的反應。

他推開椅子站起來，發出響亮的嘎吱聲。他快步走向檔案櫃，拉開抽屜，瀏覽裡面的分類索引，手指不停翻過紙頁。

「如果你敢掏槍，我就在牆上轟個大洞，只是子彈會先穿過你和檔案櫃。」布洛克補上一句。

班森的手指僵了一下，然後繼續翻找文件。沒多久，他便從抽屜裡拿出一只薄薄的海軍藍資料夾，遞給雷克。

雷克打開資料夾，裡面只有幾張紙。一份租賃契約，上頭的簽名難以辨識，另外還有一份顯示銀行戶頭存款的財力證明，兩者都寫著「濱岸有限公司」。

「就這些？」雷克問道。

「我們只拿到這些。」

「這樣就夠了。」布洛克說。

⚖

布洛克發動吉普引擎的同時，雷克拿著資料夾坐進副駕駛座。他打開擱在腿上的資料，伸出手指滑過文句細讀，找到他要的東西，開始在手機上打字。

「我查了美國證券交易委員會的資料庫，濱岸有限公司似乎是一家空殼公司，」他說。「完全沒有提交財務報告。公司董事是丹尼爾．米勒——這倒是意料之中。等等，公司有登記地址，但不是米勒家的地址。」

荷蘭隧道的交通情況還算順暢。一小時後，布洛克便駛入紐澤西州拜雍市，轉進一處由倉庫、工廠和運輸據點組成的綜合工業區。他們照雷克自美國證券交易委員會資料庫中找到的地址循線查找，來到一棟老舊的磚砌樓房，旁邊環繞著生鏽的鐵絲網圍欄。從建築物正面高大的雙扇橡木門來看，這裡曾是倉庫或車庫，而且每扇窗都破了，布洛克猜是有孩子跑來練習打靶。

他們下車察看圍欄鐵鍊。不新，但也稱不上舊。鍊條上的鎖完好無損，沒有半點鏽斑。

「這裡滿適合躲藏的。」雷克說。

布洛克從後車廂裡拿出一根撬棒遞給雷克，拔出佩槍。「我們來的時候鎖就壞了。」

雷克揮了三下才把鎖敲開。抵達此地後，布洛克完全沒看到街上有其他人車經過，想來製造一點噪音無妨。他們沒辦法打開那道雙扇大門。建物周圍的空地覆滿塵土與碎石礫。布洛克發現樓房一側有道鐵門，上頭的藍色油漆脫落斑駁，大概是四十年前刷的，不過門鎖倒是很完整，而且很新，看起來上了油，閃閃發亮。門面並沒有重新油漆。有人想好好利用這個地方，但又不想讓別人知道他們在這裡。

他們繞著建築物走一圈，沒找到容易進出的破口。三公尺高的地方有一排橫跨牆面、玻璃碎裂的窗戶，大約九十公分高，九十公分寬。

「撐我上去。」布洛克說。

「妳確定？」雷克問。「要是妳進去卻打不開那扇門……」

「不管裡面有什麼，我都能應付。」她邊說邊把槍收進槍套裡。

雷克將撬棒扔在泥地上，背靠著牆，兩腳打開，雙掌半彎呈碗狀。布洛克後退兩步，助跑，踩上雷克掌間，雙手搭著他肩頭。他壓低身子使勁一推，布洛克就這樣順勢攀上牆，一路來到窗台。她原以為整片玻璃窗都掉了，沒想到窗框上還殘留著些許老舊且布滿灰塵的碎片，以致她爬進去時割傷了小腿。她砰地落地，聲音在牆壁和水泥地板間迴盪。

布洛克打開迷你手電筒，環顧四周。

這裡過去是間倉庫。對面牆邊佇立著一座座厚重的鐵架，高度直達天花板。屋頂由鐵皮浪板鋪成，其間夾雜著幾片透明塑膠板，板面髒到連光線都透不進來。寬敞的空間裡散落著破舊的機械設備和工具，她走路時不得不小心腳下。除了那些機具和幾堆木棧板外，這裡似乎什麼都沒有。倉庫裡有個隔間，看起來像工頭的辦公室。門是關的，但有扇窗。

布洛克關掉手電筒。

不是辦公室後方有個孔洞，而她在巡視時沒發現，就是倉庫裡還有電。

因為她看到辦公室裡透出微光。

看起來像燈光。

或是有人拿著手電筒。

38

布洛克

小辦公室裡的光有很多種可能的解釋。光線不強，可能是不久前丟棄的手機發出的光、檯燈，或是其他同樣無害的東西。

但也可能是拿著手電筒和點四五手槍的睡魔，準備用光線直照她的眼睛，將彈匣裡的子彈全數射進她的胸口。

布洛克覺得還是先讓雷克進來比較好。她悄無聲息地踩過地板，視線始終緊盯著辦公室窗戶，來到一根磚柱旁，然後迅速轉身，確認一下方位。現在她離那道藍色油漆鐵門只有幾公尺遠。門鎖住了。沒有門閂，也沒有栓桿，需要鑰匙才能打開。

這時，雷克輕輕敲門，想必是在外頭聽見她的腳步聲。

她想叫他安靜點，倉庫裡說不定還有別人。布洛克最大的優勢是，辦公室裡的人可能還不曉得她就在門外。若對方真是睡魔，她必須用上手邊每一絲、每一毫優勢。他很危險，大概是她有生以來面對過最危險的人。低估他不是什麼好主意。

眼下她只能行動，而且要趁她還能出其不意、攻其不備時馬上行動。她經過辦公室的門，繞著外圍走一圈，選了一個特定的角度緩緩靠近，而非正面直衝。這一側沒有窗戶。裡面的人不可能看到她。

她舉手投足間的聲音似乎變得更響。每一次呼吸都如強風狂嘯，每一個腳步都如猛跺重踏，每一次心跳都如擂鼓連擊。陰暗的磚砌倉庫裡很涼爽，她卻不得不眨眨眼睛，撇去眼角的汗水。麥格農500在她手中的重量不如以往那般讓她感到安心。此刻的她覺得這把槍好笨重，好像她帶錯了武器。

布洛克意識到這一切背後都有著同樣的本質——恐懼。她不怕睡魔。她誰都不怕。她怕的是她可能發現的東西。

她怕在一個滿是灰塵的舊倉庫裡，找到多年好友的屍體。

就快到了。只剩下幾公尺。

槍管開始抖動。

不是因爲她用力過猛。布洛克選擇麥格農作爲隨身佩槍後，每天上午都會進行一個小時的射擊訓練，下午再去健身房練體能，時間長達一年。每次擊發槍枝，都像掌心被揍了一拳，但她毫無怨言地承受，將那些衝擊吞下肚，變得更加強韌，直到手掌長出厚厚的繭，再也不會痛，直到這把麥格農的重量和手感對她來說就像拿筆或刀叉一樣自然。

可是現在，她呼吸急促，腎上腺素在體內奔流，彷彿感官已經超出負荷。

布洛克走到辦公室門口，壓低身子。

沒必要冒險從窗戶偷看。這麼做只會驚動裡面的人，說不定對方還會用手電筒光線直射她眼睛。

只有一個辦法。

硬著頭皮闖進去。

她猶如握持匕首般反手握著手電筒，這樣就能用左拇指撥動底部開關。她的右手腕搭在左手腕上，讓手電筒光線與瞄準的方向一致。

布洛克站在門口深呼吸，轉轉肩膀，扭扭脖子。伸腳踏入辦公室。門輕輕鬆鬆往旁邊敞開。布洛克跨進去，槍口對著眼前那片黑暗，視線隨著手電筒光束掃過四周。

角落沒東西。

正前方沒人。

辦公室裡一個身影也沒有。

原來剛才那道微光是淡綠色的，而且離地面很近。布洛克拿著手電筒環顧房間，只見另一端擺著一具看起來像白色棺材的東西。她聚精會神地盯著那抹淡綠色燈光，發現那是電源指示燈。一條白色電線從棺材下探出，接到插座上。

那不是棺材。

是冰櫃。

確定倉庫裡沒人後，布洛克便收起槍，朝冰櫃走去。

廢棄的建築物裡怎麼會有插電的冰櫃？櫃體沾了一層灰塵，看起來不新也不舊，走近時能聽見風扇與引擎運轉的聲音。

布洛克幾乎是無意識地伸出手，抓住櫃門上的握把。她不想往裡面看，但她很清楚，自己非看不可。

她能想見凱特躺在冰櫃內，身上還穿著睡衣，死在這寒冽的墳墓裡，雙眼覆著冰霜，嘴唇皺裂，凍成黑色。冰封能捕捉到死者生命消亡的瞬間。她知道，因爲她曾在各式各樣的場所看過各式各樣的屍體。

沒有宗教信仰的她在拉動握把時無聲禱告。布洛克打開櫃門，一種類似吸氣的噪音竄進她耳裡。是冰櫃密封膠條鬆脫、解除眞空狀態時發出的斷斷聲。

冰櫃裡沒有燈。

但隱約看得到有東西。是冰塊，但不是普通的冰塊——看起來就像倒了三十加侖的水進去結冰，好讓裡面的物體完整封存。

布洛克拿著手電筒照向冰櫃內部，光線不停顫抖。

她呼出一口氣。即便隔著層層冰霜，她還是一眼就認出那是什麼。

有那麼一瞬間，她以爲自己會崩潰。她硬是壓下翻騰的情緒，轉身跑向門口，用拋棄式手機打給雷克。

「妳沒事吧？我在外面急得要命。」

「找掩護，後退，離門遠一點。我來開門。」

「收到。」他說。

布洛克邁開大步走向藍色油漆鐵門，拔出麥格農手槍，站在約兩公尺外的地方瞄準——她放鬆手臂，甩開緊張，然後再次瞄準，扣動扳機。槍聲在清寂的舊倉庫裡顯得格外響亮，幾乎震破耳膜。她可以嚐到子彈劃破空氣時捲起的塵埃。原本堅固的鐵門上已經沒有鎖了。她一腳踹過去，門板猛地彈開，零件殘骸紛紛掉落在地。

「不管妳用什麼東西把門轟爛，都射穿了那邊的鐵絲網。」他說。「那把槍對妳來說眞的夠大？」

「撬棒帶著。」

「怎麼了？」

「我們要鑿冰，把冰櫃裡的東西弄出來。」

「什麼東西？」

「一個屍袋。」

39

艾迪

回法院的路上，佩提爾說個沒完。畢竟他讓我和哈利搭他的賓士，所以他愛講什麼都行。

「這麼做是很高明，但沒有凱莉，你要怎麼爭取到無罪開釋？她必須出庭陳述才有機會啊。我的意思是，你不是應該要幫我找她嗎？凱特呢？至少可以讓她幫我吧？」他連問。

我不能告訴他凱特被擄走。我絕不能冒這個險。講到法律實務，佩提爾是個墨守成規的人。我相信他處理稅法和繼承法相關案件時會盡可能變通，但在刑法領域，他是個菜鳥，菜鳥都會害怕。如果讓他知道凱特的事，他一定會報警，哪怕只是想對得起自己的良心也一樣。

「凱特正忙著追查線索。聽著，我真的很希望凱莉能到庭。我一開始就說了，凱莉必須看著陪審團的眼睛，告訴他們她是無辜的。如果她能像我們先前會面時那樣充滿說服力，陪審團一定會相信她說的話。不出庭看起來就像畏罪潛逃，雖然還是有機會贏，但機率趨近於零。你跟她比較熟，知不知道她可能跑去哪裡？」

「她沒有跟任何老朋友聯絡，」他說。「也沒使用信用卡，不然警方一定會立刻掌握到她的行蹤。她可能躲在某個地方用現金消費，或是找到方法離開美國。」

「她有沒有什麼信得過的遠房親戚，或是有朋友住在偏遠的地方？快點，奧圖，什麼資訊都好。」

他沉默半晌，不是在專心看路，就是在思索這個問題，抑或兩者皆有。

「凱莉孤身無依，」他終於開口。「她爸媽已經去世了。丹尼爾的事曝光後，她的朋友都跟她斷絕來往。她一直獨自面對這一切。我眞的不曉得她會去投靠誰。他們現在都很厭惡她。你看有多慘？她只有我們了。」

「這下可好。」哈利咕噥。

「好吧，至少現在的陪審團對我們來說比較有利，」我表示。「檢察官在法官眼中也沒那麼可愛了。我們或許能借力使力，在詰問懷特的證人時爭取一些轉圜空間，但我們沒什麼彈藥能主動出擊。我們無法直接跟證人說凱莉是無辜的，因爲我們不知道她會不會被傳喚到庭。我們只能搖晃檢方這棵大樹，暗暗祈禱樹根夠淺，能讓樹木就此倒下。」

「這還不夠。」佩提爾說。

「不夠也得夠。」我想起凱特，從齒縫中迸出一句。

就在這個時候，我的手機嗡嗡震動。丹妮思寄來一封電子郵件，附上幾個連結，全是昨天泰瑞莎．瓦斯奎茲與兩名聯邦調查局探員遇害的新聞。我先讀完《紐時》的文章，再點開其他連結，大多是引自美聯社且內容相同的報導，只有一家不是。《紐郵》寫得更詳細一點，因爲他們設法聯絡上泰瑞莎在提華納的家人，請他們發表聲明。我把那篇新聞讀了兩遍，打給丹妮思。

「幫我聯絡提華納的瓦斯奎茲太太。妳會講一點西班牙語對吧？」

「Por supuesto（當然）。」她的發音非常到位。

「報導上提到瓦斯奎茲太太原本預計明年要搬來曼哈頓，說她滿心期待，因爲她已經很多年沒見到女兒了。我想知道她當初的計畫細節。另外她也必須替女兒安排後事，告訴她我們可以幫忙。」

「這又是怎麼回事？」丹妮思問道。

「我還沒理出頭緒，只是一個直覺。不管怎樣，我都想替瓦斯奎茲太太做點什麼。喔，還有一件事。」

「這也是直覺？」

「對。幫我調切斯特．莫里斯的逮捕紀錄。就是跟迪雷尼同一天遇害的那個酒店門衛。等等，還是做個徹底的身家背景調查好了，但逮捕紀錄應該很容易到手，資料都是公開的。」

「我們可以登入資料庫查詢，沒問題，我馬上去辦。有凱特的——」

「目前還沒有。」我知道她要問什麼。

我掛斷電話，轉頭看著哈利。他手肘撐著車門門框，彎起前臂，手指撫摸著上唇。

「凱特一定會沒事。我們會救她回來。」我用氣音說。

「我眞的沒辦法再參加葬禮了，艾迪。我只是……」

哈利沒有說完，顯然不想在奧圖面前談這件事。賓士靠邊停在中央街法院大樓外。下車前，哈利看了我一眼。「一切就看接下來那幾個證人了。你準備好了嗎？」

我深呼吸，緩緩吐氣。

這個當下，我不知道自己準備好了沒，只知道心裡有個聲音要我跟著直覺走，或許這麼做會有幫助。有些案子就是贏不了。奧圖說得沒錯——我們需要凱莉．米勒。

我的手機再次響起。我打開車門，走到人行道上接電話。是布洛克打來的。

「我們循著丹尼爾．米勒在租約上留下的地址查到一間舊倉庫。這裡除了一個冰櫃外什麼都沒有。艾迪，冰櫃裡有個屍袋。」

她講話一如往常直截了當，但我聽得出來，她內心的恐懼似漣漪在她的聲音中蕩漾。我突然有點站不穩。我閉上雙眼，腦中千頭萬緒。我知道自己想問什麼，又必須問什麼，卻怎麼也無法開口。我盯著法院大門外的記者群和攝影師，暗暗祈求他們不會注意到我。

哈利從車子另一邊走過來，看到我臉上的表情，默默伸手扶著我的膀臂。

我眞的好想直接躺在人行道上，闔起眼睛，希望一切就此過去。我想沉沉睡一覺，醒來時這場噩夢已經結束，凱特也安然無恙。

「艾迪？艾迪！怎麼了？」哈利問。

我踉蹌了一下，哈利緊抓住我的手臂。我靜靜聽著，話筒那端一片沉默。我想要聽布洛克說凱特沒事，除此之外別無所求。

「艾迪，深呼吸。」哈利湊過來，撐著我的身體。我靠問問題爲生，這是我的專長。眼下有個問題我非問不可，而且無法迴避，無可逃離。

我必須面對，承受隨之而來的痛楚。

「屍袋裡有什麼？」我終於開口。

「還不知道。」布洛克的語調盈滿情緒。這是我第一次聽到她這麼激動。她的聲音不停顫抖，彷彿恐懼緊攫著她，猛烈搖晃她的身體。

「不是凱特，」我說。「告訴我不是凱特。」

布洛克不發一語。我能聽見她的呼吸聲，聽到她努力擠出這段話語。

「屍袋被冰塊封住。不管是誰幹的，想必都在冰櫃裡倒了好幾加侖的水。我和雷克正在鑿冰，可是進度很慢。」

「布洛克，妳很清楚是誰幹的不是嗎？」

「我不知道。我、我眞的——我不知道。冰塊有九十公分厚。雷克……雷克說可能是初次犯案。」

終於燃起了一絲希望。我要牢牢抓住它。

「什麼意思？」

「有些連環殺手會把自己第一個受害者藏起來。他們會小心處理屍體，或是藏在隱蔽處以免被人發現。通常是因爲受害者與他們之間有某種牽繫或連結。」

雷克的推論很有道理，但我依舊甩不掉那個念頭，覺得凱特就躺在那只冰櫃裡，而布洛克和一個我不太信任的人在現場，努力將摯友的屍體從冰塊中挖出來。

布洛克沒有應答。我靜默不語。我知道，她也認爲是凱特。我看著法院外的記者朝我走來，聽著話筒裡微弱的靜電雜訊。這是我這輩子第一次感到全然絕望。

我知道布洛克很難過、很痛苦。從她的嗓音就聽得出來。她喉嚨裡彷彿有道堤壩，擋住她內在的憂懼。我不知道該說什麼。布洛克和凱特兩人從小一起長大，若說這世上誰跟凱特感情最好、最親密，除了她以外沒有別人。要是凱特有個三長兩短，布洛克的世界也會就此崩壞。我眞的不知道該說什麼。我將手機貼在耳畔，吐不出半個字，給不出一點安慰。

我們倆都沒開口。

祈願凱特平安的希望，就這樣在雜揉著靜電的無聲中消逝。

⚖

法庭的氣氛變得不一樣了。

史托克法官的表情有如遇見狂風暴雨，車子又在高速公路上爆胎，而且同一天太太還離開他，外加股市大崩盤。他臉上寫滿疲憊和困惑，一副充滿戒心的模樣，似乎怕不曉得哪時又飛來致命一擊。日曬護目鏡在他眼周留下的印記顯得比平常更蒼白，讓他看起來就像隻受驚的小貓熊。

地方檢察官懷特站起身，整理桌上的文件，以小到難以察覺的動作瞪了陪審團一眼，或更確切地說，是瞪那位遞補上來的陪審員。克雷・卓爾取代了艾瑟，坐在陪審團席上。艾瑟則帶著一顆充滿仇恨的心、包包裡的一百美元和一頓豐盛的午餐回家，搞不清楚今天究竟發生了什麼事。

「檢方傳喚卡爾・強森教授。」懷特微微挺胸。

我和哈利談到布洛克那通電話。得知細節後，哈利難掩痛苦，接著又搖搖頭。

「不是凱特。睡魔需要拿她當籌碼。」

「哈利，要是她已經死了呢？」

「那我們就得繼續爲她的當事人辯護。你聽好，當前我們要相信凱特還活著。我們必須抱持希望，打起精神，而且是立刻。」

我點點頭，喝口水，努力放下對凱特的擔憂，將那些負能量逐出腦海。剛才在法院外我差點情緒潰堤。我只能希望哈利是對的。她還活著。如果她還活著，我們就非贏不可。

卡爾・強森教授是個不好應付的傢伙。他會帶來本案中眞正且唯一的鑑識證據，指出凱莉・米勒與這些謀殺案有關。換句話說，他是檢察官的王牌。其他證人也是好牌，但他們必須站在一起才能排成同花順。若我們能擊倒其中一兩個人，懷特就只剩這張王牌可用。

考量到我們手上什麼都沒有，打出王牌便足以拿下這一局。

謀殺案審判中，鑑識證據有如至高無上的聖諭。專家證人透過鑑識科學將DNA與凶殺案連結起來的證詞，往往能讓被告在狹小的油漆牢房裡蹲上很長一段時間。辯方必須克服兩道障礙，分別是證據的本質以及陪審團對證據的見解。就算你能提出很好的論點來反駁DNA證據，陪審團聽得霧煞煞，那也是白搭。

這次我得和懷特一樣，慢慢來。

強森教授穿了一件薄薄的褐色V領毛衣，外搭海軍藍西裝外套。希望他是想遮掩那條——講好聽點是土黃色的領帶。他身材瘦高，穿著應該還算得體，但這些都和他那濃密雜亂的大鬍子形成強烈對比。一撮撮白毛與黑毛以奇怪的角度往外冒，好像他毛茸茸的鬍子裡原本住著一隻小動物，卻突然被趕出來似的。

他踩著光澤閃耀的皮鞋，戴著一枚褪色的金色婚戒。我猜他的衣服是他太太買的，起碼她還有點品味。身為一位住在郊區的傳統派專業人士，他總是將皮鞋擦得晶亮，至於鬍子則反映出他較為癲狂的一面，亦即內心古怪的那部分，對研究科學家而言可是創意的泉源。

我有點訝異他老婆竟然讓他頂著亂七八糟的大鬍子出門。他手按聖經宣誓，在證人席就座，然後倒了一杯水，似乎想讓自己坐得舒服點。我注意到他拽了一下鬍子，用手指撥弄鬍鬚。厲害的騙子能從細微的舉止間察覺異狀。偉大的騙子不僅能識破對方，還能善加利用這項優勢。這個案子很簡單，一點都不複雜。過去二十年來，強森一再站上證人席提供類似的證詞，多起備受矚目的謀殺案中都有他的身影。這是他的工作。我甚至還親眼旁觀他作證，只是當時的他看起來好多了。

他整個早上都在扯自己的鬍子。

看來他有點緊張。

我得搞清楚他在緊張什麼，然後好好利用這一點。

「教授，我們都很清楚你的資歷與專業。你是DNA分析領域公認的權威。現在，我們就來了解一下你在本案中扮演的角色。請看編號十一、十二與十三的照片。」

陪審團與證人席前方的螢幕上出現一件白色女裝罩衫掛在凱莉．米勒衣櫃裡的照片，下一張是袖口特寫，只見上頭有個鏽紅色汙點，就像一滴番茄醬濺到袖口並乾掉褪色一樣。最後一張是同一件罩衫，放在一個標有BS9的證物袋裡。

「關於這些照片，你能告訴我們什麼？」

「我拿到一張資料表、編號BS9的證物和這幾張照片。根據資料表的說明，這件衣服是在凱莉．米勒的衣櫃裡發現的，並保全於證物袋內以待進一步檢驗。」強森說。「我的工作就是要檢查袖口纖維上的汗漬並提取DNA，再將該DNA與系統中的圖譜資料進行比對。」他的語氣和用字遣詞給人一種中立客觀、經過深思熟慮的印象，而且咬字非常清晰，發音也很完美。

「你是怎麼處理這件罩衫，也就是編號BS9的證物？」

「首先，我仔細檢查這件衣服。這是一件尺寸六號的白色女裝罩衫，材質爲絲棉混紡。從汙漬褪色的程度來看，很明顯有人試圖清洗這件衣服，可能是用洗衣機，以不致損壞衣物的水溫洗滌，然後經過烘乾、熨燙，掛在衣櫃裡。但是，清洗衣物並無法完全去除殘留其上的DNA，因此我進行了血跡檢測。請參考編號CJ3的證物。」

懷特轉向他的助理檢察官，他用的筆電連接到陪審團前方的大螢幕，能同步顯示畫面。掛在凱莉衣櫃裡的罩衫相片不見了。眼前的影像乍看之下難以辨識，幾乎整張照片都暗到看不清楚，不過定睛細看，就能看出白色罩衫的輪廓，袖子和袖口上有幾個大小不一、形狀各異的金屬藍綠色斑點。

「我在這件衣服上噴了俗稱『光敏靈』的魯米諾化學試劑，然後到暗房內仔細檢視，看看是否有看不見的血跡殘留。從這張照片中可以看到，衣服上還有一些血液飛濺的痕跡，但除了那滴最大、長約一公分的血漬外，其他的血點用肉眼是看不到的。」

「測出血跡反應後，你又做了什麼？」

「我將鑑驗出的血跡從衣服上剪下來，放入艾本德微量離心管，並採用管柱萃取純化法與酚—氯仿—異戊醇有機萃取法來提取DNA。過程中除了應用聚合酶連鎖反應來複製DNA片段外，也使用了光譜儀，最後成功從這件衣服上的血跡提取出DNA進行分析。血跡裡的DNA與系統內其中一筆圖譜資料相吻合。這樣的機率爲十億分之一。」

「教授，在你的分析中最後一段。你能解釋一下機率和圖譜吻合的意思嗎？」

「兩個個體的DNA圖譜不可能完全吻合，但我可以說，就資料庫裡的數據來看，這件衣服上的血跡很可能來自史黛西・尼爾森。吻合機率爲十億分之一。也就是說，如果我將這份DNA圖譜和其他十億份圖譜進行比對，可能會與其中一份相吻合。」

「這種可能性有多大？」

「正如我剛才說的，十億分之一。以科學鑑析的結果而言，我幾乎可以確定被告罩衫上的血跡來自本案其中一名被害人——史黛西・尼爾森。」

40

艾迪

當一位本領超群的玩家表現亮眼，當他們的訓練成果、經驗、技藝和天賦完美結合在一起，執行力無可挑剔——就會發出一種聲響，一種聽得見的成就。那是九號球被吞進底袋喉嚨的咕嚕聲；抓準時機流暢換檔的喀喀聲；三分球輕快穿過聚酯纖維籃網的唰唰聲；楓木球棒擊中牛皮棒球、一路飛到公園外形成全壘打的鏗鏘聲。

一聽到這種聲音，就知道有特別的事發生了。

但在法庭可不一樣。

事實上，情況恰恰相反。

一旦有特別的事發生，例如檢方直接詰問證人，而且過程順到不能再順，堪稱精采——那就是一首該死的交響曲。

無聲的交響曲。

法庭，尤其是有大批群眾旁聽的法庭，總是免不了細碎的噪音。一定會有人咳嗽、竊竊私語和移動腳步，就算是再普通不過的庭訊，也會有律師走來走去、交談、高聲大喊，或是椅腳刮擦地板，這些全都集中在一個結構設計具備絕佳音響效果，能有效傳遞聲音的房間裡。

但若出現特殊情況，法庭上除了安靜還是安靜。

只是這種沉默跟你過去所經歷的截然不同。好像突然有人把電視轉成靜音一樣，啪地切斷所有聲響。音量不僅是零而已，還是負的。彷彿宇宙眞空吸走了周遭每一顆聲音粒子，靜到好似這片無聲本身就有重量。

如果庭訊中出現這般純然的靜默，那你只需要坐下來好好享受，因爲基本上你已經贏了這場官司。

哈利在便條本上寫下「該死」。

我們完蛋了。

「教授，剛才你在證詞中提到血液『飛濺』的痕跡，」懷特繼續問。「這個『飛濺』是什麼意思？」

「我指的是從血漬的形狀和大小研判，看起來像飛濺的血跡。」教授回答。

「謝謝你，強森教授。我沒有其他問題了。」

我慢慢站起來，目光聚焦於哈利前方的筆記。「庭上，」我瞥了強森教授一眼後開口。「請讓我跟我的同事討論一下。」

我俯身對著哈利耳語。

「懷特占了上風。」

「你打算怎麼應對？你可以跟這傢伙磨上好幾個小時。」哈利說。

檢方提出ＤＮＡ證據時，辯方律師可採用「以時間換取空間」的訴訟策略，花上好幾個小時挖掘細節，深入研究每一個具體的證物鑑識過程，審視對方是否採用了適當的隔離防護與清潔程序來鑑定生物跡證，有沒有使用全新或經過消毒的儀器設備，於各個環節中找尋微小的漏洞，從而得出「有十億分之一的機率，那些血跡不屬於史黛西．尼爾森」的結論。這是個很好的策略，因爲陪審團聽了兩個多小時的證詞，很容易開始覺得無聊或頭昏腦脹，繼而對專家產生反感，有些陪審員甚至會完全放空，根本不管什麼證詞。但這招是有風險的——陪審團可能會反過來將矛頭指向辯方律師。

「沒時間了，」我說。「爲了凱特，我們得盡快搞定。」

我想到電影《江湖浪子》裡的男主角艾迪．費爾森，一個遊走於撞球界的撞球高手兼老千。他不汲汲營營於得分時打得最好。每當他帶著一派隨性、漫不在乎的態度上場，都沒人贏得了他。

「可以跟你借個紙筆嗎？」

哈利從便條本上撕下一張紙，把筆遞給我。我草草寫下幾個字，將紙轉過去給哈利看。他揚起微笑。

一派隨性、漫不在乎。開始吧。

41 艾迪

我拿著哈利的筆，開始詰問強森。那枝筆非常精緻，有著翠綠色筆桿和金色筆尖，是枝德國鋼筆，以可靠耐用著稱。老實講最好眞的耐用，因爲我一直緊握著筆不放。

「強森教授，你是紐約南區犯罪實驗室的負責人，對嗎？」我問。

「是的。」

「庭上，我可以上前詢問證人嗎？」我提出請求。史托克法官點點頭。

「教授，幾年前你在法庭上作證時我有旁觀，直到現在才有機會正式見面。這是我的榮幸，先生。」我走到他面前，伸出手。

強森笑著微微起身，與我簡單握手致意。坐下時，他臉上露出如釋重負的表情。懷特逼他逼得很緊，說不定還警告他我是個吃人不吐骨頭的狠角色。經過剛才那番寒暄，他開始覺得接下來應該會比想像中順利。目前我想維持現狀，讓他心情平靜，徹底放鬆。

「教授，你分析了我方當事人的罩衫及其上的血跡。那有沒有在布料纖維中發現我方當事人的DNA呢？」

他往後靠著椅背，蹺起修長的二郎腿，雙手疊放在膝頭。他對這個問題早有準備。訣竅在於回答時不要讓人覺得不眞誠，或是這套說詞好像排練過很久。

「如果你的當事人穿過這件罩衫，上面就會殘留她的ＤＮＡ。汗水中的ＤＮＡ很容易滲入布料纖維。不過，你的當事人的ＤＮＡ可能會在洗衣過程中被滌除乾淨。」

「但血跡不會？」

「不會。血液會牢牢抓附在尼龍與棉質布料上，不僅比汗水難清得多，還會造成衣物嚴重髒汙，甚至永遠洗不乾淨。有點像紅酒。」

「我明白了。若我方當事人從沒穿過那件罩衫，上面就不會有她的ＤＮＡ，對嗎？」

「有可能。」

「你並未檢驗是否有我方當事人的ＤＮＡ，對吧？」

他對陪審團微笑，給出答案。「沒有。如果衣服像這件一樣用洗衣機洗過，檢測也沒意義。」

「但是，如果你沒有檢驗我方當事人的ＤＮＡ，不就無法確定她是否穿過這件罩衫，不是嗎？」

強森教授清清喉嚨，似乎有些不自在。我不想讓他變得侷促不安。現在還不行。

「我不知道你的當事人有沒有穿新衣前要先洗過的習慣。」

「很好，我很高興你承認了這一點。」說完我便飛快拋出下一個問題，因爲強森正張開嘴，打算說他什麼都沒承認。

「教授，你不是血跡型態分析師，對吧？」

「對，我不是。但正如你稍早提醒我的，我從業以來處理過數百起重大刑案，於審判中出庭作證，其中大部分是謀殺案，因此我有鑑定血跡的經驗。根據我的判斷，這些血跡型態看起來像噴濺出來的血液，彷彿史黛西．尼爾森被殺時她就在現場，或者持刀行凶的就是她本人。」

「教授，現在你人不在實驗室，手邊也沒有儀器設備。你知道血跡型態分析師的證詞釀成了許多冤案，而司法部正針對此事進行調查嗎？」

「我知道有這個調查。」

「你沒看過任何與你檢驗的這件罩衫及其上血跡相關的血跡型態分析報告？」

「沒有，我沒看過。我想本案應該沒有該領域專家參與。」

這下有進展了。懷特希望有人告訴陪審團，凱莉．米勒的罩衫上之所以會有史黛西．尼爾森的血，是因為案發當時她就在現場。倒楣的是，在司法部調查結果出爐前，密西西比河以東的所有血跡型態分析專家都婉拒擔任本案顧問。他們不想曝光。在一場備受矚目、牽涉多起命案的審判中出庭作證雖能拉抬自身名氣，卻也可能引起司法部注意、進行徹頭徹尾的調查，連帶影響到整個職業生涯。懷特找不到血跡型態分析專家，便把腦筋動到老實的強森教授身上，將他推入自己不熟悉的範疇，急著將凱莉．米勒與犯罪現場連結起來。

「教授，沒有任何生物或鑑識跡證能證明我方當事人與本案中任一犯罪現場有關，這是你的理解嗎？」

「除了我鑑定過的那些血跡外，對，沒有。」

差不多該讓教授出糗了。

「什麼是初次移轉？」我問。

「就是物質，通常是生物物質，從被害人身上轉移到嫌犯身上，例如血液飛濺等等。」

「什麼是二次移轉？」

「二次移轉指的是部分鑑識物質從初次受移轉人身上轉移到另一個個體身上。」

我停頓片刻，讓強森知道我在仔細思忖下一個問題。我翹起嘴角，臉上閃過一絲笑意。他的肩膀看起來有點緊繃。

「教授，在我繼續提問前，你有沒有想更動或修改你剛才的證詞？」

他放下蹺起的雙腿，穩穩踩在地上。

「不，我想沒有。」他回答。「我盡可能以公平公正的角度來提供我的專業意見。」

我立刻挑眉，做出一臉驚訝又略帶嘲弄的表情。

強森呑呑口水，用右手拉扯鬍鬚。

我就是在等這個。

「教授，你知道檢方認爲我方當事人及其丈夫丹尼爾．米勒共謀犯下這些凶殺案嗎？」

「我知道。」

「你知道，因爲你對史黛西．尼爾森手臂下的指紋進行了DNA提萃和分析。分析結果如何？」

他大手拂捋落腮鬍，摩挲著下巴上的鬚髯往下拉，然後鬆開手，讓鬍子舒展開來。開口之前，他先瞄了陪審團一眼，再望向我。

我隱約聽見身後傳來竊竊私語的聲音。我轉過頭，只見一位金髮、穿紅色毛衣的女性陪審員用手肘輕推鄰座的人，小心翼翼地指著證人席。

我很清楚他們在看什麼，又在指什麼。

可惜強森不知道。

「是的，我先提萃出混雜在一起的DNA鏈，再將它們分開。這枚右姆指指紋與單一特定個體有關，也就是丹尼爾．米勒。得出這項結果之前，我從史黛西．尼爾森的屍體上採了兩個DNA樣本，建立DNA序列圖譜。其中一個樣本極有可能屬於史黛西．尼爾森本人，而另一個樣本當時仍無法確認身分。後來我從丹尼爾．米勒自家浴室裡找到的牙刷上提取了DNA，發現上頭的DNA與史黛西．尼爾森屍體上的另一個DNA特徵高度吻合。」

低語聲愈來愈響，部分旁聽民眾也聽到了，紛紛對強森教授投以異樣的眼光。

「有DNA證據顯示我方當事人的丈夫丹尼爾．米勒與被害人史黛西．尼爾森有關聯。微量DNA跡證，來自汗水？」

「沒錯，那枚血指印上的血來自史黛西．尼爾森，表示他觸碰過她。」

「了解。這麼說，我方當事人罩衫上的血跡，有沒有可能是二次移轉而來的？」

「有可能，但機率很小。」

「所以，有可能是我方當事人的丈夫，即已知殺害史黛西．尼爾森的凶手，於他的衣櫃旁，也就是凱莉．米勒的衣櫃旁脫下衣服時，殘留在其衣物上的血漬沾到我方當事人的罩衫上？」

「還是一樣，有可能，但機率很小。」強森提高嗓門，開始注意到陪審團和旁聽群眾的目光，現在就連德魯．懷特也用奇怪的眼神看著他，而他完全不曉得爲什麼。

我決定激他一下。

「爲什麼你會說機率很小？」我問道。

他還沒開口，我就知道他的答案。一旦一連串看似合理可信的事件與自身觀點相悖，所有血跡型態分析專家都會這麼說。這句話我已經聽過好幾十遍了，參與過上百場庭訊的強森也是一樣。他很清楚，這已經快超出他的專業知識範圍，很容易就會露出破綻，也正因爲如此，他回答時幾乎是用喊的，好像巴不得全世界的人都聽到一樣。

「因爲我不認爲有人會沒注意到自己身上或衣服上有二次移轉的血漬。」就是這樣。他的解釋完全在我意料之中。

「眞的嗎？」我舉起手掌給強森和陪審團看。

強森瞇起眼睛，身子前傾。

「強森教授，我應該要跟你道歉，」我說。「剛才我用同事的鋼筆做筆記，結果墨水不小心沾到手上。」

我的掌心有個圓形暗紅色墨漬，是哈利的鋼筆留下的痕跡。我轉動鋼筆旋鈕，噴了點墨水到手掌上，然後和強森握手；沒多久，我就讓他緊張到亂摸鬍子。他舉起雙手，終於發現手指和手掌上的墨水。

他的落腮鬍也爬滿墨痕。一撮撮白色鬍髭被染成紅色。陪審團看到了。旁聽席的群眾看到了。檢察官看到了。所有人都看到了。

只有強森自己沒看到。

「你身上有墨水。二次移轉。你剛才說什麼來著？不可能有人沒注意到自己的衣服沾了血？」

他難以置信地看著手上的墨漬，開始搖頭。

「教授，你無法說明那些血是什麼時候沾到我方當事人的罩衫上，在哪裡沾到，事發過程又是如何，對嗎？」

他只是盯著自己的手掌，搖搖頭，抬眼看著我，似乎很想往我的臉揍幾拳。

「沒關係，教授。你不用回答。陪審團已經聽夠了，我也問完了，留下你一臉難堪。抱歉，我是指，**墨水**。」

42

布洛克

布洛克的肩膀痠痛如火燒。

她的手快凍僵了。她用麻木的手指抓起用來拆卸輪胎的拆胎棒，一次又一次用力敲擊冰塊，雷克也拿著撬棒猛砸，弄碎屍袋周圍厚厚的冰層。他們就這樣拚命敲打，總算鑿出一個約三十公分深的裂口。還有很長一段路要走。

她舉起拆胎棒使勁往下砸。觸到冰塊的那瞬間，她突然無力抓握，拆胎棒鏗啷掉到地上。布洛克的胸口隨著呼吸劇烈起伏。她對著掌心呵氣，搓搓雙手。

「我的背快不行了，我得先喘口氣，」雷克說。「來吧，坐下來休息一下，不然會受傷的。」

布洛克沒理他，又拿起拆胎棒砸向冰櫃，結果再度手滑。拆胎棒倏地彈開，飛到半空中。

「好了，別弄了。休息一下。」雷克勸她。

布洛克背靠著冰櫃席地而坐，累到說不出話來。

「你其實不信任聯邦調查局的人對吧？」她開口。「真沒想到，畢竟你以前就是聯邦探員。」

「以前是，但我從不以聯邦探員自居。局裡那種心態和風氣，我永遠不可能成爲他們的一分子。」

「什麼樣的風氣？」

「喔，妳也知道，服從命令、尊重上級、依循政策等諸如此類的事。如果是錯的，我就不會去做。聯邦調查局做錯了很多事，而緝捕連環殺手的方式更是錯得離譜。」

「怎麼說？」布洛克又問。

「他們的方法完全不對。連環殺手的犯罪側寫報告能準確、完善到什麼程度，取決於側寫師本身的能力。以局裡堅守政策的態度來看，那些報告基本上沒什麼參考價值。他們以爲能藉由研究犯案手法和犯罪心理來揪出凶手——理論上是可以從凶手的作案模式來推斷他的性格特質沒錯，不過人是很複雜的動物。一個會在晚上出門殺人的男人，犯案時可能是一種個性，但他白天在沃爾瑪超市經理辦公室對顧客講話的方式、他的穿著打扮，又反映出另一種個性。我們的性格會隨著不同的情況而有所改變，以適應周遭環境。我的想法是，犯罪現場只能讓你找到凶手，但找不到那個男人。」

「有道理。」布洛克說。「用這種方法很難寫出正確的犯罪側寫報告。」

「反正側寫也沒用。妳知道聯邦調查局成立以來，直接透過犯罪側寫技術抓到的連環殺手有幾個嗎？」

「五十個？」她對著掌心呵氣，搓揉雙手，想促進血液循環。

「兩個。」

「才兩個？」

「至於有多少報告犯了大錯，將真凶排除在嫌犯名單之外？不要問，很可怕。確定的至少有五份，但我猜少說有二十份。」

「那還保留行爲分析組幹嘛？」

「有利於公關宣傳。當然啦，他們十五年前就改變了玩法。現在的犯罪側寫報告是基於過去對九十二名連環殺手的犯罪統計分析寫就而成。簡單說就是數據遊戲，而且更沒用。」

「具體的方式是？」

「目前主要採用的二分法分析架構中，有一項爲凶手是否移動過屍體。如果屍體被移動過，根據聯邦調查局的分析，凶手或其父親有百分之四十的機率是軍人。」

「根本鬼扯。」

「差不多啦。這個方法有很多問題，更別說這套標準還是由聯邦調查局制定的。如果我是連續殺人魔，我就會看看他們怎麼推判、分類人格特質，然後改變我的犯罪手法，刻意與我的個人經歷或統計數據背道而馳。」

布洛克沉默不語。

「另一個問題是，」雷克繼續說。「這種分析法的基礎是一項樣本數極少的研究，研究對象還是九十二名蠢到被捕的連續殺人犯。聯邦調查局外的專家普遍認爲，目前可能有五百到兩千名連環殺手在美國境內活動。我不想用根據過去抓到的人所歸納出來的統計分析法辦案。我想知道怎麼找出那些我們沒抓到的人。」

雷克走到冰櫃旁拿起撬棒，以飛快的速度猛砸五下，濺起陣陣水花。

「成比爾和艾迪談過那場毒窟槍戰。」布洛克開口。「他說你到最後不是自衛，而是去追殺在場每一個人。」

雷克發出濁重的喘息聲。他放下撬棒，搓揉雙手取暖。

「很多人對那間房子裡發生的事自有一套看法，」他說。「我會去那裡，是因爲當時我在追捕一名連環殺手，並從聯邦執法當局的線人那裡接獲相關情報。那個線人在給我消息的大約四個小時後，就被發現陳屍在曼哈頓大橋下的廢棄空地，遭獵槍槍殺身亡，手腳都被纜繩捆綁。有點像執法機關爲保護嫌犯或幕後藏鏡人所用的手段，確切來說，是聯邦執法機關。」

「天哪。」布洛克低聲驚呼。

「局裡有人想讓我在毫無準備的情況下盲目闖進那個毒窟，而且很清楚我走出來的機率只比密爾瓦基釀酒人隊拿下世界大賽冠軍高一點。說眞的，我不曉得自己怎麼有辦法活下來。我中了四槍，差點因爲失血過多而死。一部分的我……我不知道該怎麼形容。有那麼一刻，我覺得自己好像不在那裡，而是在一旁看著事情發生。」

「你知道是誰陷害你嗎？」布洛克站了起來。

雷克搖搖頭。「總有一天我會查出眞相。我跟主管解釋爲什麼我會走進那棟房子，線人又出了什麼事，他們的反應是直接叫我從聯邦調查局退休。他們不希望局裡爆出醜聞，也不想惹麻煩。他們只會包庇、保護自己人。」

布洛克拿起拆胎棒，朝冰塊用力敲了三下。

「但你曾經是他們的人。」她說。

「不算是。我不按他們的規矩做事。儘管交出成績的是我，我依舊是局外人。除非玩他們的遊戲，否則高層不會在乎你有何表現。」

他一把抓起撬棒，狠狠砸向冰塊中央。緊接著是一聲巨響。

布洛克拾起手電筒，照向冰櫃內部。

雷克用撬棒敲下了一大塊將近二十公斤重的冰。

現在他們可以拉開屍袋中間的拉鍊了。布洛克從靴子裡抽出一把彈簧刀，伸手穿過冰塊窟窿，小心翼翼地在屍袋上割出一道長約二十五公分的開口。

布洛克拿著手電筒幫忙照明，雷克慢慢打開屍袋。

布洛克將手電筒丟進冰櫃裡。她一陣暈眩，連忙抓住冰櫃兩側穩住腳步，往前俯身。差點喘不過氣。

布洛克已經很久沒哭過了。她感受到那股熟悉的腦內啡如浪潮來襲，胃裡一陣翻攪，喉嚨後方有種黏黏的感覺。

她緊緊閉上雙眼，頑強抵抗每一波想崩潰大哭的本能衝動。

接著她直起身體，拿出手機打給艾迪。

43

艾迪

懷特沒有其他問題要問這位滿臉墨漬的DNA專家了。

己方證人在證人席上崩潰時有兩種應對方法：盡量彌補損害，或盡快讓他們離開，傳喚下一位證人。懷特選擇了後者。接下來站在陪審團面前出來救火的新證人必須是個強而有力的證人，一個多少稱得上意志堅定、無可動搖的人。

「檢方傳喚黛西．布羅德太太。」

太好了。

一位身材嬌小、頭髮花白的婦人昂首闊步地沿著走道邁向證人席。她穿著剪裁俐落的灰色套裝和藍白相間的細條紋女裝襯衫，動作非常敏捷，讓我想起電視上那些整人節目，製作團隊會用假體和特殊化妝讓特技演員扮成老頭，秀出一些厲害到誇張的花式滑板技巧。布羅德太太搞不好就是喬裝成老嫗的女性特技演員。她瘦骨嶙峋，好像全身肌肉都被吸光似的，雙手因關節炎而變形，皮膚爬滿歲月的痕跡，細小的皺紋幾乎無處不在，前額和手腕背面散落著點點肝斑。

懷特當然不會放過這個機會。他從座位上站起來匆匆繞過桌子，伸出臂膀，想攙扶布羅德太太走上證人席。

她揮揮手要他走開。布羅德太太不需要幫忙，這讓懷特看起來有點蠢，但他還是裝出一副暖男的模樣，故作親切地對她微笑，走回檢方席。布羅德太太手按《聖經》，發誓自己會如實陳述，證詞句句屬實，絕無半點虛假。願神保佑她。我不曉得看過多少人唸這段誓詞，大部分的人都很緊張，搞不清楚該把哪隻手放在《聖經》上，就算有書記官幫忙提詞，宣誓時還是一樣結結巴巴，滿頭大汗。他們要做的只有一件事，就是重複書記官的話。有些人很認眞，或至少假裝認眞，企圖營造出一種誠懇的感覺，實際上只反映出自己有多僞善。

然而，布羅德太太是眞的很嚴肅看待證人宣誓。她大聲複誦書記官說出的每一個字，光從語氣就聽得出來她是認眞的，彷彿她此刻正站在洋基球場投手丘上，爲世界大賽開幕戰宣讀效忠國家誓詞。宣誓完畢後，史托克法官請她就座，她向法官道謝的口吻，就好像他是個傻乎乎卻備受寵愛的孫子一樣。

「布羅德太太，」懷特開始提問。「妳還記得去年六月十日晚上，妳人在哪裡嗎？」

她點點頭。「年輕人，那天晚上我在哪裡、做了什麼，又發生了什麼事，我全都記得一清二楚。」

懷特笑著拋給我一個眼神，好像在說這位證人沒在跟你廢話。不用他講我也知道，布羅德太太一定很難搞。有些證人就是如鋼鐵般堅不可摧。但如今，凱特的性命掌握在我、哈利和布洛克手裡。

「仔細聽，」哈利小聲說。「總會有破口的。等就是了。」

「布羅德太太，請妳告訴我們那天晚上妳在哪裡，看到了什麼。」

「我在看電影。阿諾．史瓦辛格主演的《終極戰士》。看到霍金斯被殺的時候，我無意間瞄了窗戶一眼，發現對街有一男一女從尼爾森家門前經過，而且走得很慢。」

「妳說他們走得很慢是什麼意思？」

「他們速度慢到不像要前往某個目的地，因此格外顯眼。每個走在紐約街頭的人都是要去某個地方，但這些人不是。」

「接下來呢？」

「當下我也沒多想，只是繼續看電影。大概五分鐘後，他們再次出現，又經過那棟房子。接著他們停下腳步，轉過身，站在人行道上看著尼爾森家。」

「他們在那裡站了多久？」

「大概五分鐘、十分鐘吧？」

「妳有認出這兩個人嗎？」

「一開始沒有。我不認識他們。住在這座城市裡難免會遇到一些怪事，可是他們給我一種感覺，很難用言語形容。聽起來可能有點奇怪，但光是看著他們就讓我覺得不舒服。我仔細觀察了一下，清楚看見那兩人的長相。」

「布羅德太太，妳是什麼時候跟警方通報這件事的？」

「第二天，我看到有警車停在尼爾森家門口，旁邊還有一群醫護人員。他們封鎖了整條街，我沒辦法出去上課。但我還是下樓去找其中一名警察，把我前一晚看到的事告訴他。」

「他怎麼說？」

「他說他們要找的不是一對男女，而是一位男性。就一個人。」

我感覺得出來，懷特想趕快帶過員警犯錯這一段，但他停頓了一下。他認爲更重要的是讓陪審團知道，布羅德太太在丹尼爾．米勒的照片登上全國所有新聞台、新聞網站和報紙前就已經跟警方談過了。

「然後呢，布羅德太太？」

「這個嘛，應該事發後好幾天吧，所有街坊鄰居聽到消息都很震驚。尼爾森一家我們都認識，每天都能看到那兩個孩子在外頭玩耍、放學回家、去商店買東西。這件事真的令人難以置信。我不記得那晚後過了多久，我又在新聞上看到那個男人的臉。我立刻打電話給當地分局，警察來我家的時候，新聞上又出現另一張臉，就是我那晚看見的那個女人。當時我不知道他們是誰，但一看到照片我就認出來了。」

手機在我的西裝外套裡嗡嗡作響。

是丹妮思寄來的電子郵件，夾帶了附件檔案。

我點開郵件，細讀內容。

「布羅德太太，我注意到妳沒戴眼鏡。妳的視力如何？」懷特問道。

「我有遠視，看書需要戴老花眼鏡，可是看電視，看遠處的招牌、標誌等等都沒問題。」

「最後一個問題，布羅德太太。妳有多確定案發當晚在人行道上看著尼爾森家的那對男女就是被告凱莉．米勒和她先生丹尼爾．米勒？」

布羅德太太沒有馬上回答。她環顧四周，似乎很訝異檢察官居然會這麼問。

「我這輩子從來沒這麼確定過。就是他們。那天晚上我看得很清楚，不可能是別人。」

「謝謝，布羅德太太。我知道這兩天妳一直待在安全的地方，受到嚴密的保護。這對任何人來說都不容易。謝謝妳今天出庭向陪審團提供證詞。請先留在座位上，弗林先生可能有些問題要問妳。」

懷特一臉得意地坐下。

我望著陪審團。

有時很難讀懂別人的心思。大多數人連看透一個人都沒辦法，更別說十二個人了。但我不需要十二個人站在我這邊，我只需要一個人抱持開放態度，就有機會爭取到無罪開釋。我打量陪審員的面孔，看不到一絲猶豫與懷疑。在他們眼中，布羅德太太的證詞就是真理。

有的時候，審判過程就像在坐雲霄飛車，上一秒還在高點興奮歡呼，下一秒便如墜入死亡漩渦般筆直衝向地面。幾個陪審員回望著我。有些人的表情好像在說「上啊，老兄，儘管問，布羅德太太說的就是事實」；有些則似乎真的好奇，想看看我是否能扭轉局勢，扳倒難對付的布羅德太太。

我自己也很好奇。

只能放手一試了。

「盡力就好。」哈利伸手搭著我的前臂。「記住，專心、簡潔，不要跟布羅德太太唇槍舌戰。她可是有九十年的老經驗了。」

我點點頭，站起身，扣上西裝外套鈕子。

目擊證人的證詞猶如底特律古董肌肉車[1]：外型和引擎聲都很讚，但開了一段時間後，你

1 指搭載高性能引擎、馬力強大的雙門運動型轎車。因這類車款發源於美國，且多為美系品牌，故又稱美式肌肉車。例如福特野馬（Ford Mustang）、雪佛蘭卡瑪洛（Chevrolet Camaro）等都是肌肉車的經典代表。

可能會發現這部車的可靠程度大概跟二十美元的假勞力士差不多。辯護律師唯一能做的就是盡量讓陪審團別被車身外型和Ｖ８引擎的聲音迷惑。我不能讓他們只是踢踢輪胎就興奮地跳上車，我要帶他們看看引擎蓋下故障的線路，鑽到車底摸摸生鏽的地方，仔細側耳聆聽，這樣才能聽出排氣管破了個洞。有些人會看見超乎美麗表象外的東西，有些人不會。我只能掀起引擎蓋，打開手電筒，讓他們自行判斷。

以我們辯方的立場來說，布羅德太太殺傷力極強。陪審團不僅相信她，也想相信她。

「午安，布羅德太太，我是艾迪．弗林。聽聞本案造成妳的困擾，我深感抱歉。妳一定受到很大的驚嚇。」

「這件事的確讓我回想起很久以前的經歷，但沒那麼糟。現在我是個老太婆了，弗林先生，我不怕這個叫什麼睡魔的。」

我點點頭，上前一步。

「我很佩服妳的勇氣，布羅德太太。我們來談談那天晚上妳看到什麼吧……」

交互詰問目擊證人時，可以針對三個部分發動攻擊：距離、光線和時間。另外還有其他弱點可著力，我需要再找出至少一個才行。目前我先回歸基本面。距離。

「妳家的窗戶距離對街的尼爾森家有多遠？」

「哦，我不太清楚。」

「我來幫妳推算一下。妳的公寓在幾樓呢？」

「三樓。」

「所以妳離地面大約，多少？九公尺或十公尺高？」

「大概九公尺吧。」

「好。妳住在東十二街，位於第三大道和第二大道之間？」

「沒錯。」

「紐約的主要幹道都有三十公尺寬，但東十二街不算主要幹道，所以只有約十八公尺寬？」

「考量到妳所在的位置較高，那晚妳離尼爾森家外面的人行道約莫二十公尺遠？」

「是的。」布羅德太太點點頭。

「嗯，差不多。」

距離搞定。

接下來談光線。

「那天晚上妳是幾點開始看電影？」

「喔，我想大概十點左右。」

「妳是幾點看到那對男女的？」

「應該是十點四十五分或十一點。差不多這個區間。」

「外面很暗，對嗎？」

「對，」她回答。「但是街上有盞路燈。」

通常到了這個時候，證人會察覺到詰問方想玩什麼把戲，繼而展開反擊好扳回一城。唯一的應對方法就是讓他們知道，是我在掌控局面。

「我沒問妳路燈的事，布羅德太太，我是問妳外面暗不暗。路燈晚點再說。我們重來一次。當時是晚上，外面很暗，對嗎？」

她雙手交疊，點點頭。「對，很暗。」

「至於妳很想談的那盞路燈，妳覺得它離尼爾森家有多遠？」

布羅德太太絞盡腦汁，努力估算距離。很多人都有同樣的問題。他們無法在腦中將空間距離形象化，轉換成公尺或公分之類的長度單位，就是辦不到。我的工作則是盡可能讓布羅德太太感到不自在。

「哎，我不確定。我抓不出數字。不過很近就是了。」

「怎樣才算近？」

「我不知道，三公尺吧？」

「我們換個比較簡單的方式來看好了。路燈是在妳這邊，還是對面？」

「我這邊。」

「是在妳的公寓外面嗎？」

「不是，再過去一點。」

「我們已經得出妳的公寓離尼爾森家外面的人行道約二十公尺遠，也就是說，這盞路燈距離尼爾森家不到三公尺，對嗎，布羅德太太？」

她緊抿雙唇，舉起手聳聳肩，一副不知道該說什麼或做什麼的模樣。

「我看得出來妳不太確定。我來幫妳。路燈不是座落在妳的公寓外面，而是在妳的公寓和第三大道之間，對嗎？」

她閉上眼睛，試著想像那條街道，然後說：「對。站在我家對面看的話，路燈就在左手邊。」

「我明白了。問題是，在左邊多遠的地方呢？」

「還是一樣，我不清楚。沒有很遠就是了。」

「不曉得這樣會不會比較有幫助？假設妳現在在自家公寓外面。請用法庭內的某樣東西來當參考點，告訴我們路燈的位置。我知道不是我站的地方。會是在法庭後面嗎？」

她的眼神越過旁聽席，望向法庭另一邊。「不，沒那麼遠。大概在中間吧？」

我轉過身，盡可能放慢步伐。我經過辯方席，然後是旁聽席第一排、第二排、第三排、第四排、第五排……腳步聲在法庭裡迴盪，我的速度愈來愈慢，就這樣走到大略位於中間的第十排。

「這裡嗎？」我轉頭問布羅德太太，刻意壓低聲音。

「不好意思，我聽不到。」布羅德太太朝我的方向側耳歪頭。

這一次，我放聲大喊。

「對不起，我離妳太遠了。妳家公寓和路燈之間的距離大概是這樣？」

她點點頭。

我開始用緩慢的步調往回走，讓陪審團感受一下這段距離。這麼做能營造出一種好像很遠的感覺，實際上根本沒這麼遠。我在辯方席旁停下腳步。

「我推估這段距離大約十四公尺左右？」

「嗯，應該吧。」

「而妳的公寓，根據我們剛才得出的結論，在約十八公尺外的地方？」

她點點頭。

「布羅德太太，請妳明確回答，好列入法庭筆錄。」

「是的。」她草草回應。

「所以，妳很想談的那盞路燈距離妳家三十幾公尺？」

她往前傾身，張開嘴，旋即又閉上，過了幾秒才開口：「我……好吧，也許是吧。但我還是看得到他們。」

「剛才懷特先生提問的時候，妳說那對男女慢慢從尼爾森家門前經過，沒多久再次出現，而且站在那裡看著房子，看了五分鐘或十分鐘。聽起來妳不太確定他們在那裡站了多久，對嗎？」

「不，我的確有看到他們。他們在那裡站了一會兒。」

「一會兒，」我重複她的話。「布羅德太太……」

我停頓片刻，在心裡數到十。

而且是花時間一秒一秒慢慢數，數好數滿。一、二、三……

布羅德太太耐心等候，不曉得我接下來要出什麼招。

「我只暫停了十秒，但感覺很久，對吧？」

「我……呃，還好。」

「感覺比十秒鐘久多了。」

沉默，特別是充滿期待和焦慮的沉默，會讓人覺得度秒如分。時間是很主觀的。

「大概吧。感覺有點尷尬。」

「沒錯。布羅德太太，當時妳是真的一直盯著那對男女，還是在看街道和電影？妳剛才說是哪部？《終極戰士》嗎？」

「對，阿諾演的那一部。」她泛起微笑。

「妳喜歡阿諾嗎？」

「有人不喜歡嗎？」

「我承認，那部電影很好看。」

「我的最愛之一。」

「所以，我說的對嗎？妳是一邊看電影一邊看外面？」

「應該吧，但我有看到他們站在那裡。」

「說妳不確定他們到底在那裡站了多久，是不是比較貼近事實？可能有一分鐘，或是更短？」

「比一分鐘久。」她說。

最後一個話題——視角。

「我想妳坐在扶手椅上就能看到街道吧？不需要站起來望向窗外？」

「對，我坐在椅子上就看得到。」

「當時妳家裡有開燈嗎？」

「有開電視旁邊的檯燈。」

現在我有了選擇，有好幾條路能走。布洛克告訴我，布羅德太太當時的位置無法將街道盡收眼底。外頭有根樹枝橫切過她的視野。如果我問她公寓外的樹葉是不是擋住了她的視線，她一定會否認。最好還是把重點擺在椅子上，別提樹葉的事。

「妳是不是得在椅子上挪動才能避開公寓外的枝葉，看到外面？」

「要小挪一下。微微往前傾就好。」

該收尾了。

「布羅德太太，妳在案發隔天和一名員警談過，告訴他妳前一晚看到有對男女站在尼爾森家外面，但該名員警認爲這不重要，因爲他們要找的是一個男人，也就是睡魔，對嗎？」

「對，我方才就是這麼告訴懷特先生。」

「案發後三天，紐約警方與聯邦調查局向媒體公布睡魔的照片，展開搜捕行動。妳有看到這個新聞嗎？」

「應該有，但我不記得確切的時間。我是先看到他的照片。」

「兩個禮拜後，也就是大陪審團起訴凱莉．米勒之後，《紐約時報》頭版刊登了她和她先生的照片——妳就是在這時二度聯絡警方，對嗎？」

「沒錯。」

「但妳剛才告訴陪審團妳認出了他們。妳是說案發七十二小時後，妳在電視上看到丹尼爾．米勒的照片，卻沒認出他？」

「警方說他們要找的是一個男人。不是一對男女。」

「但妳在新聞上看到他的臉，卻沒告訴警察。」

「不，我想我有。我不確定。我大概是以為他們沒興趣跟我談吧。」

我深呼吸，緩緩吐氣。

該把紛亂的絲線整理整理，纏成一顆球了。我不想讓布羅德太太難堪，但凱特的性命危在旦夕，我非抱著希望不可。也就是說，我不能退縮。我必須火力全開，毫無保留。

「布羅德太太，那天晚上，妳於光線充足的公寓裡，在有枝葉遮擋視線的情況下瞥見大約二十公尺外的昏暗街道上有一對男女。幾個禮拜後，妳在報紙或電視上看到凱莉和丹尼爾．米勒的照片，當時妳已經知道丹尼爾．米勒就是殺害尼爾森夫婦的凶手。妳把這些資訊拼起來，二加二湊成了五，告訴警察妳那晚看到米勒夫婦在對街徘徊，這才是事實的真相，不是嗎？」

她支支吾吾，接著閉口停頓，深吸一口氣。「我不同意你的說法。」

我沒給她機會解釋。懷特也不會這麼做。如果他進一步詰問，談起更具體的細節，情況可能會更糟。絕對不要在法庭上問那些你不知道答案的問題。因此，懷特站起身。「庭上，我方不再對這位證人進行詰問。不過，有件事令人深感不安，我必須立刻提出來。」

44

艾迪

「庭上，」懷特繼續說。「檢方有兩名目擊證人於前幾天慘遭殺害。我相信法院一定有注意到這一點。」

「庭上，我們不是應該先請陪審團離席再來討論這個嗎？」我連忙抗議，以免懷特暗暗將偏見植入我左方那十二名陪審員心裡。

「我不知道懷特先生希望我怎麼做，」史托克手肘撐著桌子，十指交握。「或許今天就到此爲止，讓陪審團回家會比較安全。現在剛過四點。」

「我們想讓陪審團閱讀那些已故證人的證詞。」懷特說。

他還是出招了。嚴格來說，他沒有讓陪審團產生偏見，因爲他並未透過言語暗示、透露證詞內容，但肯定會讓陪審團認爲睡魔爲了他太太，殺害了兩名檢方關鍵證人。這可不妙。還好之前有請丹妮思替我準備資料。眼下我別無選擇，只能打出手上有的牌了。

「庭上，我方反對這麼做。切斯特・莫里斯，也就是檢方聲稱的目擊證人之一，一年前因涉嫌傷害與毆打他人被捕，最後卻獲不起訴處分。換句話說，他爲了保住酒店門衛的工作做了一筆交易，答應出庭作證。而泰瑞莎・瓦斯奎茲同意作證也是有條件的，她的母親可以拿到綠卡，並在短時間內取得美國公民身分。我方事務所代表今天稍早聯絡上瓦斯奎茲小姐的母親，獲知這些消息。我們無法再就這幾點對這些證人進行交互詰問，因此我方強烈反對陪審團將他們的證詞列入考量，作爲裁決基礎。」

史托克雖然是個變態，但他是個有腦子又聰明的變態。以這兩位證人的情況來看，在提供口供證詞時八成有說謊。

「你聽到弗林先生說的話了。他提出的異議有理有據。今天休庭，明天早上九點續審。懷特先生，屆時請準備好傳喚下一位證人。」

陪審員紛紛起身，在法警陪同下回到評議室拿外套、包包等個人物品。史托克從法官席上站起來，大家全體肅立。這場仗暫時告一段落。

「你表現得很好。」哈利俯身對我說。

我搖搖頭。「也許會有一兩個陪審員認爲布羅德太太不可信，也許沒有。你覺得呢？」

哈利自顧自地將鋼筆和便條本收進雙搭釦皮革公事包裡，假裝沒聽見。

「哈利，你怎麼看？」

「你提出了疑問。你只能這麼做。」

我湊上前，以免被人聽見。

「哈利，我告訴你我是怎麼想的。我們必須爲凱特打贏這場官司。我會竭盡所能拿下勝利。可是另一方面，我們的當事人逃得不見蹤影，而且她的衣服上有被害人的血跡。切斯特．莫里斯和泰瑞莎．瓦斯奎茲可能是在耍檢察官好得到自己想要的東西，也可能眞的目擊到什麼，但我不信就是了。至於布羅德太太……對，我是挽回了一些頹勢，可是，該死，哈利，她說的是實話。尼爾森夫婦被殺當晚，丹尼爾和凱莉．米勒就在他們家外面。」

他僵在原地，閉上雙眼，手還放在公事包裡。

「我知道，而我先前也相信凱莉。可是現在，我和你一樣不太確定了。我知道我們無法從當事人那裡得知事情的全貌，但也由不得我們。爲了凱特，我們非贏不可。」

「尼爾森家有兩個孩子……」我沒辦法把這句話說完，我也不想說完。有些眞相殘酷到難以面對。

「所以你的意思是？我們終止委任關係，退出這個案子？讓凱特任憑睡魔處置，如果她還沒死的話？」

「當然不是，但我也不會無視這些事實。凱莉在隱瞞什麼，或是背負著某種罪惡感。從她身上就看得出來。她可能沒有積極參與犯案，可是她知情。我很確定她知情。唯有這樣才說得通。」

我張嘴打算繼續講下去，卻看見懷特朝我們走來，手裡拿著一個大尺寸牛皮紙公文袋。

「你要的東西，」他說。「這些是監聽紀錄。所有藉由本次監聽行動取得的通訊內容都不會用於本案刑事訴訟。」

我接過公文袋，撕開封口，從裡面抽出大概六、七張通聯紀錄。每一通電話、每一支號碼、日期時間、通話時間長度……全都用表格列得清清楚楚。我的手機、布洛克的手機、凱特的手機和哈利的手機各裝訂成一疊，但資料不多。他們果然很快就把腦筋動到我們身上，當然啦，他們沒竊聽到什麼有用的資訊。事實上，我很確定這些監聽紀錄能幫我們一把。

懷特明明握有這些紀錄，之前卻沒公布，表示這些通訊對話裡沒有可以用來當作罪證的內容。奧圖手機的通聯紀錄只有五頁，上面列出一排電話號碼。我想坐下來仔細查核那些號碼及其通話內容，可是找不到逐字稿。我把正要走出大門的懷特叫回來。

「通話內容的逐字稿呢？」我問。

「沒有這種東西。」

「什麼意思？」

「法院核發的監聽票允許我們監聽所有通話，但只能抄錄和展示可作爲犯罪證據的通訊內容。我們沒聽到什麼可疑的對話。她也沒打給她的律師。」

「我不相信你。」我說。

「如果我有凱莉．米勒的把柄，你覺得我會隱瞞嗎？我會在你面前大肆炫耀，弗林。抱歉，什麼都沒查到。眞的有夠浪費時間。」

他和助理一起離開法庭。情況很不對勁，這些通聯紀錄也一樣。我感覺得到，只是還看不出個所以然。我不相信懷特，如果他藏有什麼王牌，準備在最佳時機打出來，他一定不會猶豫。

我查看手機。有兩通未接來電，都是布洛克十五分鐘前打來的。法庭裡只剩下我和哈利兩人。我回撥給她。

「怎麼了？」我問道。

「不是凱特。」她說。

我閉上眼睛，抬起頭，默念禱詞。

又一個死於睡魔之手的受害者。但……是誰呢？

有時你看著這個世界，會覺得好像一切都不太對。有些東西變質，有些東西不正常，有些東西錯得離譜。你能感覺到有問題，卻很難找出解決辦法。

有時解決辦法來自另一個問題。彷彿我的潛意識已經扎扎實實、努力運轉了好幾天，我卻渾然不知。突然間，最後一塊碎片落下。

砰！就像變魔術一樣。

「可以描述一下這個受害者嗎？」我說。

「他被剁成好幾塊才塞得進冰櫃。目前只知道這樣。還是無法辨識他的臉……」

「有缺少什麼肢體部位嗎？」我又問。

話筒另一端好像突然斷訊一樣，一片死寂。

沒多久，布洛克開口。「你怎麼知道？」

我們談了十分鐘，敲定一個計畫。

「什麼情況？」哈利問。

「該給記者獨家了。」我回答。

45 凱特

先是一陣痛楚。

接著一片黑暗。

她的頭部和頸部宛如被火灼燒。這是她有生以來感受過最劇烈的疼痛，彷彿有人拿著乙炔噴槍將她的大腦燒成一團滾燙起泡的粉紅色組織。

她感覺到有股壓力按在胸口，原來是她的下巴。她試著慢慢抬頭，脖子痛得要命。她的肩頸肌肉一直處於緊繃拉伸的狀態，天曉得她就這樣垂著頭，在嚴寒的氣溫中凍了多久。她非得忍著痛仰起頭不可。她努力想抬起手臂好撐著下巴，卻發現雙手被反綁在身後。

這時，她才意識到自己直挺挺地坐在椅子上，手腕和椅背牢牢綁在一起。

她睜開雙眼，眨了幾下。眼前依舊一片晦暗，沒有半點光亮。

她吞嚥口水，喉嚨倏地湧上一股灼熱，有如破皮露出血肉一樣陣陣刺痛。她飛快吸了兩口氣，咬緊牙關，硬是伸直脖子把頭抬起來。那瞬間，頸部的痠疼似乎消散無蹤，因爲所有痛楚猛地竄升至大腦。顯然她的頭對於脖子亂動很有意見。她痛得大叫，鹹鹹的淚水滑落到嘴角，扎刺著那雙乾裂至極、彷彿被陽光烤曬過的唇。她試著濡溼嘴唇，卻嚐到血腥味。

她忍不住啜泣，顱內如擂鼓般狂烈敲擊的疼痛讓她幾近崩潰。

凱特往後靠著椅背，讓肩膀放鬆，專注於每一次呼吸。她知道，如果不這麼做，她會反胃想吐，繼而陷入恐慌，讓情況變得更糟。

痛苦慢慢轉為困惑。她為什麼會在這裡？這是夢嗎？

困惑漸漸化成記憶。

有一隻手捂住她的嘴。

溫熱的呼吸拂過她頸間。

針頭刺進皮膚的感覺。

還有那首歌。那首該死的歌。

然後是這個地方。

這是哪裡？

思考能幫助她理清頭緒。

凱特的父親在高掛警徽退休前當了二十多年的紐約警察。她還記得爸爸講的那些故事，那些緊要關頭。他就是這麼說的。緊要關頭。重點不是他壓低身子躲在巡邏車後面，而某個黑幫分子用Mac-10衝鋒槍將巡邏車打成蜂窩；不是他在十層樓高的樓頂將一名企圖跳樓自殺的男子拉下來，因為對方嗑藥嗑到茫、不小心悶死了自己的孩子；也不是他看著自己的搭檔在錯的街區敲錯門，被獵槍轟得腦袋開花。

緊要關頭。

她的父親告訴她，一個人的生死，端看自己能否深思熟慮，做出適當的決定。這就是生存的關鍵。適當的決定。總是有些抉擇能讓事情變得更糟，或是變得更好。

凱特的眼睛逐漸適應了濃重的黑暗。

呼吸也趨於和緩。

她重新拾回自己的感官知能，得以聆聽、嗅聞和觀視。能看的東西不多。周遭伸手不見五指，除了上方那片應該是天花板的東西之外，她無法辨識出任何輪廓。至於天花板有多高，她不太確定，只知道不該那麼低。她心想，不曉得她坐的椅子是不是被放在桌子上？因為看起來她要是站上椅子，頭似乎會撞到天花板。

儘管她已經調整過呼吸，鼻息聲還是很大。她輕輕「嗚」了一聲，豎起耳朵細聽。聲音幾乎是立刻傳回來，而且又悶又沉。她猜自己被關在一個由水泥牆圍起來、非常狹窄的小房間裡。可能是地下避難室之類。

她赤腳踩在冰冷的地板上。絕對是水泥混凝土。地面平整、堅實、光滑。除此之外，地上還有別的東西，在她腳底下滑來滑去。那不是礫石。

是沙子。

有那麼一秒，恐懼再次來襲，而且是更深、更強烈的恐懼。但她努力壓下這股情緒，好好呼吸，重新掌控自己的神經系統。

空氣中瀰漫著一股濃烈又熟悉的氣味。

潤滑油、機油，還有工具的金屬味。

聞起來像車庫。這跟旁邊那些黯淡模糊的輪廓完全不符。她開始發抖，冷風穿過單薄的睡衣，啃咬著她的皮膚。那些輕微的震顫就像引擎一樣，點燃她腦中的火花。身體上的疼痛本來有些緩解，但寒氣、憂懼和顫抖又讓那些痛楚甦醒，挾著復仇的怒焰而來。彷彿有人將她的大腦換成破壞球，一點點小動作都會讓腦子猛力撞擊她的頭骨，於顱內跳彈著想衝出來。

反胃感隨著疼痛湧現。她閉上眼睛，盡量保持靜止。

好好思考。

她還活著，但她不曉得爲什麼。睡魔不會活捉受害者當人質。她之所以沒死，可能有兩個原因。

她是贖金，是用來牽制警方或艾迪的工具，作爲討價還價的籌碼。這似乎是最有可能的解釋。

至於另一個原因，她不願去想，卻還是擋不住。那個念頭盤踞在她心上，就像那股氣味一樣，無時無刻不在。

他想玩場虐殺遊戲，慢慢折磨她。

凱特當下便決心要逃離這裡。她聽不見說話聲，看不到任何人。睡魔不在這個詭異的房間裡。她還有時間，只是不曉得有多少。

她必須冷靜思考。

謹愼計畫。

盡快逃走。

她移動一下，改變身體重心，猜想自己坐在一張木製餐椅上。往後靠時，椅子會嘎吱作響，類似老櫸木或松木與其他木頭摩擦時會有的聲音。她的雙手被束線帶反綁在身後。她用手指摸索，發現手腕中間還有個結，另一條束線帶延伸到椅子下方，綁在中間的橫木上。

她右腳用力往下踩，然後將重心移到左邊，翹起右側兩隻椅腳——離地再高一點——就在她以爲自己可能會往後栽跟斗時，她猛地倒向右方。右側椅腳撞擊地面之際，她施力下壓，直到左側椅腳懸在空中，再整個人飛快左傾。

搖晃的動作讓椅腳發出刺耳的唧唧聲和木頭裂開的劈啪聲。她拚命扯動手臂，束線帶深深勒進皮肉裡。

沒多久，鎖著螺絲的椅腳便開始鬆動，中間的橫木也隨之脫卸。

凱特又拉又拽，又晃又搖，感覺到束線帶在腕間滑動。

她費了好大的勁，終於擺脫那把該死的椅子。即便累到喘不過氣，她站起身時還是差點露出笑容。她挺直腰桿，背部疼痛難當。她花了點時間放鬆肌肉，俯身向前，雙手從腰部往下滑到大腿後方。她彎腰坐到地上，將呈圈狀的手臂往前拉，大腿和腳就這樣依序穿過去。

她的手總算移動到前方，只是仍被束線帶綁住。她站起身。

經過一番折騰，凱特汗流浹背，全身上下除了腳以外都暖熱起來，牙齒也不再格格打顫。

牙齒。

凱特將手腕湊到臉前，歪頭調整一下角度，讓下門牙剛好能頂住束線帶。

她開始咬嚼。

銳利的塑膠邊緣劃破了她的下唇。她不停開合下顎，嘴裡能嚐到血味，淚水沿著臉頰淌而下，刺痛了傷口。她渾身發抖，手腕皮開肉綻，滲出鮮血。

束線帶啪地斷成兩半。

她的雙眼出於本能望過去，看著束線帶掉落在地。就在這個時候，她瞥見地上有一道細細的光線。不是地板發出的光，而是反光。她抬起頭，只見天花板上有條小縫。起先她搞不清楚自己到底在哪裡，只知道四周空間狹小，大概只有一百五十公分寬，三百公分長，而且天花板很低，非常低，就跟凱特料想的一樣。個子不高的她輕輕鬆鬆就能摸到天花板。指關節碰到鋼鐵，發出鏗鏘聲的那瞬間，她大吃一驚。

感覺就像有塊巨大金屬板充當著屋頂。她將掌心平貼在板面上使勁推。金屬板紋風不動。她往前走到房間另一邊，站在那條小縫下面。縫隙寬度頂多能塞張紙巾，就這樣，連她的指甲都穿不過去。她又試著移動鋼板，但實在是太重了。

下一秒，她恍然大悟。她知道這是什麼地方。

機油和潤滑油的氣味、地上的沙子、空間的大小和形狀。她探向狹長的水泥牆頂端，結果摸到類似木頭的東西，但只有一小部分，彷彿牆面上鑿出一條溝，嵌著老舊的桃花心木。

她在一個用以檢查汽車底盤的維修坑裡。

姑且不論確切位置，這個地方曾是修車廠，而且年代久遠，可能是專門用來檢修公車、卡車或其他大型車輛的地方。水泥牆上的木材其實是個擋板。只要移開，就能沿著水泥台階走出維修坑。這片擋板應該是特製的，維修坑閒置時可以蓋住台階。在沒有大型車專用液壓千斤頂的年代，如果有卡車或公車要維修，技師就會走下階梯踏入坑室，車輛則駛到維修坑上方，這樣就能以舒服適切的高度檢修底盤。

現在維修坑被鋼板蓋住。要是有辦法移動鋼板，就能逃出這裡。

這時，一陣碰撞聲和嘎吱聲傳來。緊接著，造成聲響的不明物體又發出不同的聲音。她聽見有隻野鴿咕咕鳴叫，拍動翅膀。

只是一隻鳥。

一隻該死的鳥。

凱特思忖片刻。她必須離開這個鬼地方。

但她完全不曉得該怎麼做。

46

凱莉・米勒日記摘錄

六月五日

我想我能信任的人只有一個。

我爸媽已經不在了，我也沒有兄弟姐妹。跟丹尼在一起後，我和朋友見面的次數愈來愈少。他常鼓勵我找她們聚聚，過他所謂的「閨密之夜」，但她們似乎日漸疏遠。克萊兒、凡妮莎、蘇珊，她們都還在紐約，依舊住在破舊的公寓裡，做著同樣的爛工作。開著特斯拉出現時，我能看到她們心一沉；請大家吃晚餐或喝酒時，我能感受到她們的困擾。她們從來沒說什麼，但疏離感就在那裡，藏於強顏歡笑和道謝一角。我們之間有了隔閡。錢沒有改變我，卻改變了其他人事物。很快的，她們就不再打電話約我了。我不想讓她們覺得不自在，也有試著把事情講開，尤其是跟克萊兒。她說我們的感情不會變，而且她很為我開心。但我知道，我們的友誼變了。感覺也變了。

丹尼沒有自己的社交圈。稱不上有。我們去參加電影首映、慈善舞會、雞尾酒派對、社交俱樂部舉辦的盛大晚宴——這些聚會、場合與光鮮亮麗的名流，我過去只有在腦中夢想或是在電視上看過。這些人都不是我們的朋友。大家去參加這些活動只是為了露面，跟他們認為有權有勢的人攀談寒暄。

我身旁沒有人可以討論這件事，也沒有朋友可以聊。於是，我聯絡一個我知道能保守祕密的人。一個告訴我可以隨時打電話過去的人。一個以保密為職責的人。

奧圖的事務所看起來像間高級藝廊。接待區的家具古色古香，非常美麗。進去沒多久，接待人員就帶我到他的辦公室。辦公室牆壁以橡木鑲板裝潢，裡面有幾座古董書櫃，綠色復古檯燈擺放在各個角落，辦公桌上有一只精緻的胡桃木盒，裡頭裝著上等雪茄。

起初奧圖有點忌諱在丹尼不在場的情況下跟我談。他說丹尼是他的客戶，可能會有利益衝突。我告訴他，這件事跟丹尼有關，很重要，他也應該要知道。我必須找個人談談——我不能再這樣下去，把這件事憋在心裡。

也許是因為我顫抖的聲音，也許是因為我懇求的語氣，或是我臉上的表情。無論是什麼原因，都讓奧圖放下律師的架子，伸出雙手越過桌面，握住我的手。

他問丹尼是不是打我。他可能從客戶那裡聽過很多故事，處理過很多案子，幾乎一眼就能看穿他人心裡的祕密。

我開始說明，將事情一五一十地告訴他。那些外出不歸的深夜；警察找上門，丹尼騙了警察，也叫我說謊；那輛我根本不知其存在的廂型車；經常半夜洗澡；他送我的耳環，以及我看到瑪格麗特・夏普戴著同款耳環的照片；那兩枚戒指，還有從沒洗過衣服的他第一次在凌晨三點洗衣服。

他嘴唇微張，但什麼也沒說。我可以看到他臉上閃過各種可能的回應，就像吃角子老虎的轉盤一樣。他就這樣張著嘴，安靜了好一陣子，不知道該說什麼，又該怎麼說。終於，他舔舔嘴唇，吃角子老虎的轉盤慢了下來。

看得出來我剛才那番話對他造成很大的衝擊。但他還沒完全明白，也不想接受事實。因為他說他不相信丹尼是凶手。我告訴他，一個月前我也不相信，可是種種巧合和怪事多到令人無法忽略。我說，我可能和一個殺人犯住在一起。

我拿出這本日記給奧圖看，告訴他丹尼徹夜未歸後送我首飾的日期，正好都是睡魔犯案隔天。奧圖又陷入沉默。

他問我想不想報警。我問他怎麼看，畢竟我是來徵詢他的意見的。他說他不知道該怎麼做，因為我和丹尼簽了婚前協議，其中有一條是互相尊重條款。基本上，如果我對我先生做出不實指控，我就會失去分得婚後財產與資產的權利。

我告訴奧圖我很害怕，不曉得該怎麼辦。我睡不著，除了這件事外什麼都沒辦法想，覺得自己快被逼瘋了。

他站起來繞過辦公桌，雙手握著我的肩頭柔聲安慰我，不時輕輕撫搓我的上臂。他身後靠牆的地方有一把古董桃花心木椅，他搬起那張椅子，坐到我旁邊。

他試著讓我平靜下來。我覺得自己好蠢。愚蠢、害怕又自私。我從口袋裡拿出面紙，擦去眼角冒出的淚水。我說，我現在看著我先生時都會默默問自己，那些人是不是他殺的，而我不知道答案。我就是不知道。這樣的日子我過不下去。

我還記得我凝視著奧圖的臉。可憐的傢伙。他平常來往的都是那些有錢的好人，而他們唯一的問題就是怎麼少繳一點稅。他不需要這些鳥事。他不需要我來這裡趴在他桌上哭，又笨又傻，歇斯底里。他似乎真的很關心我，我也看得出來他想幫忙，只是不曉得該拿我怎麼辦。

他說他有個熟識的私家偵探，可以暗中調查這件事。如果真的有所發現，他會和我一起去警局報案。他很擔心我先前欺騙警察，不斷重複提起，問我為什麼要那麼說。我告訴他，我根本不曉得怎麼回事，而且當時我連懷疑丹尼違規停車都不可能，更別說是連續殺人了。

他站起來，走向擺在角落的鋼製檔案櫃。那是一個又大又重的防火櫃，看起來好像有一噸重，可能是用來存放地契、房契及其他重要原始文件。他從夾在西裝背心的懷錶鍊上取下一把鑰匙，打開櫃鎖，拉開第二層抽屜，拿出一把我以為是亮黃色玩具槍的東西。

他說他痛恨槍枝，但他們為了保險起見，堅持要他準備個人防身器材，所以他買了這把電擊槍。他說他希望我拿著，可能會讓我安心一點，而且他也會比較放心。我接過電擊槍，感受一下重量。沒想到居然這麼重。

我向他道謝。

他說他會再跟我聯絡。離開奧圖的辦公室時，我很慶幸自己有來找他。至少有人知道這件事。至少，如果我遭遇不測，奧圖會知道我說的是實話。

有人會知道我說的是真的。

47 凱特

四周黑暗籠罩，凱特坐在地上大口喘氣。天氣很冷，她只穿著睡衣，沒穿鞋子，連襪子也沒有。冰冷的地板讓她的腳變得麻木，再也感受不到它們的存在。

話雖如此，她依舊滿頭大汗。

過去幾個小時，她一直在想辦法挪開那片蓋住維修坑的鋼板。

鋼板沒移動半寸。從中間施力得抬起絕大部分重量，因此凱特盡可能移到最邊邊，背靠著牆用力往上推，但她的手臂沒那麼有力。

她試著繃緊手肘，彎下膝蓋，利用腿部的力量使勁推抬。

鋼板還是沒動靜，手腕卻疼得厲害，她開始擔心再這樣下去可能會骨折。感覺好像什麼方法都不管用。持續推沒用，借助雙腿爆發力猛地往上頂也沒用。一陣痛楚竄過她的前臂，她壓下衝上喉頭的尖叫，癱倒在地。

媽媽去世後，凱特陷入前所未有的低潮。她的父母先是供她上大學，然後又送她去念法學院。當時凱特並不知道媽媽罹患癌症。她刻意隱瞞病情，不希望女兒浪費那些年歲，被擔憂、悲傷及家人即將離世的痛苦綁住，也不想讓凱特知道自己做出的抉擇。保險不會全額給付她的醫療費用，所以他們要麼支付凱特的學費，要麼花錢進行藥物治療以延長她的壽命。

凱特的母親認為根本不用考慮，因為凱特就是她的生命；她父親則理解並支持妻子的決定。凱特踏進法界執業的每一天，都是在償還對母親的虧欠。她為受害者打贏的每一場官司、穿上套裝的每一個早晨、打給爸爸的每一通電話——這筆債本該愈來愈少，內疚本該愈來愈輕。

可是從來沒有。

一次也沒有。

如今，她被一個魔鬼般的惡人綁走，囚禁在這座坑窖裡。難道這就是她媽媽犧牲了那些年換來的結果？那些本來可以很幸福的小日子。一生中最美好的時光。一旦時間變得彌足珍貴，每一刻、每一抹笑容、每一個擁抱、每一次親吻都很重要。

凱特抹抹臉，用手梳梳汗溼的頭髮，然後咬緊牙關，忍著雙腿、臂膀和背部的疼痛站起身。

要是從中間和側邊都抬不起來，那就試試角落吧。她把椅子搬到維修坑右側一角，正方形座椅的大小和形狀正好能擺進坑角凹處，整體來說還算貼合。

這一次，凱特站在椅子上屈膝，直起身體，頭觸碰到鋼板，發現板子高度比她想的低很多。她雙腿彎曲呈四十五度角，縮起下巴，肩膀頂著鋼板，雙手撐著膝蓋。

做了三次深呼吸。

低聲向媽媽祈禱。

然後用力往上推。

鋼板動了。

她放下鋼板，大口喘息。它動了，但只有一點點。她需要別的工具輔助才行。要是有什麼東西能撐著讓鋼板往上傾斜，就能打開一道縫隙。她抓住椅背上方，另一隻手握著立柱拚命拉，想把木條拆下來。

她要離開這裡。

下一秒，她整個人僵在原地。

一扇金屬門打開，然後砰地關上。她聽見頭頂傳來一陣腳步聲。

他來了。

48

睡魔

老舊的康尼島公車維修廠雙扇門上纏繞著重達十四公斤的鐵鍊，上頭還掛著約兩公斤的鎖。睡魔將鎖打開。一九五五年開通公車路線前，康尼島大道的主要大眾運輸工具是路面電車。這些列車經常需要維修。公車取代路面電車後，公車同樣得檢修養護，而且頻率可能比路面電車更高。

隨著公車邁向現代化，維修方式和做法也因應時代而有所改變。這座維修保養廠並非紐約大都會運輸局康尼島調度站的一部分，而是由一家私人企業管理。他透過空殼公司以土地開發的名義買下這間舊維修廠，不過公司並沒有進行土地開發，而是坐等房地產價格上漲。等待期間，維修廠屬於睡魔一人獨有，他可以隨心所欲地使用廠房。一個私密又隱僻的地方，不管發出什麼噪音、有誰進出都沒關係。這附近沒有住家，也沒有人，只有許多工廠和供應商貿公司。傍晚五點到隔天清晨五點之間，街上完全看不到汽車或卡車的蹤影。

他踏進廠房，關上身後的門。維修廠內共有四個維修坑，可容納四輛公車。左前方第一座維修坑上蓋著一塊鋼板，正中央有台鐵製工具車壓著，用以增加重量。這間維修廠建於一八八〇年代，當時木材仍比鋼材便宜。粗實的椽梁縱橫交錯，支撐著屋頂，其中有些已經坍塌，逐漸朽敗。頹毀的部分主要集中在維修廠右側，靠近雙扇鐵捲門那邊。那些木頭並不是自然腐壞，而是遭受蟲害。

報喪蟲幾乎快把屋頂啃爛。他看得到牠們，尤其在夜裡，有如黑色小雨珠漫過老橡木。成千上百隻。

他走向蓋著鋼板的維修坑，用靴頭敲了幾下。

側耳聆聽。

他能聽見她在底下急促、挾著恐懼的呼吸聲，還有別的噪音。她的腳，在動。

她掙脫了綑綁。不出他所料。

他從背包裡拿出一瓶水、一份燻牛肉三明治和幾根巧克力棒。她現在一定又餓又渴。

他刻意將音調降八度，讓嗓音變得更低沉。在職場上，這個方法很管用。命令的口氣總是能引起對方回應。

「我要給妳一些食物和水。妳要是敢爬上來，我會狠狠傷害妳。懂嗎，凱特？」

片刻沉默後，他聽見她的答案。話語被坑室周圍的鋼筋和水泥牆扭曲成詭異的回聲。

「懂。」

他在維修坑邊緣與鋼板之間留了一道很小的細縫，大概只有〇點三公分。大到足以讓空氣流通，但底下的人又無法把手探出來，連伸個小拇指都不行。第一步是移動工具車。他踩上鋼板，費了點工夫才把沉重的鐵製工具車移到旁邊。其實只要輪子一動就很好推，只是剛開始得花些力氣。移動時，四個輪子各自發出交響樂般的噪音，交織著生鏽的咿呀聲和刺耳的唧唧聲。

他拾起地上一根末端帶鉤的長鐵棒，將扁頭那端卡進縫裡，開始來回拉移，沒多久就撐出一道夠寬的空隙。他將鐵棒插進去往下壓，利用槓桿原理推開鋼板。鋼板磨過水泥混凝土，往後移了幾公分，發出尖銳的刮擦聲。

他將鐵棒靠在柱子旁，把水、三明治和巧克力棒丟進陰暗的坑室裡。他沒看見人影。她大概是躲在對面角落縮成一團。沒必要讓她興起趁隙逃跑的念頭。他拿起鐵棒讓鉤子那端朝下，勾住以鑽孔螺栓接合在鋼板上的把手，接下來就輕鬆了。只要拉動鋼板往回拖，直到完全蓋住維修坑就好。

他拋下鐵棒，走向工具車，將它推回鋼板中央。

多了這些重量壓頂，要逃出維修坑根本不可能。

他留了一道比之前稍寬的縫隙。大約二點五公分。

睡魔蹲下來用腳跟保持平衡，手肘撐在膝蓋上，十指交握。

「我跟弗林說了，如果他能讓凱莉獲判無罪，我就放妳走。」

沒有回應。

「今天的庭審很順利。他很厲害。我說弗林。非常厲害。他只是需要適當的激勵。應該明天就能得出判決結果。」

沉默無聲。

「凱莉應該會在審判結束後出現，妳不覺得嗎？畢竟她需要我。」

這一次，他等著凱特回答。坑室裡依舊一片寂靜。

「妳是不是很害怕？」

凱特什麼也沒說，但他聽見了她的反應。斷斷續續、微弱的啜泣聲。然後……

「我很害怕。凱莉也是。她很怕你。」凱特的聲音被空間和鋼板放大，在維修坑裡迴盪。

睡魔伸手探向腰間的皮革刀鞘，拔出利刃。

「我知道我告訴弗林，只要他勝訴，我就讓妳離開……」

他轉動手腕，將刀子拋向空中，以熟練的動作精準握住刀柄。

「我是認真的。如果他替凱莉打贏這場官司，我就放妳走。至於妳能不能帶著雙眼踏出這裡，那就要看妳的造化了。」

他站起來，轉身朝門口走去。門邊堆著幾個麻布袋，高度及肩。他收起刀，一把抓起最上面的袋子，扛在肩頭。將近二十公斤的細沙。

準備搬進新家。

他走出維修廠，用鐵鍊和掛鎖將大門鎖好，將沙袋放到廂型車後面，駛上街道，返回市區。

他把廂型車停在一座臨時露天停車場。時間將近六點。停車場矗立著一棟一年前就開工動土的大樓，由於新冠肺炎疫情的緣故，紐約各地的建築工程停擺了好一陣子，不過周遭的鐵絲網圍欄上掛著告示牌，寫著停車場將於下週永久關閉。這座城市逐漸重拾過去的生活步調，慢慢回歸日常。

經過一家書報攤時，有個東西抓住了他的目光，讓他不由得停下腳步，好像踩到強力膠似地站在人行道上。

新聞版面。所有報紙都拿凱莉的案子當頭條。

他掏出手機，收到六則相關新聞推播通知與電子報。

「#艾迪弗林」這個主題標籤登上推特趨勢熱搜。

他點選《紐約時報》網站上的最新消息。新聞標題怎麼看都不合理。

艾迪・弗林呼籲凱莉・米勒供出丈夫下落。

《紐時》刊登了弗林的聲明。一位名叫貝蒂・克拉克的《哨兵報》記者取得獨家，並將這篇報導提供給各大新聞平台，包含平面、網路與電視媒體。

睡魔之妻凱莉・米勒案正式開庭。《紐約哨兵報》記者貝蒂・克拉克獨家採訪到身於本案核心的辯護律師。今天的審判是在被告缺席的情況下進行。儘管遇上挫折，凱莉・米勒的辯護律師艾迪・弗林依舊積極為當事人辯護，質疑檢方提出的鑑識證據。今日庭訊結束時，弗林發表聲明如下：

「大家都知道，我的當事人今天並未到庭。她違反了保釋條件。她逃跑，是因為她害怕。我的當事人之所以害怕，是因為她是睡魔的另一個受害者。真正的凶手至今仍逍遙法外，殺害無辜的人。紐約警方與聯邦調查局應停止迫害我的當事人，勿將她丈夫所犯的罪歸咎於她。這就是司法體系與媒體的所作所為。每當女性遭暴力侵害，不知為何，受指責的都是女性。

這種情況必須立刻消停。從我做起。以下是給凱莉的話。我知道妳很害怕，也明白背後的原因。妳必須說服自己信任別人。考慮到妳經歷的一切，我知道這對妳來說很難，但妳可以相信我。除非妳一起打這場仗，否則我幫不了妳。我會跟妳站在一塊，風雨同舟，休戚與共。今天晚上，請打電話到我的辦公室。不是妳打來，就是明早我向法院提出聲請，終止訴訟委任。屆時法庭上就不會有辯方，審判將在妳我都不在場的情況下進行。妳會被判有罪。

妳必須在今晚聯絡我。這是妳唯一的機會，不要浪費，因為我可以向妳保證——我知道妳是受害者，只要妳信任我，無論如何我都會為妳奮戰，絕不放棄。但我一個人做不到。」

睡魔按下手機側邊按鈕，螢幕轉黑，進入待機模式。對凱莉喊話這招很聰明。他很有把握，她一定會打給弗林。弗林這個機靈的混帳。他轉過身，邁步走回停車場。

一看到凱莉和艾迪現身，他就會殺了那個律師，把她帶走。

他和凱莉會遠走高飛，在新的地方展開新的生活。他已經做好準備。等事情結束，他們就安全了。他們可以花上大把時光，沿著鄉間小路漫步，在貨眞價實、燃著焰火的壁爐前慵懶地吃著簡單的晚餐，徹夜長談，就像他們初識時那樣，聊到很晚才相擁入眠熟睡。

他殷殷渴盼的正是如此。這並不容易，但抱著她，甚至光是有她在身旁，都能帶給他飽脹的滿足感，讓黑暗中啃噬他大腦的尖牙停息，安靜下來。一切都會很完美。只要她平安。

事實上，如有必要，他知道自己願意爲她而死。

不過首先，他想重新生活。

現在他需要的，唯有他心愛的女人。

49

艾迪

原本擺在接待櫃檯的話機現在移到我辦公桌上。所有打進事務所的電話都得經過這支號碼轉接。丹妮思、哈利和布洛克都癱坐在辦公室椅子上，但雷克不是。

他恰恰相反。他俯身向前，手肘撐著膝蓋，右腳拍打地面，偶爾停下來咬咬指甲周圍的死皮，然後繼續用腳敲個不停。

沒完沒了的踏擊聲讓我覺得很煩躁。應該說大家都有點惱火，布洛克除外，因爲她累到根本沒去注意，也不在乎。她努力與沉重的眼皮搏鬥，結果輸得很慘。她不時打起瞌睡，但沒一兩秒就驚醒。只要頭開始往下垂，她就會猛地睜開眼睛，接著再次落入抵抗睡意的迴圈。

「雷克先生，你要喝咖啡嗎？」丹妮思問道。

「你們有檸檬嗎？要是能喝點熱檸檬水就太好了。」

「我們不買檸檬，」丹妮思回答。「因爲放不進咖啡機裡。我們只有咖啡。」

「是哪種咖啡？」

這是丹妮思第一次被問到這個問題。她知道每一組民刑事訴訟法院文件歸檔分類號，對民事與刑事訴訟程序規則瞭若指掌，可說是曼哈頓能力最強、最被大材小用的祕書。她什麼都知道，就是不知道我們喝的是哪種咖啡。

「研磨咖啡。」她說。

「我瞭，但是是有機的嗎？」

「是塑膠袋裝的。」

「咖啡豆產自哪裡？」

「咖啡樹啊。」

「好吧，我的意思是，有經過公平貿易認證嗎？產地在哪裡？哥倫比亞、巴西、印尼——」

「我覺得是我屁眼裡。」

「丹妮思……」我加重語氣。

「你到底要不要咖啡，雷克先生？這是我拿辦公室零用金去塔吉特超市買的。」

「不用了，謝謝。」雷克說。

「我要，丹妮思，感恩。」哈利直起身子。克萊倫斯窩在他腳邊，抬頭望著他。他摸摸小狗，揚起微笑。

就在這個時候，一陣鈴聲響起，如電流在辦公室裡奔竄。大家立刻坐起來圍在話機旁。丹妮思接起電話。

「弗林與布魯克斯律師事務所，您好。」她臉上寫滿期待和盼望。

那絲希望隨著垂下的肩膀消散無蹤。「是佩提爾先生。」她翻翻白眼，把電話遞給我。

我接過聽筒。

「艾迪，我在樓下按事務所電鈴按了好久。她打來了嗎？」

「誰去幫奧圖開個門。」我吩咐，然後對著話筒說：「馬上讓你進來。對不起，我們都坐在辦公室裡等她電話。」

丹妮思起身離開。不到幾秒，我就聽見門鎖鬆解的鈴響，接著是大門打開的聲音。奧圖身穿高級西裝踏進辦公室，空氣中彌漫著淡淡的古龍水香。

「抱歉，我不是故意要占線。先前被聯邦調查局那麼一搞，我根本不想用電話聯絡。」

「沒關係，坐。」

「不用了，我不方便久留。我畢竟是檢方證人，不應該來這裡。」

「放心，」哈利說。「就像我們之前提到的，只要不討論你的證詞就不會有問題。你還好嗎？」

我這才注意到奧圖的黑眼圈。這種案子扛了那麼久，多少會摻雜一些個人情感。律師，就連憤世嫉俗的律師，也會不由自主投入其中，因爲這場訴訟攸關他人性命。這就是我選擇相信奧圖的原因。此外，他八成也很關心自己的一百萬美元報酬。如果凱莉一直在跑路，這筆錢就拿不到了。

「我沒事。我只想搞清楚現在是什麼情況。是我選你接手這個案子，我要知道有人會替她辯護。她曾信任過我，我不想讓她失望。」

「我們很想幫她，眞的，」我說。「但她必須出來面對才行。我們需要她，奧圖。我們賭上的比你知道的更多。不是只有凱莉有生命危險。」

「我不懂你的意思。」他說。

「別擔心。交給我們處理。她會打來，我再去見她，說服她出庭。一切都會沒事的。」

「這倒提醒了我。你今晚去找她時要小心，聯邦調查局的人就守在離事務所幾個街區遠的地方。」

「坐在有標誌的車上？」布洛克問道。

「不，是監視小組。有輛深色廂型車停在這條街再過去一點的那家麵館外面。我觀察了一下，應該是他們沒錯，至少我認爲是。自從被竊聽後我就變得有點疑神疑鬼。」

我和雷克、布洛克起身走到窗戶旁。果然，三個街區外的何家麵館前停著一輛深色廂型車。附近可能還有其他人待命，準備從車尾隨跟監，只是所有行動都由坐在廂型車後面的兩三個傢伙指揮調度。

外頭天色昏暗，加上距離遙遠，很難判斷情況，但我隱約看到廂型車駕駛座上有個更黑的人影。

「如果她打來，一定要先記下號碼，再用拋棄式手機回撥給她，」雷克表示。「他們可能在廂型車後面監聽你的辦公室市話。」

我聽見丹妮思端著咖啡走進來。電話響了。

大家全都飛快轉身，盯著話機螢幕上閃爍眩目的亮光。我拿起話筒，按下接聽鍵。

「喂？」我說。

打來的是個女人。聽聲音就知道是她。她不發一語。電話那端只有喉間急促沙啞的呼吸聲、努力忍住不哭的細碎抽噎，以及如高牆般堵在話筒前的焦慮。

「我眞的能相信你嗎？」凱莉．米勒終於開口。這不是某個王八蛋打來事務所鬧。我們稍早已經接過兩通惡作劇電話了。

「眞的。我想跟妳私下聊聊。只有妳和我。我現在要用安全線路打給妳。螢幕上有來電顯示，妳等一下，我先掛斷再回撥。」

我掛上電話，拿起拋棄式手機輸入號碼。

我按下通話鍵。大家的目光都落在我身上。我瞄了窗外的廂型車一眼。沒有動靜，也沒有燈光，就只是停在那裡，要行動也來不及了。

凱莉接起電話。

「計畫是這樣的。我們得見個面，然後我會安排妳明天向紐約警方自首。妳會被逮捕拘留，並出席聽證會。我會陪妳一起去，妳會很安全，我保證。至於能不能打贏這場官司，取決於妳，我無法給出什麼承諾，但我大概知道該怎麼做。審判頂多一天或一天半就會結束。從現在算起，整件事會在四十八小時內畫下句點，前提是妳今晚來找我。」

我盯著那輛廂型車，等她回答。

「那些人不是我殺的。」她說。

「我知道。不過除了案子，我們還有很多事要談。一個小時後在丹波區的河濱公園見。」

「好。」

我掛斷電話，撥了另一個號碼。對方幾乎是秒接。

「艾迪阿弗。」話筒那端傳來「帽子」吉米．費里尼的嗓音。吉米和我是從小一起長大的好朋友。兒時的我們有很多共同點。我爸是個偽裝成普通人的騙徒，吉米的父親費里尼老爹則是全國勢力最大的義大利黑幫首腦，唯一不同的地方在於他爸沒有假裝自己是良民。我們倆非常喜歡拳擊，整個夏天和大多數冬夜都泡在米奇的健身房裡，一拳一拳猛揍沉重的沙包，指關節抵著水泥地做伏地挺身，在拳擊場上追逐嬉鬧。我們各自追隨父親的腳步，至少我有段時間是這樣。我和吉米向來彼此支持、互相照看，雖然最近都是我向他求助，但我知道，他很願意也很樂意幫忙。我們之間就是這樣。如果他需要我，我一定挺他到底，沒有二話。

「你好嗎？」我問候。

「我很好，忙得咧。我看你也是。需要什麼嗎？」

「我想找車手，但時間很趕。」

「多趕？」

「三十分鐘。」

「行，只是看你想怎麼幹。」

「我打算分四路，需要一組之前合作過的人馬，知道怎麼跑威尼斯迴旋。」

「你改打珠寶店的主意啦？」

「坦白講，我要是幹那行，生活搞不好會比較輕鬆。但不是，我得去個地方，不想讓聯邦調查局的人跟。你那邊最好的車手是誰？」

「最好的還是阿飛。」

「他到底幾歲了啊？」

「沒人知道，也沒人問。連我這個老大都沒種問。」

「也是。工時三十分鐘，給我最好的人選。每輛車一千五，你兩千。可以嗎？」

「我那兩千不用。他們一人會讓我抽五百，夠了。四部車，半小時後到。保重，阿弗。」

「謝了，吉米。」

50

艾迪

二十九分鐘後，我揮揮手，目送奧圖坐上他的賓士離開。他的狀況感覺比剛到的時候好多了，讓人安心不少。事態發展完全超出奧圖的舒適圈，他應付不來。站在路邊時，我的目光緊盯那輛廂型車不放。方向盤後方有個人影，可是臉看不清楚。我愈看，就愈懷疑後面到底有沒有聯邦調查局的人，還是只有前座那名駕駛。也許奧圖說得對，他只是被竊聽的事嚇到，捕風捉影而已。

還是不要冒險比較好。

要是有時間，我就會叫布洛克假裝經過，瞄一下那名駕駛。可是來不及了，老實講也不重要。我們一出發，廂型車就會立刻跟上，這點我敢肯定。

我、布洛克、哈利和雷克站在人行道上。

「爲什麼我不能自己開車？」布洛克問道。

「妳是很會飆車沒錯，但妳不懂威尼斯迴旋怎麼玩。」

「威尼斯迴旋是什麼鬼？」她又問。

「妳可能不會想知道。」哈利插話。

四部車排成一列，以車隊的形式經過何家麵館。帶頭的是一輛電光藍福特新款野馬，後面跟著一輛福特Focus RS，還有一部道奇地獄貓和另一輛Focus殿後。無論這些車出廠時外型設計如何、配備什麼樣的引擎，都按照駕駛個人的想法和需求改裝過。這就是專業車手的態度。大多數人都有自己的車廠或熟識的維修廠，能讓他們沒日沒夜地改車。

他們在事務所外煞停。哈利打開RS車門，布洛克坐上Focus，雷克鑽進野馬，我跳上那輛地獄貓。這名車手我認識。一個特別改裝過座椅，好讓肚子能塞進駕駛座的大塊頭。他頂著蓬鬆的亂髮，身上的皮夾克和超級英雄服裝一樣緊繃。

他叫安東尼．隆巴迪，是吉米的表親。大家都是吉米的表親。我認識他時只知道他的綽號──髒話哥東尼。

「嘿，媽的艾迪阿弗，幹，你他媽過得怎麼樣？」

東尼不管講什麼、句子多短，一定會帶兩個以上的髒字。例如買包菸、點個漢堡或是去拿乾洗的衣服，他都能出口成「髒」。就連他長篇大論嘮叨個沒完時，你以為只會在開頭聽到他用髒話當發語詞，但他總是會在你最意想不到的時候莫名多噴一句「幹」或「媽的」。

「我很好，東尼。準備好了嗎？」

「媽的還用說嗎！幹！」

他踩下油門，四組人馬就這樣朝不同的方向疾馳而去。我幾乎能聽見聯邦調查局監視小組透過無線電頻道嚷叫，髒話多到能與東尼比肩。

威尼斯迴旋舞是一種義大利傳統民間舞蹈。一開始，男女舞者各成一群，接著兩兩配對一起旋轉。這種舞有個很特別的地方，就是舞者會在舞碼結束前交換舞伴。

「有輛他媽的維多利亞皇冠和一輛他媽的廂型車跟上來了。幹你媽的。」

我看了一下側邊後照鏡。東尼說得沒錯。另外還有一輛雪佛蘭轎車和一輛本田皮卡車。

雪佛蘭往哈利的方向奔去，皮卡車仍在轉彎掉頭，顯然是要去追布洛克。至於雷克則沒人跟監。正如我所料，他們會集中火力對付核心律師團。

這時，儀表板上的電腦中控螢幕亮起，車手開始進行四方通話，協調後續行動。

「幹，阿飛，我他媽在哈德遜街，三十秒後到運河街。」

「我已經在瓦茲街等你啦。」對方回答。

東尼猛催油門。無論他對引擎蓋下的零件動了什麼手腳，都讓扭力大幅增強，車身以甩尾的方式急轉過彎。緊接著他鬆開踏板、改爲輕踩，車子瞬間回到他的掌控之下，輪胎抓地力開始發揮作用，在馬路上急速奔馳，讓我的頭和背直接往後緊貼座椅。

「你到底對這部車做了什麼？」我忍不住問。

「幹，我他媽什麼都沒做。它出廠時就猛到不行。」

運河街是一條雙向主要幹道，可通往瓦茲街，而瓦茲街前方的十字路口即爲運河街與哈德遜街交會處。東尼左轉駛上運河街，朝荷蘭隧道前進。「我他媽到運河街了。你他媽人在哪？」

一輛電光藍野馬從瓦茲街右轉，來到運河街的中央分隔島旁。東尼踩下煞車踏板，停在野馬旁邊。兩部車方向相反。

我在東尼急煞時就已經打開車門，從車內一躍而下，直直衝向野馬；雷克則朝地獄貓跑來，飛快跳進副駕駛座。我聽見東尼狂罵幹你媽的天哪，要雷克他媽最好快點。東尼催著油門離開，雷克砰地關上車門。就在我壓低身子鑽進野馬前座、帶上門的時候，兩部車從我們面前呼嘯而過，隨東尼一起駛向隧道。

「那輛維多利亞皇冠和廂型車一路緊追著東尼不放。」阿飛一邊說，一邊朝反方向慢速駛離現場。沒有車跟過來。

這就是威尼斯迴旋。聯邦探員沒有發現我們調換車輛。他們會以為自己整晚都在追我和東尼，殊不知坐在副駕駛座的其實是雷克。阿飛與東尼執行得非常完美，想來練習過很多次了。畢竟聯邦調查局盯「帽子」吉米盯了很多年，如果他約了人見面又不想被跟監，威尼斯迴旋是最簡單的戰術。

「接下來要去哪？」阿飛問。

「布魯克林公園。」

「沒問題。」

阿飛的年紀比我和吉米大很多，從小就像哥哥一樣照顧我們。他和吉米是鄰居，每次我去那裡玩，他都會把那些存心挑釁的傢伙趕走。吉米住的街區全是義大利人，我身為唯一一個愛爾蘭小孩，多少會有點害怕。吉米因為他老爸的緣故，沒人敢動他，但不少孩子都想找我麻煩。當然，前提是阿飛不在附近。當時阿飛老是掛著熊貓眼，臉或手臂常青一塊紫一塊，我還以為是跟敵對幫派鬥毆受傷，後來才知道是阿飛他那個脾氣火爆、動不動就揍人的父親打的。

那時大家都叫他湯米。有一天，他父親將他母親從自家二樓窗戶推出去，湯米立刻跟著跳窗，在半空中抱住媽媽，用自己的背承受墜地的衝擊。自此之後，大家就改口叫他「阿飛」。他母親說，他從窗戶飛出來抓住她，用肉身保護了她。由於湯米脊椎受傷，當時醫生不確定他還能不能再站起來走路。據說那天晚上，吉米的父親和湯米的父親聊了一下，結果不太順利。湯米的父親從頂樓墜落，沒能活下來。而後湯米不僅完全康復，還受到費里尼家族庇護，開始在他們名下其中一家汽車維修廠修車。他很懂車子，尤其是開車，沒有人飆得比他更快。

我們提早抵達布魯克林公園。

「要我跟你去嗎？」

「不用啦，我自己應付得來。你可以在這裡等我完事嗎？」

「當然，老弟。我會看著你。」

我步出車外，在大衣下縮成一團，朝布魯克林公園河堤走去。丹波區（即曼哈頓大橋下的區域）這一帶已經過整頓和開發，特別是民眾得以搭乘東河渡輪通勤、不必再徒步前往市區之後。晚上這個時段，公園裡人不多，偶爾會看到有老人在遛狗，或是有人慢跑經過。公園與東河毗鄰，沿岸佇立著欄杆。曼哈頓摩天大樓燈火在河面閃爍，伴著粼粼波光。

我背靠欄杆，雙手插在大衣口袋裡取暖，望著通往此處的小徑。一對上了年紀的夫婦牽著一隻小狗從我左邊走來。他們在可以看到對岸的投幣式觀景望遠鏡前停下腳步，那個男人摸索著口袋翻找零錢，沒多久便放棄，從我眼前離開。

凱莉早該到了。我等了好久，隨著時間分秒流逝，我內心的焦慮和憂懼也愈來愈深。我又冷又怕，擔心自己孤注一擲，卻什麼也沒得到。我拿出拋棄式手機，撥了最後一個號碼，靜靜盼候。

凱莉接起電話。

「對不起，」她說。「我還不知道能不能相信你。」

「妳得給我個機會才有辦法知道啊。來找我，我還在這裡等妳。」

「你不知道我做了什麼。」

我一時語塞，不曉得該如何回應。我需要她，而且通常我都能說服別人相信我。凱莉不確定我是否值得信任是有原因的。因爲我不清楚事情的來龍去脈。先前我就懷疑她沒對我坦白，如今算是確定了。我很明白她在隱瞞什麼。

「我知道的比妳想的更多。我還沒掛電話，我還在這裡想要幫妳。因爲無論發生了什麼事，我都不認爲妳是壞人，凱莉。有些人鑄下大錯，但本質上依舊是善良的好人。一個過錯不能定義一個人的人生。」

「好吧，」她鬆口。「你有看到投幣式望遠鏡嗎？」

我環顧四周，想看看是否有人躲在暗處觀察。我沒瞥見凱莉的身影，但我猜她已經來過了。我將視線轉向投幣式望遠鏡。

「有。」

「最下方有道欄杆圍著。你會發現有東西塞在望遠鏡底座後面。」

我走過去察看。果然，底座後方有本黑色小冊子。

「一本小冊子？」

「那是我的日記。其餘的部分。如果你讀完後還想幫我，我就相信你。」

她掛斷電話。

我打開日記，邊讀邊往回走。來到那輛野馬旁邊時，我終於明白凱莉爲什麼要逃。那些我懷著疑慮、不太確定的故事片段霎時全說得通了。凱莉的日記塡補了先前遺落的空白。這是我第一次得知事實的眞相，或應該說，大部分眞相。剩下的我可以自己串起來。

我再次打給凱莉。

「算我一份。我知道事情的前因後果，也知道妳做了什麼。我還是想幫妳。我們可以一起打贏這場官司。老實說，凱莉，我需要妳。凱特在睡魔手上。」

「什麼？」

「妳明天非出庭不可。妳會因爲棄保潛逃被捕，不過別擔心，一定會沒事的。如果妳明天不來，凱特眞的會有生命危險。他說要是妳被判有罪，他就會殺了她。他愛妳。」

「我的天啊。」

「我不會讓任何壞事發生，我保證。我們應該能勝訴，但我需要妳到庭。我的合夥人命在旦夕。我可以指望妳嗎？」

「我會去的。還有，艾迪——謝謝你。」

「要是妳早點坦承就好了。我懂妳爲何隱瞞，不過現在，我們必須彼此信任。」

「我相信你。明天早上法院見。」

我掛斷電話，望著無數光柱在漆黑的河面上打旋蕩漾。夜晚的水波不知怎地令人感到平靜，讓一切變得更加清澄明朗。這一刻，那些半眞半假的說詞與遺漏的片段全都浮現在我眼前，只是我不曉得該怎麼做。凱特命懸一線。絕對不能出半點差池。

我凝望著東河，腦中思緒飛轉。

這麼做非常冒險，尤其是對凱特而言。

我閉上眼睛，聆聽寒風呼嘯與流水潺潺。

睜開雙眼那瞬間，我做了一個決定。

我打給丹妮思。

「妳在商業登記處有熟人對吧？」

「我認識主管、副主管和兩名行政人員。」她回答。

「妳能請他們半小時後進辦公室，讓布洛克查一下資料嗎？」

「你有沒有搞錯？」

「跟主管說，只要他願意幫忙，一定有他好處。」

「知道了。他是我朋友，應該沒問題。」

接著，我打給布洛克。

「丹尼爾．米勒用公司名義買下一間倉庫藏放冰櫃，我要妳取得該公司的資料與原始登記文件。如果我猜得沒錯，可以從中找到一些線索。繼續追查，讓雷克跟妳一起去。」

我花了五分鐘，將凱莉．米勒的日記內容告訴布洛克。

布洛克什麼也沒說。我默默等候回應。

「王八蛋。」她終於開口。

「告訴我妳做得到。」

「我做得到。」

還有兩通電話要打。下一通徹底違反了律師專業操守與職業道德。這不是我第一次低於那些標準，也不會是最後一次。

奧圖立刻接起電話。

「凱莉明早會出庭，我們需要你的幫忙才能打贏這場官司。我知道身爲辯方律師，不該跟你討論證詞內容，指導檢方證人可能會讓我們倆被撤銷律師執照，甚至被起訴。可是沒別的辦法了，奧圖，我要你明天在證人席上反擊德魯．懷特。」我說。

他沉默半晌，消化一下這個要求。「如果我翻供，」他終於開口。「懷特就可以要求史托克將我列爲敵性證人，對我進行詰問，讓我名譽掃地。我費盡畢生心血努力建立起來的一切、我的事業，都將毀於一旦。究竟是爲了什麼？一旦被列爲敵性證人，陪審團就不會相信我說的話。我會堅持自己當初告訴檢方的說法。」

「好吧，但你可以用話術讓證詞聽起來對凱莉有利。她不知道她先生是殺人兇手，至少不能百分之百確定。她有懷疑過，只是苦無證據。她是受害者。拜託，奧圖，你做得到。我眞的需要你的幫忙。」

「我很同情凱莉，眞的，但我不能因爲一個案子放棄我的職業生涯——」

「你不用放棄，盡力就好，好嗎？」

「好吧。」他態度軟化。

今晚最後一通電話最難打。成比爾非常火大，從他的語氣就聽得出來，就算伴著嘈雜的交通噪音也一樣。

「你不會碰巧跟在一輛紅色道奇地獄貓後面吧？」我問道。

「對，有個叫艾迪．弗林的混帳在紐澤西到處亂跑。直接告訴我你跟她約在哪裡，這樣事情就好辦多了。」

「我不在那輛車上。坐在副駕駛座的是雷克。我們換了車。」

「你這個王八——」

「在你說出任何可能會後悔的話之前，聽好，明天我會把睡魔帶上法庭。」

話筒另一端只有引擎的轟鳴聲與輪胎過彎摩擦路面的唧唧聲。「你再說一遍。」他終於回過神。

「我要把睡魔交給你，不過是有條件的。」

「不是一直都有嗎？你想怎麼樣？」

「兩件事，而且沒得商量。第一件事是不要逮捕他。」

「你說什麼？」

「你聽到了。睡魔很聰明，而且媒體都很關注這個案子。不能再有另一場審判，也不要再針對證人證詞進行辯論攻防，吵那些鑑識結果什麼的——你要以現行犯拘捕這傢伙。我會把這個混帳打包起來送到你面前，只是你得等我同意後再逮捕他。」

「天啊，艾迪，第二件事呢？」

我們又談了好一陣子才結束通話。我很滿意這個結果，因爲我相信成比爾會信守承諾。明天要做的事太多，需要仰賴的人也太多，不管是誰，只要出一點點岔子，整個計畫就會分崩離析。我之前幹的老本行就曾出現類似情況。身爲一名與團隊夥伴合作行騙的騙徒，有時即便是個很小的失誤，譬如給目標一個錯誤的眼神，都可能導致整個行動失敗。

我習慣遊走於如刀尖般充滿未知與風險的地帶。可是當那把刀架在我所關心、在乎之人的喉嚨上時，情況就不一樣了。

我對著麻木的雙手呵氣，走到車子旁邊，坐上副駕駛座。

「還好嗎，老弟？」阿飛問道。

「不太好，但我想到了明天這個時候就會沒事了。你想不想賺一萬塊？」

「聽起來不錯。」

「你有另一部和這台野馬速度一樣快的車嗎？」

「我有更快的，一輛新的卡瑪洛。沒辦法十秒內完成四百公尺衝刺，但比起大多數車子，過彎更快更俐落。」

「明天開過來。一定會派上用場。」

「有人對你施壓嗎？要不要我來處理？」

「沒關係，阿飛。你知道布洛克吧？她有辦法。」

他瞪大雙眼。「她可是個狠角色。放輕鬆，老弟。不管她要對付的是誰，該擔心的是他們。」

51

睡魔

睡魔尾隨那部車穿過荷蘭隧道，最後在澤西市跟丟了。他必須保持距離，因為聯邦調查局也在跟監，他不想讓他們注意到他在追那輛車。當然，他算過了，被發現的機率很小。追緝過程中，聯邦調查局只對目標車輛感興趣，不會去管後面的車是誰。所有探員的注意力都集中在前方。只要他保持距離默默跟蹤，就有機會重新掌握該車去向。

目標車輛，也就是那部道奇地獄貓，開始在路上繞圈。聯邦探員緊追不捨，但駕駛似乎沒有想甩掉他們的意思。睡魔將車停在路旁，關閉引擎熄火。他坐在駕駛座上，喀喀敲著方向盤。他早該料到弗林會搞掉包這招。凱莉不可能大老遠跑到紐澤西州躲起來。那部道奇只是誘餌。弗林不曉得什麼時候中途換了車。

他只顧著跟蹤聯邦探員，沒有考慮到目的地的可能性。

他掉頭穿過市區，過橋來到康尼島。怒不可遏的他狠狠轉著方向盤，同時注意到自己每次過彎的角度和弧線都很奇怪。他的怒氣並沒有因而消解。憤怒有時就像一股在腦內不斷膨脹的壓力，需要釋放出來。如果抑制太久，他的思緒就會變得一片混沌，心智也會被怒火吞噬。

抵達時天色已晚，他也累了。飛車追逐帶來的腎上腺素仍在他體內奔流，錯失與凱莉重聚的機會讓他氣憤難消。真要說有什麼不同的話，那就是疲憊放大了他的情緒。他打開舊公車維修廠的門，用手電筒察看室內。

工具車滑離原位，只剩一顆輪子留在維修坑鋼板上。他舉起手電筒照著鋼板，發現有道將近三公分的縫隙，周圍散落著先前沒有的木頭碎片。

這女孩還眞有一套。

「凱特，妳逃不了的。」他開口。

他豎起耳朵，聽見坑室裡傳來急促的呼吸聲。她可能是害怕，或是費了很大的勁才把鋼板移開。顯然凱特已經將椅背上的木條拆下來，塞進那道小縫裡，並利用槓桿原理自角落下手，使盡全身力氣將鋼板抬起來。效果不錯。工具車幾乎快滑到鋼板外了。

他轉身從那堆沙袋旁經過，走進廠房後方用來當作儲藏室的小辦公室。他在這裡藏了兩本護照，一本是他的，一本是凱莉的，上頭都不是本名。另外還有現金二十萬美元和價值二十五萬的金條。辦公室牆邊有個冰箱，內架上擺著用來醃漬食物的密封玻璃罐，裡面裝著他的戰利品。共有十七個罐子。

十七雙眼睛。

他拎起背包甩到肩上，沒有多看一眼。辦公室角落佇立著四個油桶，各裝有五加侖汽油。他一手一個，將油桶從辦公室扛到維修坑旁邊。汽油在桶子裡搖晃。他擱下手，金屬油桶觸到水泥地，發出深沉而空洞的撞擊聲。

「妳有聽到嗎？知道這是什麼聲音嗎？」

他抄起鐵棒推開鋼板，露出大約三十公分的空隙，接著轉開油桶蓋，從背包裡拿出塑膠壺嘴，牢牢旋緊、固定在桶口。

「妳聞到了沒？」

他讓桶身傾斜，將汽油倒進維修坑裡。

「現在總該聞到了吧？」

第一聲尖叫讓他心裡湧起一波純然的愉悅。汽油咕嘟咕嘟地灌入坑室。他的鼻腔裡瀰漫著香氣，耳朵裡充斥著凱特的哭喊，他感覺自己就像吸食了強效毒品，變得飄飄然。他倒得愈多，凱特就叫得愈大聲。

悶著他的那股壓力減輕了。

不到一分鐘，油桶就空空如也。他把空桶扔到坑底，伸手探入背包。

他拿出一枚信號彈。一個附有蓋子的紅色管狀物。只要打開蓋子，信號彈就會瞬間點燃，燃燒溫度高達攝氏兩千度。他一手緊抓著信號彈，另一手握著蓋子，這時他才注意到自己胸口劇烈起伏，汗水從臉上滴落，一股純粹的興奮感如漣漪般漫過全身。

他停下動作，控制自身情緒。

如果他現在將信號彈丟進去，溢散出來的油氣可能會在彈藥擊中坑底的油桶前就起火燃燒，誰也說不準。汽油本身不算易燃，甚至還能澆熄火焰，但油氣可是易燃性高的危險物質。

睡魔從來沒燒死過人，活活燒死當然更不用說。他想像凱特在維修坑裡，或許站在椅子上，盡可能離汽油愈遠愈好，同時擔心椅子不曉得要多久才會著火，接著是她的腳、她的腿，然後……

不過事情不會這樣發展。不盡然。

如果他先讓油氣積聚在坑裡，再把信號彈扔進去，空氣本身就會引燃，變成一團火球。

鋼板能阻擋火舌，因此投彈後他只要快步閃開，就能全身而退，至於凱特則會瞬間陷入火海，被煉獄吞噬。她周圍、口腔和肺裡的空氣都會立刻燃燒起來。

他腦中再次閃過那個念頭——讓她活著。以防萬一。

他知道，現在殺了她不是明智之舉。

是會很快樂沒錯，但也很蠢。

「要是妳再試著逃跑，我就活活燒死妳，明白嗎？」

他把信號彈放在地上，用鐵鉤將鋼板拉回來蓋好，留下一道約五公分的隙縫，接著走到堆得如小山的沙袋前，扛起一個扔到鋼板上。又一個。再一個。確保她無路可逃。

52 凱特

頭頂上的鋼板每發出一聲巨響，凱特都會嚇得牙齒打顫。有什麼東西流下來，落進維修坑裡。但不是汽油。這次不是。

是沙子。

他在堆沙袋，好壓住鋼板。

凱特抱膝蹲在椅子上，努力保持平衡，同時盡量遠離腳下的汽油。她渾身顫抖，好幾次差點跌倒。

濃烈的油氣令她雙眼刺痛泛淚，陣陣作嘔。她的喉嚨好像有火在燒，難聞的氣味讓她頭痛欲裂。她好想吐，又怕嘔吐時肌肉收縮抽搐會害她重心不穩，從椅子上摔落。

她的眼睛好像快被淚水灼傷了。

這個男人打算把她燒死。就算不是現在，但也快了。

她無處可逃。

沙袋落在鋼板上震耳欲聾的轟鳴戛然而止。她聽見他的腳步聲逐漸遠去。熟悉的甩門聲響起，周遭歸於寧靜。

凱特從椅子上下來，雙腳立刻被坑底一小灘汽油浸溼。她將木椅移到右邊一角，站上去，肩膀頂著鋼板用力推。

這一次，鋼板毫無動靜。

她將稍早從椅背上拆下來、厚約二點五公分的堅硬木條插進鋼板與坑室邊緣的小縫，用肩膀的力量使勁將木條往下壓，試圖撬起鋼板，讓縫隙擴大。

鋼板動也不動。

木條啪地斷成兩截，掉到地上的油坑裡。

凱特再次尖叫，放聲大哭。她錯過了逃生的機會。現在大概得出動小型起重機才能挪開那塊鋼板和上頭的沙袋。睡魔完全失去理智了。縱使放她一條生路，他也不會讓她離開。她會死在這座維修坑裡，只是時間早晚問題。他剛才倒汽油不是想嚇唬她而已，是眞的打算置她於死地。他沒當下點火算她走運。

她與死亡之間只隔著一根火柴。

她坐在椅子上，抬頭望著那道細縫。月光透過孔隙灑落下來，她知道，這可能是她這輩子看到的最後一抹月光。

53

艾迪

法庭裡沒有自然光。箱匣般的水泥空間裡盈滿失喪、仇恨、背叛、謀殺、腐敗與謊言。一座赤裸揭示人類弱點的劇場。

哈利和我坐在辯方席。

旁邊的被告席空無一人。

時間剛過早上九點。我已經兩天沒闔眼。至於德魯．懷特則摩拳擦掌，準備在我們的小劇場裡演齣好戲。

「檢方傳喚奧圖．佩提爾。」他說。

哈利將便條本翻到新的一頁，用鋼筆沾沾墨水，挺胸坐直，準備做筆記。

奧圖的外表深得陪審團的心。他的西裝、髮型、體格——在在彰顯著財富與權威。這種人講的話，陪審團一定會聽。

他手按《聖經》宣誓，在史托克法官的允准下就座。

「佩提爾先生，你是怎麼認識丹尼爾．米勒的？」

「懷特先生，我的事務所主要代表菁英客戶處理稅務、信託、遺囑與遺產規劃等財富管理及法律相關事務。米勒先生是一位事業有成的避險基金經理人與前仲介經紀商。許多華爾街人士都是我們的客戶，他是透過別人引介來找我的。」

「你一度為凱莉・米勒本案訴訟委任律師。你怎麼會認識她？」

他清清嗓子。「丹尼爾介紹他的未婚妻凱莉給我認識。他想更動部分財產所有權，好照顧凱莉的經濟需求。我建議他們或可簽訂婚前協議書，雙方都同意了。我便替他們處理相關事務，進行資產分配。」

「佩提爾先生，被告凱莉・米勒曾經就她丈夫的問題徵詢過你的意見，對嗎？」

「是的。」他回答。

哈利嘖了一聲。

奧圖錯失了這個機會。他不夠敏銳，不然大可借題發揮，透過回答將凱莉描繪成一個充滿擔憂又無辜的伴侶。我往後挪動椅子，四隻椅腳擦過瓷磚地板。奧圖被聲音吸引，往我的方向看過來。我瞪大雙眼無聲抱怨。他別開目光。

這座劇場也揭露出人類的一大缺點——懦弱。

「陪審團已經讀過凱莉・米勒的日記。她將該本日記交給你，存放在事務所裡保管，請告訴陪審團你對這些日記的印象。」

「這些日記描述了她當時的感受和想法。如果我沒記錯，她跟我講的事情與日記內容相符……」

佩提爾想再多說些什麼。只見他眼神飄向陪審團，舔舔嘴唇，張開嘴巴……

「謝謝。」懷特連忙開口，以免他說出對辯方有利的證詞。

「她在日記中提到她丈夫深夜或凌晨才回家洗澡，」懷特繼續詰問。「並將被害人的首飾當作禮物送給她，且時間點通常是在被害人遇害隔天，除此之外，他還大半夜直接將衣服放進洗衣機洗。這些敘述不就清楚指出凱莉．米勒知道自己的丈夫是睡魔嗎？」

奧圖還來不及回答，思緒就被法庭後方的開門聲打斷。他轉頭望向走道。史托克法官注意到來者何人，手肘撐著桌子往前傾身，看了良久。

凱莉．米勒看起來跟前幾天相比又消瘦許多。臉上的妝容蓋不掉黑眼圈，也遮不住神色間的緊張和焦慮。布洛克拿著一疊文件跟在她後面踏進法庭，將資料放在辯方席桌上，於旁聽席找了個位置坐下。我和哈利站起身，看著凱莉走過來，拉開最旁邊那張椅子。在場每個人都屏氣凝神，注視著那個最重要的人。整個故事都圍繞著此人開展。大家都想好好看看她，親自評斷她。

「庭上，請容我暫停懷特先生的詰問，以通知法院我方當事人將在今日庭訊結束後向警方自首，因爲她違反了保釋條件。我已經和承辦本案的警探談過並取得他們的同意。」

「這件事可以等庭訊結束後再處理。請繼續，懷特先生。」

懷特似乎瞬間長高了三公分，整個人站得老直，挺胸挺到背部幾乎內彎。有些檢察官踏入業界沒多久就失去初衷，忘了法律的眞諦。對他們而言，這份工作的重點變成定罪、打贏官司，勝訴、勝訴、勝訴——他們只關心這些。

「佩提爾先生，我再重複一遍剛才的問題。根據凱莉．米勒的日記內容，她注意到她丈夫行爲異常，經常晚歸，而她也清楚，他所贈送的珠寶首飾屬於睡魔的受害者所有。另外，她還去找你商談，尋求援助。她知道她丈夫丹尼爾．米勒就是睡魔，對嗎？」

「我會說她有懷疑過，但她沒有眞憑實據。」

「日記裡可不是這麼說的，對吧？她知情，所以才去找你諮詢，對嗎？」

佩提爾舔舔乾燥的嘴唇。「日記內容你想怎麼解讀都行，但懷疑與知情是兩回事。」

「在陪審團提前閱讀過的最後一篇日記摘錄中，她告訴你她丈夫就是睡魔。不僅如此，她還告訴你，她爲了她丈夫，向警方提供了假的不在場證明。」

「我認爲她明顯是迫於壓力才提供該項不在場證明。」佩提爾回答。

「她並未聲稱自己是受到丈夫威脅才提供該項不在場證明，對吧？」

「對，不過——」

「她幫她丈夫圓謊。她告訴那名警察，瑪格麗特・夏普遇害當晚她丈夫在家，對嗎？」

佩提爾嘆了口氣。「是的。」

「你向她解釋婚前協議中關於不實指控的條款和懲罰後，她沒有報警，對嗎？」

「她沒有報警。」

「她提出的證據不足以讓你相信丹尼爾・米勒可能是警方眼中的嫌疑犯？」

「我沒這麼說。我是說沒有足夠的證據能證明他就是睡魔。我們調查過丹尼爾，可是什麼都沒找到。倘若有進一步發現，我可能就會建議她聯絡警方。」

「她有沒有跟你談到她罩衫袖子上的血跡？」

證詞的轉折點出現了。懷特想利用佩提爾將凱莉描繪成一個不誠實的人。

「沒有。」

「她告訴你她手上有瑪格麗特・夏普的純銀玫瑰耳環，以及佩妮・瓊斯和蘇珊娜・艾布蘭的戒指。她有提過莉莉安・帕克的浮雕寶石胸針嗎？因爲那件首飾始終沒找到。」

「不，她沒提過。」

「她有沒有在任何時候談及她丈夫將其從史黛西・尼爾森那裡偷來的黑珍珠項鍊送給她？」

「我想那件首飾是在她衣櫃裡找到的，但是沒有，她從來沒跟我提過那件首飾。」

「佩提爾先生，你現在明白凱莉．米勒去找你，並將日記交給你的目的了嗎？」

「我不懂你的意思。」

「你和這些日記就是她的不在場證明。她知道她和她丈夫終會落網，便想在同一時間營造出清白無辜的表象，說她懷疑她丈夫，甚至相信他可能就是凶手，但她從未掌握確切的證據。她意圖編造故事以掩飾她與丈夫共謀犯罪的事實，這才是眞相，對嗎？」

佩提爾清清喉嚨，拿起水杯啜了一口，先讓自己鎭定下來再回答——很不妙，不是什麼好現象。看在別人眼中會覺得你在找一個對自己有利的答案，而非據實以告。

「我只能針對凱莉．米勒告訴我的事進行說明。她的日記與我們的談話內容完全相符，她只是懷疑她先生——她沒有證據，也從未確定他就是睡魔。」

「可是她卻對你隱瞞了重要資訊，不讓你知道她涉嫌犯下這些謀殺案？」

「庭上，」我站起來抗議。「懷特先生對他自己的證人進行交互詰問……」

「措辭的確不當，」史托克法官說。「懷特先生，你希望將這位證人列爲敵性證人嗎？」

「那是我最後一個問題，庭上。」

「好吧，問吧。不過換個方式。」

「佩提爾先生，」懷特再度開口。「凱莉．米勒是否對你隱瞞了自己涉嫌犯下史黛西與托比亞．尼爾森命案的資訊？」

「她沒告訴我血跡和黑珍珠項鍊的事，也從來沒提到她丈夫送她胸針。你要知道，他送她的禮物多到數不清，警方直到確認他的身分後才說那些首飾屬於睡魔受害者所有。收下幾件珠寶不表示她與她丈夫犯下的罪行有牽連。」

懷特點點頭，昂首闊步地走回檢方席坐下。

「沒有其他問題了。」

審判過程中，有些時刻是所謂的轉捩點。那個當下，一切風雲變色，開始朝某個方向發展。現在就是那個點，就是那一刻。

我站起來，走向佩提爾。他微微垂下肩膀，拿起水杯又喝了一口。對奧圖而言，最困難的部分已經過去了。現在，我會問他一些簡單的送分題，他可以試著挽回，彌補一下自己對凱莉造成的傷害。他開始放鬆，覺得安心不少。

「佩提爾先生，你說凱莉．米勒從未確定她丈夫就是睡魔，對嗎？」

「是的。」他回答。

我停頓了一下，望向陪審團。大部分陪審員都很留神聽證詞，少數人看起來有些心不在焉，兩眼直盯著凱莉．米勒。接下來幾秒會勾起他們的注意力，讓他們將目光集中在我身上。

「佩提爾先生，我要提醒你身為律師與司法人員的專業承諾，以及你剛才在證人席上宣誓，自己會如實陳述。我再問你一次——聯邦調查局指稱丹尼爾．米勒為睡魔之前，凱莉．米勒是否確切知道她丈夫就是這名人稱睡魔的連環殺手？」

「不，她不知道。」

陪審團有料到這個答案。

卻沒料到下一個問題。

「佩提爾先生，這是謊言，不是嗎？」

法庭裡的空氣似乎瞬間凝固。

「對不起？我不懂你的意思。」他說。

「嗯，很簡單。凱莉・米勒在聯邦調查局公布消息前就知道她丈夫是睡魔，而她掩蓋了這個事實，難道不是嗎？」

「你說什麼？」

「請回答問題。」

我忍不住瞥了懷特一眼。他放下筆往後靠，將椅子推離桌緣，伸長了腿，雙臂環胸，臉上掛著大大的笑容。我在幫他做檢方該做的事。在他看來，凱莉・米勒獲判無罪的希望就此破滅。

「這個指控太過分了。」佩提爾說。

「是嗎？庭上，我想提交凱莉・米勒最後一篇日記摘錄，作爲辯方證物一。」

54

凱莉・米勒日記摘錄

無日期

這是剩下的故事。我一直到現在才寫下來的那部分。重要的那部分。

離開奧圖的事務所後，我有幾天沒接到他的消息。丹尼那週出差，我發現自己故意無視他的電話和簡訊。我不想跟他講話。我做不到。除非我能確定他所謂的「加班」或「接待客戶」到底在幹嘛。雖然一部分的我有些內疚，我還是很慶幸他不在家。我知道自己不該有這種感覺，但我就是擺脫不了那個念頭——我先生可能是殺人凶手。

禮拜四傍晚六點半左右，我接到一通電話。起初我任由鈴聲大響，直到最後一秒，我查看來電顯示，才發現不是丹尼打來的，是奧圖。他說他委託的那位私家偵探打給他，丹尼的行為似乎有點奇怪。奧圖希望我親自過去看看。

我問他是不是要我搭機去西雅圖。他說丹尼不在西雅圖，他根本沒離開紐約。

我和奧圖約在皇后區一間新公寓大樓的停車場。愈來愈多人往曼哈頓以外的地區找房子，希望能覓得一個像樣的地方落腳。投資客看準機會進場買下這些公寓，重新翻修再脫手，藉此大賺一筆。奧圖說丹尼和一名女子走進這棟大樓，上到三樓第二間公寓。我問他私家偵探人呢？他說他去查看那間公寓的住戶是誰。奧圖沒有告訴他要找什麼。我開始驚慌失措。

我告訴奧圖，丹尼可能打算殺了那名女子。我從他的表情就得看出來，他也是這麼想。奧圖建議我不要報警，可是我很堅持，畢竟有人有生命危險，但他說就算聯絡警方也來不及，他們要花好一段時間才能趕到，我們應該先上去看看。

我踏上樓梯，覺得好想吐。奧圖跟在我後面。我們來到三樓。眼前是一條非常明亮、顯然剛刷完油漆的白色走廊。我們沿著廊道前進，在第二扇門前停下腳步。仔細聽。屋裡隱約傳來一些動靜。是個女人，聽起來似乎很痛苦。

緊接著是一聲尖叫。

奧圖也聽到了。

「他動手了！」我說。

奧圖把我推到一旁，退後幾步，起腳衝向大門，踹了三下才把門踹開。這一次，我們聽見那個女人扯開喉嚨大叫。

我立刻跑進去，奧圖緊跟在後。我以為會看到牆上濺滿鮮血，丹尼則站在臥室裡。站在另一位受害者屍體旁邊。

沒想到，丹尼和那名女子在床上，兩人氣喘吁吁。

赤身裸體。

他沒有殺她。

他外遇了。

丹尼既尷尬又震驚地看著我。

那個女人從床上坐起來，拉拉內衣。她的皮膚如骨頭般白皙，脖子上戴著光澤閃耀的黑色首飾，一條黑珍珠項鍊。她套了件白色上衣，穿上牛仔褲，小心翼翼地將項鍊挪到衣服外面。

她說她很難為情，而且完全沒道歉。我記得很清楚。

我哭不出來。腦袋一片空白。

我讓自己出盡洋相。丹尼不是凶手。那些謊言、那些深夜，還有洗衣機裡的衣服……他和別人上床了。

他沒有殺人。

我打量那個女人，看清她的長相。她臉上不僅沒有一絲難堪，看起來還很不爽，因為我打斷了他們的好事。我衝進來時，她什麼也沒問。丹尼喚著我的名字，她也一點都不好奇……

她知道我是誰。她知道他結婚了。

我站在臥室門口，渾身發抖。

「讓開。」她說。

過去幾週，我一直默默胡思亂想，差點把自己搞瘋。我不敢待在老公身邊。我一遍又一遍質問自己，為什麼他選擇了我，卻又出去殺害無辜的人？我會陷在這些思緒裡打轉，好幾個小時都出不來，最後罵自己蠢——丹尼是個好人。我茫然無措，懷疑我先生和我自己的想法。

如今我被背叛，被傷害。

她卻要我讓開？

我還沒意識到自己在幹嘛，就賞了她一巴掌。我徹底失控，又往她嘴巴搧下去。

丹尼對著我大吼，要我離她遠一點。

一陣驚懼頓時湧上心頭。我失去了依靠。周遭的世界天旋地轉。我的心碎成一片一片。他的所作所為、他讓我經歷的一切，都狠狠把我擊潰。我邊哭邊跑出公寓。奧圖對那女人說了些什麼，我聽不清楚，但好像有聽到一個名字。奧圖追了出來，我逕自上車，駛離現場。奧圖打了七通電話給我，我都沒接。我需要時間思考，好好振作起來。我不知道自己開了多久，只知道我把車停在路邊打給他時，天已經黑了。

我覺得自己像個白痴。

他說我被背叛了，這不是我的錯。

天哪，對那個女人動手讓我很難受。我沒有暴力傾向，這輩子從沒打過任何人。一想到這裡，我的心情就更糟。

奧圖說他相信她能理解我的反應。但我聽得出來他並不是真的這麼想。他講話結結巴巴，似乎想說出她的名字，卻又猛然打住，以免透露太多。話筒另一端陷入沉默。

他認識她，或是認得她。這點我很確定。

至少我還能做一件事，讓自己好受一點。我可以去道歉。我會出手打那女人都是丹尼逼我的。對，她和我先生有一腿，但丹尼才是那個讓我心痛欲絕的罪魁禍首。這不是她的錯，不完全是。我敢說她也被他騙了。

我拜託奧圖告訴我那個女人是誰。

起先他什麼也沒說，後來才承認他認識她。

沒多久，他便把我想知道的事全都告訴我。

他給了我史黛西・尼爾森家的地址，距離我的所在位置大約十五分鐘車程。我開車來到她住的那條街，把車停好，站在她家門外。我想和她談談，向她道歉，或許也希望她能跟我說聲對不起。她傷害了我，而且是故意為之。但無論如何，丹尼這樣的男人不值得我們浪費時間。我想告訴她，我們之所以闖進公寓，是因為我們以為他在傷害她，並不是想捉姦、和她對質。

我站在街上，她家就在我面前。這時，一個嗓音響起，有人問我到底在做什麼。我飛快轉頭，只見丹尼走到我身旁。他說他剛送史黛西回來，看到我的車停在那裡。

我簡直不敢相信自己的耳朵。他開始抱怨，想知道我究竟來這裡幹嘛？難道我真的要當著史黛西家人的面，質問她的婚外情嗎？

她的家人。

我慢慢走上前，丹尼緊跟在旁邊。我透過他們家的前窗往裡面望。兩個年幼的孩子窩在沙發上依偎著她，她先生則坐在角落的大扶手椅看電視。

史黛西・尼爾森和家人在客廳裡共度溫馨時光，看起來一副年度最佳母親的模樣。

我轉身朝車子走去。

丹尼說他想和我談談，要我聽他解釋。我在心裡告訴自己，我不會再被騙了。我一口回絕。我不想跟他說話。我再也不想見到他。

我不想在大街上跟他吵。我看到丹尼抬起頭，瞄了亮著燈的窗戶一眼，便趁他不注意加快腳步，拉開我們之間的距離。我坐上車，在他湊向副駕駛座車窗時鎖上車門。

他看起來彷彿變了一個人。窗外的他臉色很難看。

內心充滿憤怒。

我踩下油門，直接開回家。

屋裡感覺空蕩蕩、冷冰冰的。一個充滿敵意的地方，一個我無法信任的地方。這裡再也不像家了。我走進浴室脫去衣服，熱水自蓮蓬頭流瀉而下。正當我打算把髒衣服放進洗衣籃的時候，發現袖子上有血跡。

天啊，一定是我剛才在那間公寓裡發火打她，弄傷了她的嘴唇。

我洗好澡，換上睡衣鑽進被窩。我很餓，卻又不想吃東西，也睡不著，只是躺在床上努力讓自己入眠，最好就這樣不省人事。我只希望這一天快點結束。後來我便在夜裡某個時刻迷迷糊糊地睡著了。

凌晨一點多，我被手機鈴聲吵醒。我接起電話。

是奧圖。

醒來的那一刻，有那麼一瞬間，我好像不是那個打開門踏進殘酷焦灼的現實、讓自己丟臉又遭人背叛的蠢女人。

下一秒，回憶倏然湧現。

我告訴他，家裡只有我一個人。

他接下來說的話嚇到我了。

「我給妳的電擊槍還在嗎？」

一種冷冽和顫慄從我背上蔓延開來。

他說他在來我家的路上。史黛西和托比亞．尼爾森遭到殺害。他找的那名私家偵探從熟識的員警那裡得到消息。奧圖很確定凶手就是丹尼。

他要我去拿電擊槍，然後找個地方躲起來，不要開門。等他到再說。

他掛斷電話。

就在這個時候，我聽見前門打開的聲音。

我立刻跳下床跑進衣帽間。我的手提包就掛在門後的衣帽架上。我翻開包包，拿出奧圖給我的電擊槍，關上燈，席地坐在黑暗裡。

然後等待。

木板鬆動的樓梯嘎吱作響。他上來了。

掌心的汗水讓我有點手滑，很難握住電擊槍。我只得不停換手，努力將槍口對準走廊。我呼吸急促，雙手不自主地顫動，無法好好瞄準。

陰暗處出現一個身影，站在門口。

「凱莉，我們得談談。」他邊說邊走向我。

我大聲叫他退後，可是他仍一步步上前。

我扣下扳機。

一道藍色電光閃過。丹尼應聲倒地，身體劇烈顫抖，好像突然嚴重痙攣，四肢猛烈撞擊地板，整個人不時彈離地面。血紅色泡沫從他嘴角冒出來。

我扔下電擊槍。他停止抽搐，靜靜躺在地上。沒多久，他張開雙手按著地板，慢慢撐起身體。我躲在衣帽間，他就在門口。我拉出一個沉重的實心橡木抽屜，舉起來，裡面的襪子散落一地。我將抽屜往他頭上丟。他躺在那裡動也不動，我跨過他，飛奔下樓，奧圖正好從敞開的前門走進來。

我告訴他丹尼在樓上。

我用電擊槍擊中了他。

奧圖要我出去等他，還說暫時不要聯絡警方。如果他五分鐘後沒出來，我就報警。

我淚流滿面踏進寒風中，雙手抖個不停。丹尼的車停在車道上，駕駛座車門開著。我走過去坐進前座，想讓自己冷靜下來。結果，我看到了。

車門側邊的置物箱裡有一把刀和一把手槍。我不敢碰，也不敢靠近。後座有一套被血浸染得閃閃發光的黑色衣服。我繞到後面，打開後車廂，眼前出現兩個沙袋、繩索、螺絲起子和一只皮包。我顫抖著手打開皮包。裡面除了女性的項鍊、戒指和手錶外還有其他東西，讓包包變得很重。兩個玻璃罐。一開始我不曉得那是什麼，直到我斜拎起包包，一個罐子滾了過來。

我摀住嘴，壓住尖叫聲。

一雙眼睛泡在深色液體裡，從罐中往外瞪視。

我聽見奧圖在叫我。

我跑過去緊緊抱住他。與此同時，他告訴我丹尼死了。

我殺了他。

我說不出話來。感覺好像胸口開了一個洞。我雙腿發軟，奧圖連忙伸手撐扶。他察看車內，然後半抱著我進屋。他臉色蒼白，還沒從震驚中回神。他告訴我，我們得想想該怎麼跟警察說，因為現場看起來不像自衛。

我坐在客廳裡，牙齒格格作響，全身發抖哭了將近半小時。奧圖在一旁安撫我，想讓我鎮定下來。

他告訴我丹尼頭部凹陷。回顧事情的經過時，奧圖不斷用問題轟炸我。我有沒有警告他？他有威脅我嗎？

「沒有，他沒威脅我，我也沒警告他。我身上沒有傷痕。」

接著又提到假的不在場證明。

奧圖認為有幾種可能的結果。

我會成為阻止睡魔繼續犯案的英雄。

或是變成殺人犯。第一，因為我殺了我先生。第二，因為我欺騙警方，隱匿他的罪行。

我們談了又談。無論我腦中思緒如何飛轉，最終還是繞回同一件事：我會被警察逮捕。奧圖說他們會認為我涉嫌重大，參與了每一樁睡魔殺人案。

就這樣，沒有其他可能。事情一發不可收拾。真希望我當初選擇離開丹尼，一走了之，再也不回頭。

我永遠忘不了奧圖接下來說的話。

「如果還有別的辦法呢？」他說。「如果他就這麼消失呢？我可以用他的車，把他載到漢普斯特湖畔一個僻靜的地方，讓他和他所有罪惡就此消逝無蹤。」

我同意保留後車廂皮包裡的手錶首飾。萬一他真與睡魔案有關，我可以說那些都是他失蹤前給我的。把珠寶藏在家裡，這樣就有東西能將他與那些命案牽繫起來。一年後，我可以宣告丹尼死亡，繼承他的財產。

我的計畫是保持沉默，避免因殺害配偶而被控謀殺。若警方認為丹尼涉嫌犯下睡魔案，我就說我懷疑過他，只是一直沒證據。

奧圖說這樣應該沒問題。

這是我們倆之間的祕密。

接下來的日子裡，我全然信任奧圖。我們變得很親密。

我們成了一對戀人。

55

艾迪

「全是謊言。」佩提爾讀完這篇日記後冷冷地說。法官、檢察官與陪審團也都看過這項剛提交的證物。他又倒了一些水，喝了一口，將杯子放回原位。他一點也不渴，他只是需要時間冷靜一下。

「你是說那篇日記中有不實陳述與謊言？」

「沒錯。」

「我想你說的對。打從你認識凱莉．米勒那天起，你就一直在欺騙她。」

「不，我沒有。」

「你並沒有將丹尼爾．米勒棄屍在漢普斯特湖，這點倒是可以肯定。他的車可能被丟在那裡，但他的屍體沒有，對嗎？」

佩提爾瞇起眼睛。「這完全是捏造出來的事。」

「警方知道睡魔在莉莉安．帕克家對面租了一間公寓。我方調查員取得該份租賃契約，循線追查到一家公司，並在那家公司的登記地址發現了一個冰櫃，」我指著螢幕說。「也就是這個。」

昨晚我將布洛克傳來的照片拿給成比爾和檢察官看。我沒多做解釋，只說布洛克會出庭作證，證明照片是她拍的。

螢幕上的畫面可見一間陰暗又布滿灰塵的辦公室裡擺著一個冰櫃。接著是一系列特寫，有具屍體被裝在屍袋中，以冰塊冰封起來。

「佩提爾先生，那就是丹尼爾．米勒，對吧？」

「我不知道那是誰，我之前從來沒看過這些照片。」

「聯邦調查局鑑識小組目前就在現場，他們會，應該說終究會確認死者就是丹尼爾．米勒，而且死因為喉部刀傷——不是觸電，不是中風，也不是電擊槍造成的心臟驟停，更不是頭部遭受重擊。對此，你有什麼話要說嗎？」

他不發一語。

「這些照片裡有個重點。請看第三張照片。這邊，丹尼爾．米勒的右手大拇指不見了。根據強森教授的證詞，史黛西．尼爾森屍體上採集到的指紋來自米勒的右拇指——」

「我不懂這跟我有何關係。」佩提爾打斷我。

「兩名巡邏員警是在早上七點多發現尼爾森夫婦的屍體，你卻搶先在凌晨一點打電話給凱莉．米勒告知他們的死訊，當時他們還活著。你知道丹尼爾．米勒要回家找他太太。你先把凱莉嚇得半死，要她去拿你給她的高壓電擊槍。整件事都是你精心設計，這樣你就能殺了丹尼爾，誣陷他是睡魔。你砍下米勒的拇指，然後殺了托比亞和史黛西．尼爾森，並在現場留下他的指紋，打算把你的罪行嫁禍給丹尼爾．米勒。佩提爾先生，因為你就是睡魔。」

懷特站起來提出異議，史托克揮揮手要他坐下。

「太荒謬了。」佩提爾駁斥。

「睡魔還活著，而且動作頻頻，佩提爾先生。他已經謀害了兩位本案目擊證人、寫紙條給聯邦調查局，還殺了兩名聯邦探員。不過這些你都知道了。」

「我對此毫無所悉。再說，我這輩子從沒見過那個冰櫃。」

「可是你的事務所卻替那家公司處理登記事宜。」我說。「商業登記處歸檔的原始文件上寫得一清二楚。你知道那個地址，該處也長期閒置沒人使用，包含丹尼爾．米勒在內。」

「那是丹尼爾．米勒的公司。」

「他沒那個能力殺人。不過還有很多事尚未明朗。你為什麼要陷害米勒，然後又沉寂了一陣子？發生了什麼事？是什麼改變了你？」

他瞥了凱莉一眼，目光又回到我身上。

「睡魔一趨於活躍，凱莉的世界便再度瓦解。她逃跑了。因為她知道她丈夫不是凶手，知道那晚在他車上發現的證據是你去她家時栽贓給他的，對嗎？」

「當然不是。」

「你透過其他管道取得作案用的廂型車，以免警方追查車主時循線找到你。這輛車登記在丹尼爾．米勒其中一家公司名下。該公司已經多年沒有商貿紀錄，也沒有提交財務報告。只是個幌子而已。」

「不，我和那家公司完全無關。廂型車是丹尼爾．米勒的。」

「沒錯，但該公司提交的所有文書資料都是由你的事務所負責處理，你本人還是公司祕書。你想看看這些文件嗎？」

「庭上，」奧圖說。「我不會容忍這種不實攻訐——」

「請回答弗林先生的問題。」史托克法官說。

「對你而言，這是個絕佳的機會。你得以將自身罪行嫁禍於人，讓凱莉相信自己殺害親夫，進而掩蓋事實的眞相，然後，你就能得到內心所求所想。你一直都很渴望凱莉，不是嗎？從丹尼爾帶她踏進你辦公室的那一刻起，你就想要她。你把自己犯的罪推到他頭上，這樣你就能得到她了。」

他下巴繃緊，臉色大變。一股怒火在他體內燃燒。純粹的憤怒。也許是意識到自己顯露出情緒，他伸手拂抹臉龐，換上中性的表情。

「這是謊言，弗林先生。」

「根據我們剛才讀到的那篇日記，凱莉並未提及她在丈夫車上看到那條黑珍珠項鍊，對嗎？」

「對，不過——」

「她之所以沒提，是因爲當時項鍊不在車上，對嗎？」

「我不清楚她看到什麼。」

「它當時不在車上，但後來又跑到那只皮包裡，對嗎？就是你從史黛西．尼爾森家拿走之後？」

「一樣，謊言。」

「你認識史黛西．尼爾森？」

「她和她先生是社交名流。我當然打過照面。」

「你還去過他們家……」

他皺起臉。

「我不記得了。」他說。

「你去過那棟房子，佩提爾先生。你知道若要強行闖入，只能從前門下手，不能走裝有暗鎖的後門，對嗎？」

「我沒有殺史黛西或她先生。我沒有殺任何人。」

「是你介紹史黛西給丹尼爾認識的嗎？他們的婚外情對你來說是個很好用的工具，你可以藉此操弄我方當事人，讓她相信丈夫是殺人凶手。是你把這個念頭植入她心底，對嗎？」

「這也是謊言。」

「是嗎？」我伸手接過哈利遞上來的牛皮紙公文袋，然後打開，抽出裡面的東西。

「這些是你的通聯紀錄，我不會說我是怎麼拿到的，但上頭列出了你和凱莉．米勒每一通電話。本案開庭前幾個月，你完全沒打給她，她也沒打給你。很奇怪，不是嗎？她沒打給你，是因爲你就在她旁邊，和她在一起。你們一直有聯絡。當時你已經在跟她交往了。這點凱莉．米勒可以作證。」

「她是個騙子。」

「她的日記內容都是眞的，不是嗎？你自己剛才也這麼說。」

「我說了，她在說謊。你的當事人爲了獲判無罪不擇手段，企圖以誣陷的方式將自己犯下的罪行嫁禍給我。這是我的證詞對上她的陳述。我是個聲譽卓著的律師，而你的當事人是個失敗的演員，爲了錢嫁給一個連環殺手。我想陪審團很清楚誰說的是實話。」

以當前的處境來說，佩提爾非常鎭定。他舉起水杯湊到嘴邊喝了一口，放下杯子。

我走上前，伸手拿起證人席上的玻璃杯，放到辯方席桌上。

「這不只是你的證詞對上凱莉的陳述吧？前天晚上，睡魔潛入曼哈頓民宅，綁架了一名年輕女子。他做事愈來愈隨便了，居然在案發現場留下一個塑膠針頭蓋。鑑識實驗室已經檢測過纖維及其他微量跡證……」

我一邊說，一邊注意到他脖子泛起紅暈，從襯衫衣領上緣蔓延開來。他吞吞口水，我能感覺到他極力保持冷靜。

「檢驗針頭蓋的實驗室將結果提供給聯邦調查局，發現上面的DNA不屬於丹尼爾・米勒。我方當事人的DNA已於資料庫建檔，經過比對後，同樣不符合她的圖譜特徵……」

我停頓了一下，低頭看著辯方席桌上的玻璃杯。

「太荒唐了。」他深吸一口氣，挺起胸膛，似乎還有其他話想說。可是他沒開口。他的目光落到凱莉身上，眼底透著一種強烈的渴望。

「我沒有其他問題了。」說完我轉向懷特。

他看起來就像被一輛裝滿馬糞的平板卡車碾過一樣。法官問他是否要再直接詰問。他搖搖頭。

「佩提爾先生，你可以離開證人席了。」史托克盯著他，眼神充滿警惕。

奧圖站起來，扣上西裝外套釦子，經過辯方席朝法庭大門走去，視線始終沒有離開過凱莉。凱莉一直低著頭，不敢看他。她曾懷疑過自己的精神狀態與判斷力，不懂自己爲什麼沒有早點發現丈夫的異狀，爲什麼結婚前不知道他是殺人凶手。諷刺的是，她並沒有嫁給一個殺人犯，而是一個殺人犯見到她，想得到她，更操控她的心智，讓她相信自己殺了丈夫，讓她背負所有罪惡感，再以拯救者之姿走進她的生活。

直到睡魔謀害迪雷尼探員，又開始瘋狂殺戮時，凱莉才意識到自己被耍了。很多人沒辦法像她一樣這麼快就想通，把事情拼湊起來。然而，遭丹尼爾背叛後，她開始有所警覺。她知道信任有多麼容易被打破。於是她選擇逃跑。因爲她不曉得還能怎麼做，也無法相信任何人，就連她的新歡兼律師奧圖也一樣。

佩提爾經過辯方席時刻意往前一步，用膝蓋撞擊桌緣，讓桌子震了一下。

那只玻璃杯掉到瓷磚地板上摔得粉碎。佩提爾揚起微笑，走出法庭。

佩提爾一離開，我就請哈利接手，要他拜託法官今天先休庭，待聯邦調查局進一步調查冰櫃裡的屍體，確認死者身分。接著我轉身衝向門口。

背後傳來靴子跑動的聲音。我飛快轉頭。

布洛克緊跟在後。

成比爾就在她後面，邁步朝我們走來。

56

睡魔

奧圖・佩提爾踏進法院外的媒體群，一隻手揮著示意記者退後，另一隻手擋掉一大堆塞到他臉前的問題、攝影機和麥克風。他猛地往前擠，將一位女記者推倒在地，又用肩膀將另一名男子頂開。攝影大哥紛紛將焦點從他身上轉移至跌倒的記者。鏡頭再回到他身上時，他已經穿過人群，以飛快的速度奔向停在對街的賓士。

奧圖一邊跑，一邊拿出遙控器打開車門。來到車前時，身後的記者群又掀起一陣騷動。他立刻轉身，只見弗林和布洛克被媒體團團包圍。

他們會想辦法跟在他屁股後面，找出凱特的下落。他們想揭露他的眞面目，激怒他，跟蹤他，查明他們的朋友被關在哪裡。

他坐進駕駛座，繫上安全帶，發動車子。V-12雙渦輪引擎開始運轉。

他們想都別想。

以這部車的性能來看，他們不可能追得上睡魔。奧圖依舊以這個名號自詡。睡魔給了他力量，磨礪了他的智慧、狡黠與無情的本性，讓他所向無敵。如果花點時間仔細想想，便會發現奧圖・佩提爾根本不存在。這個名字不過是一副皮囊、一張面具，一個他所扮演的角色。

眞正行走於世間的只有睡魔。

他始終相信，一旦審判結束，凱莉無罪開釋，他們倆就會永遠相伴相守。她在眾目睽睽下背叛了他。她對弗林那個他媽自以爲了不起的律師做出不利於他的陳述。弗林的能力是他當初選擇他的原因。他意識到自己無法與檢察官談協商來救凱莉，而弗林正是她需要的那種律師。

讓弗林接下這個案子是他人生中最大的錯誤。

他往左瞄了一眼。記者群不知怎地都讓路給弗林和布洛克。他們瞥見奧圖在車上，拔腿朝他跑來。

他猛踩油門，橡膠輪胎飛速旋轉，伴著灼燙的高溫飆過柏油路面。弗林臉上的表情讓他再愉快不過：他發現自己晚了一步，睡魔即將逃逸，而他們根本追不上他。當然，從弗林扭曲的五官與痛苦的神色也看得出來，他知道自己敗得很慘。

睡魔駛向康尼島的公車維修廠。在他把維修廠辦公室裡的錢帶走，持著假護照永遠離開美國之前，他要報復弗林。那個律師搶走了他的女人，唆使她背叛他。他非得受到懲罰。如果可以，他眞的很想殺了弗林，甚至在他意識清醒時剜去他的雙眼。可是沒時間了。不過他還有別的辦法。他可以用另一種方式來教訓那個自以爲聰明的律師。

他要把凱特・布魯克斯活活燒死。

57
艾迪

我飛也似地狂奔，穿過法院敞開的雙扇玻璃門，直直衝進記者群形成的人海裡。他們蜂擁而上，將我和布洛克團團包圍。

「哈利．福特就在我後面，他會發表聲明。」我高喊。大批媒體立刻退開，好像我是摩西一樣，爭先恐後地往後跑想採訪哈利。只是他們不知道哈利還在法庭上。

我三步併作兩步躍上人行道。與此同時，對街傳來大馬力引擎怒吼、轉速表指針劃過紅線區的聲音——佩提爾手握賓士方向盤，一臉驚恐地望著我。他以閃電般的速度疾馳而去，左轉上倫納德街。

緊接著，右方又傳來一聲巨響。是汽車喇叭聲。

阿飛開著一輛橘色雪佛蘭卡瑪洛，從駕駛座車窗探出頭，拍拍車門叫我們上車。布洛克鑽進後座，我跳上前座。

「快！動作快點！」阿飛催促。

我還來不及關上車門，阿飛就猛催油門，開到一輛滿載混凝土的聯結車後方。聯結車不得不切換車道，好離我們遠一點。卡瑪洛狂飆的轟鳴差點把我耳膜震破。阿飛轉進倫納德街時，我繫上安全帶。「媽的，他在那裡。」

就在這個時候，我的手機響了。我接起電話。

「比爾，我們追上他了。他在倫納德街。看來他要繞過拉法葉街和聯邦廣場，可能會往布魯克林大橋的方向去。你在路上了嗎？」

「我有三部車跟著你，我在後面第四輛。追蹤器已經連線，所以不會跟丟，但我不想讓他有機會換車。跟緊一點。我還是不敢相信自己竟然被你說服，答應放他走。」

爲了保險起見，聯邦探員趁佩提爾出庭時，在他的賓士輪拱上裝了全球定位追蹤器。

「我們不會讓他逃走的。我告訴過你，他會帶我們到他囚禁凱特的地方。我們會緊咬著他不放，我也會跟你保持聯絡。就像我之前說的，我會把他打包起來送到你面前。至於事實到底是怎樣就不用爭了。總之你要以現行犯逮捕這個傢伙。剩下沒我的事——功勞全歸你。」

「我不要功勞。我要那個殺了我手下探員的混帳。」

58 睡魔

他駛上布魯克林大橋，注意到那輛雪佛蘭卡瑪洛。後照鏡裡映出五輛車。緊跟在後。

那些車對他來說根本不是威脅，從廠牌和車款就看得出來。兩部老舊的日本休旅車，都是黯淡的灰色，車身爬滿磨損的痕跡；再後面是一台電動車，駕駛是個鬍子很長的傢伙。第四輛是轎車，駕駛座上的女性看起來是那種成天接送孩子的媽媽，她隨著音樂搖擺、敲打方向盤，不時換上誇張的表情在車內高歌。

可疑的只有那輛卡瑪洛。但是距離太遠，看不清楚駕駛是誰。這是唯一一部可能在跟蹤他的車，而且坦白講機率不大。聯邦調查局不會把跟監距離拉得這麼近，讓嫌犯一眼就能看見他們。

他沿著貝爾特大道疾馳，其中一輛休旅車和那個媽媽不見了，電動車和另一部休旅車則下了四葉形交流道，往濱海大道的方向前進。雪佛蘭卡瑪洛還跟在後面。

那輛車馬力強大，輕輕鬆鬆就能追上他的速度，但無論駕駛是誰，完全沒有想催油門的意思。車上至少有兩個人，而且都是男性。駕駛年紀較長，深色鬈髮間夾著幾絲灰白。

他用力踩下踏板，駛離高速公路，將卡瑪洛遠遠甩在後面。他穿過蜿蜒的街道來到康尼島，開往那間廢棄的維修廠。他把車子停在外面，熄火，打開後車廂，一把抓起後背包，掏出裡面的手槍塞進褲腰帶，再從背包裡拿出信號彈，拉好拉鍊，將背包甩上肩，同時關上後車廂，跑向上鎖的大門。站在門口解下鎖鍊之際，他聽見卡瑪洛飆車趨近的聲音。

他匆匆踏進廠房，甩上身後的大門，快步朝維修坑走去。十一月下旬的陽光透過天花板上的纖維玻璃窗滲進來，讓維修廠鍍上一層橘色的光芒，彷彿日頭就高坐在這棟建築上方。斜斜的日光從屋頂孔隙中傾瀉而下，投映出一道道光影。

他很快就會讓這個地方變得更亮。

沙袋和工具車依舊壓在坑頂上，正如他離開時那樣。他加緊腳步將沙袋扔到一旁，然後衝向工具車，利用動量讓車輪順勢滾動，再使勁一推，工具車就這樣滑到鋼板外面。他拿起鐵棒，插進水泥坑室邊緣與鋼板間的縫隙，接著用力扳，撐出一個寬約六十公分的洞口。

他扔下鐵棒，身後傳來門被踹開的聲響。

沒時間多淋汽油了。

不過他知道沒必要。坑裡散發出來的氣味告訴他，這個地方會像火藥庫一樣熊熊燃燒。

他轉身面向大門，拔掉信號彈的蓋子。

「別動。」一個聲音警告。

他與大門之間隔著一束純粹、耀眼的陽光。雖然距離不到十公尺，他還是不得不仰起下巴，遮著眼周，才能看見是誰在說話。

布洛克踏進陽光裡，用槍指著他。「別動。」

弗林就站在她旁邊。

他手中的信號彈冒出熾烈的焰火。

「不准動！」布洛克再次大喊。

只有她有武器，而且不用說也知道，她很懂怎麼用槍。這時，另一個刺耳的聲響傳來。警笛聲。

接下來幾秒，他的大腦高速飛轉，盤算著各種可能。最後得出唯一一個選項。

將信號彈丟進維修坑裡。

引燃油氣會產生爆炸，鋼板可能會被炸飛，繼而分散對方的注意力。他可以趁這個時候掏槍，在布洛克尚未從爆炸的衝擊中恢復過來前賞她兩顆子彈。他很清楚事態會怎麼走，所以他可以閃躲、找掩護，然後開槍。

對，就這麼辦。

「趴下！」布洛克說。

「妳也該這麼做。」奧圖跪在地上，將信號彈扔進坑裡。

起初他以為什麼也沒發生。緊接著，一陣尖叫劃破空氣。伴隨著狂亂呼喊而來的，是響亮的爆炸聲。

油氣立刻起火燃燒，威力之大讓鋼板瞬間噴飛。奧圖一個踉蹌，側倒在地。

他抬起眼，只見弗林和布洛克壓低身體，用手護住頭。

他探向褲頭的槍。火光照亮了整座廠房，橘色與紅色火舌自坑內噴湧飛竄，高牆般的熱浪旋即來襲，灼傷了他的嘴唇，燒焦了他的頭髮。

他拔出手槍。

59

凱特

每一次呼吸都得努力集中精神。

她緊閉雙眼，站在椅子上，牢牢含著從油桶口拔下來的壺嘴。吸入油氣可能會導致肺部灼傷或是一氧化碳中毒，於是她將壺嘴塞進鋼板與坑室間的縫隙，好呼吸新鮮乾淨的空氣。閉上眼睛能舒緩刺痛感，只是她不得不半蹲才能讓雙唇湊近壺嘴，以及壺嘴另一邊的空隙。疼痛從她的雙腿一路蔓延到背部，肌肉不時抽筋顫抖。

可是唯有如此，她才能活下去。

凱特不曉得他離開多久。可能有幾個小時。好幾個小時。她知道，自己就快撐不下去了。她得憋住氣、蹲下來，讓雙腿休息一下才行。

門打開又關上的聲音在廠房裡迴盪。她嚇了一跳，飛快睜開眼皮，等到出現熱辣感，她才又闔上眼睛。她的雙眼腫脹不堪，嘴周皮膚也宛如有火在燒。

腳步聲愈來愈近。

她竭盡所能深吸好大一口氣，屏住呼吸，彎下腰，將壺嘴從縫隙裡抽出來。

她閉著眼睛跪在黑暗裡。肺好像快爆炸了。

她知道自己的生命來到盡頭。

這就是結局。

他是來燒死她的。

腳步聲於頭頂響起，在鋼板上踩來踩去。她睜開眼，就那麼一秒，瞥見細沙落到坑底。

他在搬沙袋。

沉重的帶輪工具車發出獨特的噪響，雜揉著嘎吱聲與隆隆聲，然後砰地觸撞到水泥地。

鐵棒從縫隙探出頭，隨後又不見蹤影。鋼板被撬開的那瞬間，凱特立刻後退。

有幾個人在講話。

她聽不清楚內容。她的腦袋轟轟作響，坑裡瀰漫的油氣讓她頭暈目眩，胃裡一陣翻攪，嘔吐物猛地衝到嘴邊。她不得不鬆口，呼出剛才憋住的那股氣。

鋼板移開之際，她抬眼瞥見一道光。那是她這輩子見過最明亮眩目的光芒，讓她的眼睛陣陣灼痛。

凱特全身震顫。她努力仰起頭。看著他。如果這個男人要她的命，那在他點火焚燒她的身軀之前，她要他看著她的眼睛。

她站起來，強迫自己睜開雙眼。

亮光熄滅了。

周遭一片黑暗。但不是維修坑裡那種無邊無際的黑。

而是染上一層淡淡的月光。

一隻手穿過月光伸到她面前。

她牢牢握住。另一隻手抓著她，將她從維修坑裡拖出來。她的眼睛直到這時才適應了柔和的微光。直視手電筒讓她眼後冒出點點黑影，她眨眨眼睛，注視著那張於昏暗中回望著她、熟悉的好友面孔。

布洛克張開雙臂抱住凱特。凱特的身體不停發抖，大腦好像也跟著震盪。她不明白發生了什麼事。是不是油氣讓她產生了幻覺？

「有我在。」布洛克說。

月光從纖維玻璃屋頂灑落下來，她看到布洛克身後有個穿著鬆垮西裝的男人。想必就是蓋布瑞．雷克。

凱特抖個不停，過了幾秒才發現布洛克也在顫抖。

她們緊緊相擁，凱特哭得比剛才更厲害。稍稍平復下來後，她望著布洛克。「謝謝。」

「奧圖．佩提爾就是睡魔。」布洛克說。

凱特搖搖頭，油氣帶來的惶惑與眩暈仍未消退，讓她一時無法理解。

「我們追查他替丹尼爾．米勒，或應該說替他自己成立的公司，發現公司名下有幾處老建物。大多是舊倉庫和廠房。這是我們今晚跑的第三個地方。天啊，凱特，幸好妳……」

布洛克哽咽到說不出話來，再次將凱特摟入懷裡。

「他在哪裡？奧圖人呢？」凱特問道。

「他在家裡。艾迪找了『帽子』吉米的手下來監視他，一個老是在飆髒話的大塊頭。別擔心，我們明天就會出手抓佩提爾。凱莉已經把事情全都告訴我們了，明早艾迪會在法庭上和他對質，他會被激怒，下午回來幹掉妳。聯邦調查局紐約辦事處大概有一半的人會跟著睡魔來到這，他一動手，就是犯罪鐵證。」

「我想留下來。」凱特說。

「什麼？」

「我想看著他被逮捕。我要直直看著那個王八蛋的眼睛。」

凱特環顧四周，看到後面有間小辦公室。

「如果妳陪我，我可以在那間辦公室裡面等。只是我需要幾件衣服和水來洗眼睛。」

「我覺得這不是什麼好主意。」布洛克勸阻。

「我也是這麼想。但如果沒親眼看見這個混蛋被抓，我一定會後悔一輩子。」

「明天我得去幫艾迪，雷克今晚會留下來陪妳。」

「嗨，」雷克打聲招呼。「妳沒事眞是太好了。」

「我很有事，」凱特說。「但我明天就會沒事了。」

60

凱特

油氣爆炸後，凱特穿著布洛克放在車上替換的衣服——藍色牛仔褲、靴子和毛衣——從維修廠辦公室走出來，站在蓋布瑞旁邊。兩人望著佩提爾倒地的背影。

他屈起膝蓋，做出蹲伏的姿勢。

雷克舉起右手。他拿著布洛克的備用武器，一把克拉克手槍。槍口瞄準佩提爾。

凱特飛快抄起地上的鐵棒，高舉過頭，走到雷克前方，使盡全身力氣朝佩提爾打去。

鐵棒落下的同時，佩提爾仍舉著槍，對著布洛克和艾迪。棒子正好打中他前臂，猛烈的力道讓他瞬間骨折，子彈歪斜射向天花板。他痛苦哀嚎，槍從他手裡滑落，掉到水泥地上。

佩提爾轉頭，看見凱特。

他側身倒下，臉上寫滿震驚和困惑。

凱特彎腰撿起佩提爾的槍，拿槍指著他。

「凱特，不要！」布洛克大叫。

她手指扣著扳機，槍枝在她手中不停顫抖。一看到佩提爾，她體內就湧起一股憤怒，腎上腺素隨著血液奔流。這個人將她關在坑室裡，用黑暗與油氣折磨她，還想活活將她燒死。

艾迪和布洛克跑過來，在幾公尺外的地方駐足。

「凱特，把槍放下。」艾迪說。

「不，」她回應。「他想殺我。他是個惡魔。他應該就這樣死去。當場斃命。」

雷克走上前。她能感覺到他就在身旁。

他的嗓音很溫柔，充滿悲傷。

「妳不會想這麼做的。」他說。

「我想。」凱特咬著牙，從齒縫中迸出一句。

警笛聲愈來愈近。她聽見好幾部車在外面煞停。

「相信我。我經歷過，我知道那是什麼感覺。扣下扳機，妳就不再是原來的妳。他這張臉，這張充滿恐懼與苦痛的臉，會一直在妳腦海中縈繞不去。每天晚上睡覺前，妳都會看到他，早上醒來第一眼，就是他的面孔。那張臉會纏著妳不放，直到永遠。妳不需要這樣，不需要讓那個人留在妳的生命裡。」

他伸出手，動作好柔好輕。

淚水刺痛了她紅腫發癢的眼眶。她的胸口劇烈起伏。雷克觸碰到她的手，小心翼翼地握住。一陣嗚咽從她胸口迸發出來。她鬆開手，把槍交給雷克。

凱特後退一步。

雷克轉向睡魔。他面無表情。沒有憤怒，沒有批判，沒有任何情緒。

「凱特比我厲害多了。」他用佩提爾的槍指著他。「她會沒事，我也會沒事。你殺了我的朋友，而黑暗中多出一張臉對我來說沒什麼差別。」

槍響那瞬間，凱特捂住耳朵。槍口閃過一道道火光。槍聲迅疾如閃電，聽起來完全不像連續射擊。之快速，之緊湊，有如一聲長長的雷鳴，佩提爾的胸膛濺出細碎的血花，直到一切歸於寧靜。他瞪大雙眼，望著天花板。

維修廠大門砰地敞開，成比爾帶著十幾名探員衝進來，高聲下令。

然後，他看見佩提爾躺在地上，沒了氣息。

「怎麼回事？雷克？爲什麼我的嫌犯死了？你又來了，對不對？你他媽——」

「他救了我們大家。」艾迪開口。

成比爾飛快轉身，對他拋了一個懷疑的眼神。

「佩提爾想殺我們，雷克和他扭打起來，佩提爾的槍意外走火。雷克救了在場所有人。事情經過就是這樣。」

成比爾來到佩提爾的屍體旁，彎腰檢視槍傷，又看看雷克手上那把彈匣已空的槍。

「扭打？騙誰啊！這傢伙中了大概十槍吧。」

「呃，激烈扭打，」艾迪補上一句。「走吧，去維修廠辦公室看看。」

凱特望著艾迪走進辦公室。那天早上，她和雷克就躲在那裡等佩提爾出現。她知道裡面有什麼。十幾對裝在玻璃罐裡的眼珠。眨都不眨。

再也無法安眠。

凱特跪在地上哭泣。布洛克在她身旁屈膝，雷克也是。三人圍聚在一起。

「謝謝。」布洛克說。

雷克點點頭。「妳查到這個地方，救了凱特。我們一起完成了這件事。」

聯邦調查局探員蜂擁而至。火勢趨緩，在維修坑底燃燒。

「我們離開這裡吧。」凱特說。「有個客戶需要我。」

新聞快報——曼哈頓法庭驚爆真相。

CNN《新聞時刻》

丹尼爾・米勒無辜遭罪。睡魔身分確認為律師奧圖・佩提爾。

《紐約時報》

地方檢察官撤銷所有對凱莉・米勒的指控。

《國家詢問報》

聯邦調查局就指稱丹尼爾・米勒為睡魔一事公開道歉。

《華盛頓郵報》

61

蓋布瑞．雷克

他離開公寓時已經遲到了。

他的西裝外套口袋勾到門把，不小心扯破，他只好用膠帶把裂口貼起來，所以耽誤到時間。他因爲那場毒窟槍戰接受了六個月的治療，瘦了快二十公斤。物理治療結束後一年，他還是沒有買新衣服。雖然一點也不合身，但雷克很喜歡這些舊衣服。而且，老實講，他的退休金扣除醫療費用後沒剩多少閒錢。

他搭地鐵來到中央車站，找到那家位於兩個街區外的愛爾蘭小酒吧，就在萊辛頓大道轉角。

他們聚在酒吧後方的小桌旁，幫他留了個位子。

凱特看起來氣色不錯。休養了一段時間後，她又回到工作崗位，像以前一樣進辦公室、上法院。她的臉頰恢復些許紅潤，只是眼角還殘留著創傷所帶來的陰影。他踏進酒吧時正好迎上她的目光，捕捉到那絲沉鬱。自從那天在舊公車維修廠分別後，他就再也沒見過她，但過去一個月，艾迪常跟他聯絡，告知他凱特的狀況。

布洛克伸長了腿坐在凱特身旁，兩人靠得很近。聽艾迪說，凱特目前暫時搬到紐澤西，住在布洛克家，同時一邊找新的公寓。布洛克和凱特在喝啤酒。

哈利・福特前方擺著一瓶波本威士忌和兩只酒杯，腳邊窩著一隻感覺很友善的狗。雷克看不出來是什麼品種。

艾迪向他打聲招呼，喝了一口可樂。

「這裡應該不能帶狗進來吧。」雷克說。

「只要你掏錢買一整瓶波本威士忌就可以。」哈利開口。「再說，這可是一家愛爾蘭酒吧，絕對少不了狗。」

「凱特，最近過得怎麼樣？」雷克問道。

「還不錯，」她回答。「愈來愈好了。你知道，需要時間慢慢恢復。」

雷克點點頭。「如果妳想找專業人士聊聊，我認識一些很棒的人。」

「謝謝。我先看看後續情況如何，有需要再麻煩你。」

哈利拿起空杯，倒了一大杯酒擱在雷克面前。「來，喝一杯吧。」

「我不太愛喝酒。」雷克推辭。

「我也是。」哈利一口乾掉，又斟了一杯。

雷克盯著眼前的酒。

「這瓶酒的生產過程完全符合道德標準，」哈利說。「是在肯塔基州釀造的，而且對你非常、非常有害。喝吧。」

雷克說了聲乾杯，大家都舉杯向他致意。他啜了一口波本威士忌，沒想到喝起來居然這麼順口。

「丹妮思來囉。」艾迪說。

他轉過頭。只見丹妮思朝他們走來，脫下大衣，艾迪又拉了張椅子過來。她從包包裡拿出一個棕色信封遞給艾迪。艾迪向她道謝，接著將信封推到雷克面前。

「給你，」艾迪說。「這是你應得的。」

「不用啦，」雷克揮揮手。「我這麼做不是爲了錢，我——」

「我們知道，」艾迪打斷他。「我又沒說你要錢，我說這是你應得的。快拿去，不然我會生氣喔。」

雷克打開信封。裡面有張開給蓋布瑞．雷克的二十萬美元支票。他盯著支票看了良久。這是他這輩子第一次擁有這麼多錢。他又看了一遍支票，檢查姓名拼寫，確認金額。用來固定外套口袋的膠帶微微脫落。

「你就收下吧，」布洛克插話。「買套新西裝。只要不是雙排釦就好。」

雷克點點頭。

其他人一臉疑惑地看著布洛克，不懂她的意思。雷克沒有朋友，也沒有眞正的好友，能跟他分享只有彼此才聽得懂的笑話。

布洛克對他揚起微笑。

跟這群人在一起的感覺眞好。他們都是好人。他很喜歡他們，喜歡和他們相處。他們也都很聰明。

他把信封放進口袋，向艾迪和凱特道謝。

「收下這些錢讓我很過意不去，因爲還有很多事要釐清。」

「凱莉．米勒付了律師費。這是你辛苦賺來的。奧圖就是睡魔，而且他已經死了。還有什麼事嗎？」哈利問道。

「嗯，我們知道凱莉的日記內容有部分顯然是眞的，像是提供假的不在場證明等等。這我信。可以想見丹尼爾這個華爾街男只是向警察撒了個無傷大雅的小謊，好避開冗長的盤問和調查，另外他也不想告訴警方他不在家，因爲他出去跟別的女人偷情。奧圖要凱莉謊稱她先生把首飾給她後就失蹤了。當時她的身心都很脆弱。奧圖以律師的身分告訴她她可能會坐牢，但我還是不清楚奧圖和史黛西．尼爾森之間究竟有何關係。」

「爲什麼這件事這麼重要？」哈利問。

「只有去過尼爾森家的人才會知道後門有暗鎖，」布洛克回答。「佩提爾走的是前門，後門連試都沒試。」

「他們不是在同一個圈子嗎？」艾迪說。「我記得奧圖在證人席上講過類似的話。尼爾森夫婦是社交名流。他們可能是在派對上認識的。」

「有可能，但佩提爾在證人席上睜眼說瞎話，在凱莉出賣他後矢口否認一切。也許他是透過其他管道認識史黛西的。我知道成比爾正在重新調查每一起睡魔謀殺案，尋找受害者與佩提爾之間的關聯。我不知道，只是有種感覺，要是能查出佩提爾和史黛西．尼爾森的關係，或許就能揭開整件事的眞相，甚至進一步找出他與其他受害者間的連結。她可能是他唯一認識的受害者。」

「他已經死了。聯邦調查局正在追查，成比爾忙得沒日沒夜。如果他發現了什麼，一定會通知我們。」艾迪說。

「我知道，我知道。只是感覺有些地方不清不楚，兜不太起來。關於他和史黛西．尼爾森的關係，佩提爾可能沒吐實。這倒讓我想起一件事，他們找到莉莉安．帕克的浮雕胸針了嗎？」

「還沒，」布洛克回答。「成比爾說他們還在調查與佩提爾和丹尼爾．米勒有關的公司和房地產等等。或許之後會找到吧。」

「但願如此，」凱特說。「這應該能讓她母親得到一點安慰。」

雷克點點頭。「你們會去參加下週的紀念追思會嗎？」

「凱特、布洛克和哈利都會去，」艾迪說。「我不行，那天晚上我跟我女兒艾米約好了。」

市府打算爲睡魔案受害者舉行紀念追思會。聯邦調查局會在紀念儀式上將佩提爾從受害者那裡拿走的私人物品歸還給遺族。其中有些是後來在舊維修廠辦公室裡找到的。

雷克仍在思忖艾迪說的話。尼爾森夫婦在紐約赫赫有名。托比亞是個事業有成的餐廳老闆，每年都會舉辦派對。

他喝下波本威士忌，咳了一聲，從座位上站起來。

「我該走了。謝謝你們的酒。還有支票。我們追思會見。」

他向大家道別，走出酒吧，招了輛計程車。

「麻煩到公共圖書館。」他對司機說。

抵達紐約公共圖書館時已是下午兩點。雷克曾在這裡消磨過不少時光。圖書館是知識的殿堂。他喜歡在自修室裡閱讀，或是單純在書架間穿梭漫步，欣賞這座建築。最重要的是，他很愛書。他還記得第一次和媽媽來到這裡，拿到借書證的那一刻。知道這張借書證可以任他挑選想要的書帶回家，看完再還回來的時候，他驚訝到下巴差點掉下來。而且還是免費的。眞是令人難以置信。

檔案室尚未將所有資料轉換成數位格式，其中有些仍是微縮膠片。檔案管理人員接過雷克的紙條，帶他來到一台閱讀機前，裝上第一張微縮膠片。

有些報章雜誌等出版品專門聚焦於紐約名流社交圈。二十世紀時大約有十幾種類似的刊物，現在大概只有三、四種。他將注意力放在這些雜誌上，開始搜尋。

他一邊閱覽，一邊捲動膠片，就這樣過了好幾個小時。他捏捏鼻梁，伸了個懶腰，低頭看錶。已經快六點了。

他轉動控制鈕，瀏覽圖像，接著猛然打住，又轉回去。

那張照片不是彩色的。是黑白的。這本在地雜誌主要關注紐約的藝術與文化動態，介紹藝文界的重要人物。每一位在畫廊辦展的藝術家、每一場百老匯音樂劇開幕夜派對、每一條紅地毯——都會被他們的鏡頭捕捉下來。

他稍早有找到幾張托比亞．尼爾森在自家餐廳舉辦派對的照片，但這張不一樣。這些圖輯攝於二〇一三年，當時他們替一位市長候選人舉辦募款活動，聚會地點在尼爾森家。雷克認出了畫面上的客廳和餐廳。

下一頁，他找到了。他一眼就認出那是尼爾森家的起居室。人群中，站在史黛西與托比亞．尼爾森後方，身穿正式晚宴西裝、手拿一杯香檳的正是奧圖．佩提爾。

雷克垂下肩膀。他終於找到了佩提爾與史黛西．尼爾森之間的關聯。這張照片可以解釋爲什麼佩提爾那麼清楚尼爾森家的格局。

正當他打算去找檔案管理人員要這一頁的影本時，他遲疑了一下。

他湊上前，貼近螢幕。

佩提爾左手拿著香檳，右手勾著一隻纖細的手臂。

雷克開始呼吸急促。他盯著螢幕，眼睛眨都不眨。

佩提爾挽著的那名年輕女子，是凱莉・米勒。

62

凱莉

「米勒太太，需要幫您把酒斟滿嗎？」

「那個，能不能幫我換杯新的？」凱莉問道。她香檳杯底部的草莓看起來已經有點糊了。

「沒問題。」空服員俯身拿起凱莉的酒杯，注意到一樣東西。「哇，您的浮雕胸針好美哦。」

「謝謝。這是傳家之寶。」凱莉說。

空服員提步離開。凱莉瞥向窗外，眺望底下蔚藍的大西洋。再四個半小時，她就會抵達倫敦，展開新的生活。

她對奧圖有些過意不去。沒有人像他一樣那麼愛她，就連丹尼爾也不例外。

凱莉從小就渴望成為別人。也許正因為如此，她才懷抱著演員夢。她不知道自己是誰，但她喜歡「當別人」這個想法，而今這個念頭更是令人迷醉。登上百老匯舞台一直是她的夢想，她努力爭取，最後卻以失敗收場。在紐約這座城市裡，她賣掉爸媽房子換來的錢只能勉強糊口，她不得不拚命做些底層工作以支付房租。某種程度上來說，她費盡心思研究，巧妙地破壞父親皮卡車的煞車系統實在很不值得。她爸媽因此車禍身亡，老家也賣不到什麼好價錢，紐約物價又貴得要命。

日子很不好過，直到她遇見了奧圖。

他一直很照顧她，給了她許多幫助。第一次見到他時，她就知道他很特別。他們倆都戴著同一種面具——假裝有人性。他們初次接吻那一刻，她就明白，他和她一樣冷酷無情。

奧圖將藏於內在的幻想告訴她，說他可以藉由奪取生命、成爲睡魔來得到力量時，他以爲凱莉會害怕，沒想到她居然問能不能旁觀。然而，奧圖的慾望超乎她的想像。她很擔憂。縱使他再小心、再聰明，總有一天也會犯錯。

奧圖介紹丹尼爾．米勒給她認識時她就知道，這個人能替他們背黑鍋。只要他們謹愼行事，就可以將自身犯下的罪行嫁禍給這個男人，甚至在過程中將他的巨額財富據爲己有。奧圖有錢，但不是眞的錢，沒辦法帶來完全的自由。當然，奧圖痛恨丹尼爾。

若不是那天警察找上門，她被迫替丹尼爾做了不在場證明，一切都會很順利。另一個失誤是最後一次殺人。他們將丹尼爾的指紋留在史黛西的屍體上。但凱莉沒注意到殺害尼爾森夫婦當下，血跡濺到她的袖子上。她當時既興奮又激動，因而在奧圖刺殺史黛西．尼爾森時靠得太近。凱莉把襯衫洗乾淨，掛在衣櫃裡，卻沒發現上面沾有史黛西的血跡。

這件事害她被捕，還上了法院。

要是奧圖讓審判順其自然就好了。她大可輕鬆度過這個難關。她寫下一篇又一篇日記構陷丹尼爾，除了最後一篇以外。她警告過奧圖，要他不要插手，結果他殺了切斯特．莫里斯和那名探員。那時她就明白，她無法控制奧圖的行爲，因此她選擇逃跑。她怕他會再度犯錯，而他也的確出了岔子，在凱特．布魯克斯的公寓裡留下沾有他唾液的針頭蓋。

背叛他讓她覺得很難受。捏造丹尼爾與史黛西．尼爾森有染，讓奧圖一人背上所有謀殺罪名也讓她很難受。她知道，即便她背叛他，他也不會在作證時反咬她一口。他太愛她了，愛到願意為她犧牲自己。她和丹尼爾住在一起那段期間，奧圖大吃飛醋，嫉妒得發狂。他從沒說出口，但他割斷丹尼爾的喉嚨時，她看見他臉上寫滿享受。接著他摘下她送給丹尼爾的沛納海手錶，要她幫他戴上。為了他，她照做了。

調查員雷克殺了奧圖。某種程度上，雷克幫了她一個大忙。假如奧圖被抓，他可能會改變主意，對聯邦調查局全盤托出。現在他死了，真相也跟著他逝去，永遠不會公諸於世。

聯邦調查局停止監控丹尼爾的帳戶並解除警示。付完律師費後，凱莉現在坐擁三千多萬美元。這才叫自由。

「您的新鮮香檳。」空服員將酒杯遞給她。

凱莉啜了一口，戴上耳機，在筆電上按下播放鍵，繼續觀看她下載的電影。

這是她最喜歡的一幕。

米契披著黑暗的夜色坐在樹樁上，望著屋裡那些想獵殺的對象。氣勢逼人，無所畏懼。他不只是在看他想殺的那個女人和那群孩子而已，還一邊唱讚美詩給他們聽。

凱莉往後靠著椅背，用輕輕的假音柔聲哼唱。

「倚靠——倚靠——倚靠上帝永恆的膀臂……」

63

蓋布瑞．雷克

雷克回到簡陋的公寓裡，坐在小餐桌旁。

他穿越了三十個街區，從圖書館走回家，但他完全不記得沿路上看到什麼。他滿腦子都是凱莉．米勒，以及她是如何玩弄和操縱艾迪、凱特、哈利、布洛克、聯邦調查局，甚至是她的情人——奧圖．佩提爾。

他的腳不停踏地打拍子。他盯著桌上的手機，努力調整呼吸。真正的凶手仍逍遙法外，而且某種程度上，雷克還幫了她一把。

他拿起手機打給艾迪。

艾迪接起電話。

「嘿，是我……」雷克說。

「你沒事吧？別告訴我支票弄丟了。」艾迪說。

雷克張嘴，猶豫了一下。他的嘴唇無聲扭動，卻怎麼也找不到適當的詞句來表達。他要告訴弗林的事會很傷人。沒辦法輕描淡寫帶過，也沒辦法用委婉的方式說。這個眞相就像直射腹部的子彈，沒有緩和的餘地。

他聽見凱特和布洛克在話筒另一端被哈利逗得哈哈大笑。他們還在酒吧裡。放鬆，享受朋友的陪伴。

「我沒有弄丟支票，」雷克說。「是別的事。」背景傳來凱特銀鈴般的笑聲。她聽起來很開心。

「怎麼啦？」艾迪說。

「那個……沒事。」雷克說。

「你打來只是想跟我說沒事？」艾迪說。「我不太確定你到底懂不懂人與人之間應該要怎麼對話欸。」

「就是……」

「是什麼？」艾迪追問。

「如果你需要另一個調查員，可以打給我。」

「我知道。現在好好休息吧。」

艾迪掛斷電話。

關於這件事，艾迪無能爲力。檢警也無能爲力。所有針對凱莉．米勒的指控都撤銷了。她不可能再被送上法院審判。違反保釋條件頂多收到警告，罰款兩百美元，她很樂意支付。凱莉．米勒現在自由了。

他拉開廚房抽屜，裡面放著餐具和一些工具，還有他的防身武器。一把克拉克手槍。他從盒子裡取出槍和一個裝滿子彈的彈匣，於槍膛清空的情況下往後拉動滑套，扣下扳機。他裝上彈匣，將一發子彈上膛。

總有一天他會找到凱莉．米勒。到了那天，他會向她解釋，不會有第二次審判，不會有媒體大肆渲染，也不需要花上幾個月等待陪審團裁決。

有時，對的事不見得是合法的事。
無論要花多久時間，他都會查出她的下落。
彈匣裡有顆子彈是給她的。
總有一天，他會親手了結這一切。

致謝

一如我所有著作，若沒有我的太太崔西，這部小說就不會問世。我要把這本書獻給她；事實上，這些書全是爲她而寫。她是我的頭號讀者，也是這個世界上我最想打動的人。

謝謝夏恩．薩雷諾（Shane Salerno）、唐．溫斯洛、史蒂夫．漢密頓（Steve Hamilton）、亞德里安．麥金提，以及故事工坊（The Story Factory）的每一個人。要是沒有你們，我眞的不曉得該怎麼辦。

感謝法蘭切絲卡（Francesca）、莎拉（Sarah）和獵戶座出版團隊（Orion Books）的努力，將艾迪．弗林帶到這個世界。

謝謝我的家人、朋友和愛犬，始終給我滿滿的支持與關懷。

最後，和往常一樣，我要大大感謝你。

對，就是你。

正在看這本書的人。謝謝你翻閱我的小說。沒有你們這樣聰慧又投入的讀者，就不會有現在的我。一本書要是少了讀者，就失去了書的意義，而我擁有全世界最棒的讀者。非常感謝你們買書，將《艾迪．弗林》系列的消息分享出去。希望未來多年，我都能持續寫出你們喜愛的作品。

希望今後等著大家的，都是美好的年歲。

艾迪·弗林

EDDIE FLYNN BOOK

8

【史上最囂張的騙子律師——艾迪·弗林系列8】

——————— 敬請期待！———————

【Mystery World】MY0026

無辜的共犯【艾迪・弗林系列7】

The Accomplice

作　　者❖史蒂夫・卡瓦納（Steve Cavanagh）
譯　　者❖郭庭瑄、吳妍儀（版序）
美術設計❖Ancy Pi
內頁排版❖HAMI
總 編 輯❖郭寶秀
責任編輯❖江品萱

發 行 人❖涂玉雲
出　　版❖馬可孛羅文化
10483台北市中山區民生東路二段141號5樓
電話：(886)2-25007696
發　　行❖英屬蓋曼群島商家庭傳媒股份有限公司城邦分公司
10483台北市中山區民生東路二段141號11樓
客服服務專線：(886)2-25007718；25007719
24小時傳眞專線：(886)2-25001990；25001991
服務時間：週一至週五9:00～12:00；13:00～17:00
劃撥帳號：19863813　戶名：書虫股份有限公司
讀者服務信箱：service@readingclub.com.tw
香港發行所城邦（香港）出版集團有限公司
香港九龍九龍城土瓜灣道86號順聯工業大廈6樓A室
電話：(852)25086231　傳眞：(852)25789337
E-mail：hkcite@biznetvigator.com
馬新發行所城邦（馬新）出版集團【Cite (M) Sdn. Bhd.(458372U)】
41, Jalan Radin Anum, Bandar Baru Seri Petaling,
57000 Kuala Lumpur, Malaysia
電話：(603)90563833　傳眞：(603)90576622
E-mail：services@cite.my
輸出印刷❖前進彩藝有限公司
初版一刷❖2024年02月
定　　價❖460元
定　　價❖322元（電子書）

國家圖書館出版品預行編目(CIP)資料

無辜的共犯 / 史蒂夫・卡瓦納（Steve Cavanagh）著；郭庭瑄譯. -- 初版. -- 台北市 : 馬可孛羅文化出版 : 英屬蓋曼群島商家庭傳媒股份有限公司城邦分公司發行,2024.02
面；　公分. --（Mystery World；MY0026）
（艾迪.弗林系列 ;7）
譯自：The Accomplice
ISBN 978-626-7356-41-8（平裝）
873.57　　112020822

ISBN：978-626-7356-41-8（平裝）
EISBN：978-626-7356-39-5（EPUB）
城邦讀書花園
www.cite.com.tw